Thomas C. Breuer
geb. 1952, lebt als freier Schriftsteller in Heidelberg,
seit 1977 ist er auch als Kabarettist unterwegs

Von Thomas C. Breuer im MaroVerlag erschienen:
Sekt in der Wasserleitung. Roman. 1996
und in Zusammenarbeit von MaroVerlag & T. C. World:
Heidelberger Demenz. 1997

Thomas C. Breuer

SÄNTIMÄNTLS REISE

Roman

MaroVerlag

Säntmäntls Reise erschien erstmals 1986 im Machwerk Verlag, Siegen.
Die MaroNeuausgabe wurde vom Autor nochmals durchgesehen.

Umschlag: Rotraut Susanne Berner

1. Auflage Oktober 1997

Gesamtherstellung: MaroDruck, Augsburg
Gedruckt auf säurefreiem, alterungsbeständigem Werkdruckpapier

Die Deutsche Bibliothek – CIP-Einheitsaufnahme

Breuer, Thomas C.:
Säntimäntls Reise : Roman / Thomas C. Breuer. - Augsburg :
MaroVerl., 1997
ISBN 3-87512-241-0

Für Magali Chirouze,
Thommie Bayer,
Gerhard Kowa, B., C., E. (†)
& I.L. sowie L.

Ein mittelmäßiger oder auch guter Regisseur sagt dem Publikum: »Zwei und zwei ist vier.« Aber der Lubitsch ist gekommen und hat nur gesagt: »Zwei und zwei.« Und das Publikum hat es selbst zusammengezählt: »Aha, vier.«
Billy Wilder

Die Utopie tritt nie so ein, wie man es sich erhofft, aber meist lassen sich auf der Suche nach ihr doch verwertbare Ergebnisse erzielen.
Paolo Taviani

Az eredeti nyelven adják a filmet?
Polyglott

I.
TO BE OR NOT TO BE

He's a real nowhere man,
sitting in his nowhere land ...
– John Lennon

Kein grauverhangener Novembernachmittag, der menschliche Lemminge reihenweise aus den Fenstern treibt; kein bilanzträchtiger Anlaß wie Jahreswechsel oder Geburtstag, jedenfalls nicht direkt, der einen zu stundenlangen Betrachtungen vor dem Badezimmerspiegel nötigt: Inventur aller Schlaftablettenbestände, Kontrolle der Rasiermesserschärfe inbegriffen. Nicht mal ein gewöhnlich trister Sonntag.

Klare Luft, freie Sicht von den Hügeln auf die Häuser der anderen Seite des Flusses, klare Sicht nach innen. Nur zögernd trübt das Bild sich ein, zuerst an seinen Rändern, ein Panorama mit Weichzeichner behandelt, in dem die Übergänge fließend werden.

Keine vorübergehende Bewußtseinstrübung.

Dobos Attila hat sein Bestes gegeben, um sein Land auch weiterhin im oberen Tabellendrittel der Welt-Selbstmordstatistik zu halten: sein Leben.

Dobos Attila rutscht langsam vom Stuhl und stirbt.

Er hinterläßt unter anderem eine umfassende Filmbibliothek mit zahlreichen Kleinodien, darunter eine grüne Kladde, von der noch die Rede sein wird, eine komplette Video-Ausrüstung, ein Tonstudio in eher bescheidenen Ausmaßen. – Keine Gründe. Nicht, daß Gründe eine besondere Rolle spielten in einem Land, in dem schon ein simples Lied wie »szomorú vasarnap« als Auslöser für eine Selbstmordepidemie genügt, ein Lied, das ursprünglich als Parodie gedacht war.

Nicht, daß Dobos Attila seine Freunde völlig unvorbereitet im Stich gelassen hätte; daß sie dennoch seinen Tod aus der Zeitung erfahren müssen, liegt daran, daß er seine zahlreichen Abschiedsbriefe unfrankiert in den Kasten geworfen hat.

Die Briefe erreichen ihre Empfänger erst am Tag nach der Beisetzung. Die Inhalte sind gleichlautend:

»Bin soeben verstorben. Dobos.«

Sein Motiv wird gleich zwei Tage lang zum beliebtesten Spekulationsobjekt in den Kaffeehäusern der Stadt. Vermutungen grassieren: berufliche Gründe – das Scheitern seiner Pläne für ein privates Synchronisationsstudio; der Streit mit den Behörden um ein Filmkunstkino; überhaupt fortwährende Ablehnung seiner Projekte, die ihm seine nie versiegende Ideenproduktion zu einer allmählichen Belästigung geraten läßt; sein Broterwerb als Schauspieler in drittklassigen Stücken oder Filmen. Oder private Gründe: Unglück in Eigenregie, falsche Synchronisation des eigenen Lebens, professionelle Einsamkeit, die einmal in dem Satz gipfelt: »Soll ich mir vielleicht einen Hund kaufen, nur damit sich jemand freut, wenn ich nach Hause komme?«

Freunde und Bekannte sind sicher: Dobos war kein Typ für Kurzschlußhandlungen. Es gibt da Indizien, detaillierte Pläne – die Regieanweisung seiner Beisetzung mit Besetzungsplan und einer Liste unerwünschter Personen, die offenbar schon länger existieren mußte, war sie doch von ihm noch handschriftlich auf den aktuellen Stand gebracht worden.

Sein Leben ein Kurzfilm, die Liste der Nachspann.

Säntimäntl steht nicht auf dieser Liste. Im Gegenteil, er zählt sogar zu den Adressaten der Abschiedsbriefe. Seit den gemeinsamen Tagen auf der Akademie in Wien haben sie sich nur selten gesehen. Als die lakonischen Zeilen bei Säntimäntl eintreffen, ist dieser längst unterwegs, mit Werner, seinem Fahrer, einem jungen Mann, den er erst vor wenigen Tagen eingestellt hat.

Säntimäntl will Dobos ohnehin treffen! Dobos als Kontaktmann zu den Kulturfunktionären, da hätte er vielleicht schon mal einen Fuß in der Tür. Und wenn da erst mal etwas laufen würde, dann könnte es mit der ganzen Gegend da unten klappen. Als Präzedenzfall für den Ostblock, sozusagen.

Und außerdem: das Szenario! Die grüne Kladde! Wenn Dobos nur endlich diese grüne Kladde rausrücken würde, das wäre der Einstieg in die Branche überhaupt! Eine Sensation! Dobos kann doch nicht sein ganzes Leben darauf sitzenbleiben. Er hat schon früher immer die besten Zeitpunkte verschlafen, was es auch immer war.

Wäre ihr Fortbewegungsmittel nicht gerade eine BMW Isetta, Baujahr 1957 – dann wären die beiden immerhin rechtzeitig zur Beerdigung gekommen.

So kommen sie zu spät. Sie erreichen die Stadt am Sonntag vormittag, zwei Tage nach der Beisetzung. Säntimäntl weiß von nichts.

Szomorú vasarnap. Trauriger Sonntag. Nicht mal das.

Bei jedem Wurf fielen mindestens sechs Stäbchen vom Tisch. Außerdem wackelte der Tisch. So konnte man doch unmöglich spielen! Frechheit!

Säntimäntl raffte unwillig die Mikadostäbchen zusammen, steckte sie in das Etui, das er in seinem Aluminiumkoffer verstaute, den er auf den benachbarten Stuhl gestellt hatte. Auf einem anderen Stuhl standen Kaffeetassen, kleine Zuckersäckchen aus Papier, halbvolle Wassergläser, ein Milchkännchen und ein Aschenbecher, die Werner jetzt nacheinander auf den Tisch zurückstellte.

»Wie spät?« fragte Säntimäntl. »Meine Uhr ist stehengeblieben.«

»Fünf Uhr dreißig«, sagte Werner.

Säntimäntl wunderte sich über Werners Digitaluhr; nach dem ersten Bild, das er sich binnen weniger Tage von Werner hatte machen können, hatte er eher eine altbackene Uhr mit analogem Zifferblatt vermutet. Oder eher noch eine Sanduhr.

Er wunderte sich über einiges an diesem Tag, vor allem über seinen Freund Dobos, den er trotz aller Bemühungen noch nicht getroffenen hatte. Vielleicht sollte man keine Postkarten als Vorwarnung lossschicken! Der Erfolg: verschlossene Wohnung, totes Telefon.

Ihr Wartesaal war Kaffeehaus, Bar und Restaurant in einem. Mittags hatten sie sich bereits im Restaurant über den deutschsprachigen Teil der Speisekarte amüsieren können: »Gordon Blues. Szendvics«. Und so weiter.

Danach zogen sie in die Bar um, um sich einen »Coktél« zu genehmigen.

Mit seinem regenwurmbreiten Schnurrbart, seinen Glycerin-Augen, seinem streng nach hinten gebügelten Haar, seinem Vollfett-Charme, schiefes Lächeln inklusive, und seinen steifen, kartenständerähnlichen Bewegungen erinnerte der Barmixer Säntimäntl stark an den kürzlich verstorbenen Schauspieler David Niven. Das gleiche Gesicht ließ ihn sogar ebenso verstorben wirken, obwohl er noch lebte und mixte.

Säntimäntl schilderte Werner seine Eindrücke. Der zuckte die Achseln. »Das machen viele, Menschen mit Schauspielern und sowieso die Welt mit Filmen zu vergleichen.«

Naja, neu war diese Erkenntnis nicht gerade. Säntimäntl glaubte sogar, sich an einen diesbezüglichen Dialog erinnern zu können. Nur der passende Film fiel ihm nicht dazu ein – vielleicht Wenders?

»Das haben Sie aus einem Wenders-Film, geben Sie es zu!« sagte er mit Bestimmtheit. »Wenders-Filme sind sowieso meist besser als das Leben, die kommen mir oft realer vor als die Wirklichkeit. Die ist mir nämlich zu dick aufgetragen.«

Werner sah Säntimäntl skeptisch an. Das sind vielleicht Sprüche, dachte er. Säntimäntl ließ sich nicht beirren.

»Und wie in einem Wenders-Film fahren wir beide durch die Weltgeschichte, in einem Kult-Auto durch verrottete Landschaften, steigen in heruntergekommenen Hotels ab und machen dabei einen auf Männerfreundschaft ...«

»Hm«, sagte Werner. »Das mit der Männerfreundschaft, ich weiß nicht, schließlich sind Sie der Boß!«

Nach weiteren ergebnislosen Anrufen – wo steckte Dobos bloß? – die dritte Etappe: das Café. In Kaffeehäusern pflegte Säntimäntl innere Einkehr zu halten wie andere Leute in einer Kirche.

Die Ziffern in Werners Digitaluhr sprangen nervös hin und her.

Alte Damen schaukelten andächtig ihre Hüte durch die rauchgeschwängerte Luft; Hüte, die ebenso verschwenderisch ausgestattet waren wie die Torten, die sie in sich hineinschaufelten; Hüte, die so groß waren, daß ihre Trägerinnen bestimmt zu Fuß hergekommen waren – in Autos konnten sie so unmöglich hineinpassen. Staubwedelartige Wesen wischten über den Marmor und veranlaßten Werner zu der erstaunten Bemerkung, ihn wundere es, daß es so etwas jetzt auch in Hund gäbe.

Wenn Pekinesen sich Wohnungen einrichten würden, dann gewiß so: überall Möbel von frisch polierter Unsterblichkeit. Stuck und Plüsch. Politur und Positur. Kleine Altäre, auf denen der eigene Geschmack angebetet werden könnte.

Bereitschaftsphilosophen spülten ihre Weltschmerztabletten mit Wasser hinunter. Vermeintliche Zarentöchter beteten ihre Litaneien unter den Kronleuchtern. Greise hangelten sich handkußweise durchs Gestühl. Living Tussaud's – ein Seniorentreff im Jugendstil, mit jungen Intellektuellen als Auflockerung. Kellnerinnen in knappen Uniformen und Cowboystiefeln schleppten Berge von Kastaniencrèmes und Meere starken Kaffees. Ein Zahlkellner mit sibyllinischem Lächeln und Kugelschreiber-Einflugschneisen am Jackett nahm abgegriffene Geldscheine in Empfang.

Säntimäntls Blick wanderte ruhelos von der Zeit zur Uhr über dem Eingang, von der Uhr zur Tür darunter und von der Tür wieder zur Zeitung. Den anderen Eingang galt es auch noch im Auge zu behalten. In diesem Café pflegte Dobos früher zu verkehren. Also wo, zum Teufel, war er? Es gelang Säntimäntl nicht, sich zu konzentrieren.

Und wenn Dobos überhaupt nicht in der Stadt war? Was sollte dann werden? Wo sollten sie – beispielsweise – Silvester verbringen? In ihrem Hotel vielleicht? Inmitten dieser schäbigen B-Film-Dekoration. (Nicht mal klassisch, höchstens Serien-Remake.) Oder etwa in einem Nachtclub? Im »Club der jungen Künstler«? War Dobos die Feiertage über mit Freunden unterwegs? Bei seinen Eltern? In einem Elfenbeinturm auf dem Land?

Säntimäntl fühlte sich unbehaglich. Der Kaffee beruhigte ihn nicht wesentlich.

Die Zeitung mit ihren angebissenen Berichten interessierte ihn eigentlich nicht. Der Tisch eignete sich nicht für Mikado. Durch seine fahrigen Bewegungen hatten er und der Tisch vermutlich noch mehr gewackelt. Nicht mal Zuckerwürfel gab es – obwohl er gerade aus diesem historischen Kaffeehaus gerne eine Trophäe mitgenommen hätte.

Nun, es war ja immerhin möglich, daß Dobos noch kam. Sicher besser, an zentraler Stelle zu warten, als aufs Geratewohl alle in Frage kommenden Cafés und Klubs der Stadt durchzuhecheln. Lieber die müden Beine schonen und auf die Unweigerlichkeit setzen.

»Natürlich bin ich der Boß«, sagte Säntimäntl mürrisch. »Wir machen ja keine ›Reise um die Welt in achtzig Tagen‹! Wir machen keinen Abenteuerurlaub und keine Kaffeefahrt. Wir haben Festivals und Filmemacher. Und vor allem brauchen wir diese grüne Kladde!«

Nach diesem Redeschwall mußte er noch einen Kaffee haben. Hinten im Restaurant begann eine Drei-Mann-Combo zu spielen, mit Baß, Schlagzeug und »Schweineorgel«, wie Werner fachmännisch erklärte; der Schlagzeuger besaß leider weitaus weniger Rhythmusgefühl als der »Coktél«-Mixer der zweiten Station ihres gastronomischen Kreuzzugs.

Bei Selbstmord, dachte Säntimäntl, wird man um die Trauer betrogen. Verstehen soll man und höchstens ein bißchen ärgern darf man sich – daß man nichts verhindern konnte. Aber was hätte er schon groß machen können, er hatte Dobos ja schon seit drei, vier Jahren nicht mehr gesehen. Oder fast fünf? Und Dobos wird sich nicht gerade deswegen ... Was wußte er, Säntimäntl, denn überhaupt. Er konnte ja noch nicht mal mit den Leuten hier sprechen.

Immer und überall haben sich bedeutende Menschen umgebracht, dachte er und goß ein weiteres Glas in sich hinein, ausgereifte Persönlichkeiten, die schließlich genau wissen mußten, was sie taten.

Einen einfach im Stich lassen. Na ja, es haben sich auch eine Menge unbedeutender Leute aus dem Staub gemacht, vielleicht sogar deshalb, weil ihnen ihre Träume eine Schlinge um den Hals gelegt hatten: sie mußten nur noch zuziehen. Ob das bei Dobos so war? Erfolgreich war er ja nie gewesen, nicht mal als Schauspieler. Niemand würde auf die Idee kommen, ihm ein Denkmal zu setzen, auf dem die Tauben dann ihre Notdurft verrichten konnten.

Ach was ... Gründe! Fragen konnte man ihn jetzt eh nicht mehr.

Nur zwei Filme hatte er gedreht, na ja, immerhin 2 mehr als Säntimäntl selbst, aber Dobos wollte ja immer Regisseur werden. Vielleicht hat ihm das Leben in seinen Filmen besser gefallen? Vielleicht hat es auch nur einen besonders schönen Sonnenuntergang gegeben, als Stimulans. Bei manchen Leuten soll das ja ausreichen.

Nicht mal eine Sackgasse würde man nach ihm benennen, und für seine Unsterblichkeit konnte er nun auch nichts mehr tun.

Säntimäntl hatte Dobos gründlich verpaßt, um ein ganzes Leben.

Dieses eine Mal hatte er Werner zum Telefonieren geschickt. Wozu hatte er ihn schließlich dabei? Werner war auf Anhieb erfolgreich gewesen und hatte Säntimäntl die Hiobsbotschaft mit unbewegter Miene übermittelt:

»Na servus!«

»Wer war am Apparat?«

»Eine Männerstimme.«

»Hat sie einen Namen genannt?«

»Warten Sie, klang ein bißchen wie Mezzanin oder so; obwohl, als Name ...«

»Mittsalänen?«

»Ja, das könnte es gewesen sein.«

»Paavo Mittsalänen?«

»Ein Vorname wurde nicht genannt.«

Mittsalänen! Säntimäntl war aufgesprungen und aus dem Kaffeehaus gelaufen.

Bis zur inneren Vereisung war er ziellos durch die von Sonntagsbummlern belebten Straßen gerannt, war mit Menschen oder prall gefüllten Plastiktüten kollidiert, Rolltreppen rauf und runter gefahren, was einige Zeit in Anspruch genommen hatte, denn die Rolltreppen waren lang. Überall hatte es nach Lysol gerochen.

Wohl eine halbe Stunde war er unbeweglich vor einem Denkmal stehengeblieben, bis ihn eine Plastiktüte – Volltreffer in die Kniekehlen – aus seiner Erstarrung löste. Da faßte er den Entschluß, sich zu betrinken.

Jetzt stand er also wieder auf dem Bürgersteig. Die Straßen hatten sich ebenso schnell geleert wie vorher seine Gläser. Nur noch wenige Plastiktüten waren unterwegs. Plastiktüten schienen hier Nationalsport zu sein: er hatte viele Tüten mit ausländischen Aufdrucken gesehen, nicht wenige von ihnen bereits geflickt.

Jetzt kommt man schon mal hierher, und der Kerl hat längst einen Nachsendeantrag zum Stadtfriedhof gestellt! Diese Gedanken belästigten Säntimäntl in der nächsten oder übernächsten Bar. Völlig falsch synchronisiert, das alles! Beschissenes Timing! Und ausgerechnet Dobos wollte mal Filme synchronisieren! Es war ihm schon früher nicht auszureden gewesen.

»Läuft der Film in Originalfassung?«

»Nem értem!« sagte der Mann neben ihm.

Säntimäntl verstand ihn nicht. Er verstand gar nichts. Er zuckte die Schultern, versuchte, einen Punkt im Innern seines Auges zu fixieren. Es gab zu viele Punkte, und noch dazu tanzten sie. Ein mobiles Punkträtsel.

Draußen gingen Schirme vorbei.

Säntimäntl pappte zornig die Hand auf den Tisch. Er hatte den Spiegel über dem Schnapsregal entdeckt. Er sah sich um: ein ganzes Rudel Einzelgänger hatte sich um den Tresen verteilt. Plötzlich kam er sich lächerlich vor unter all diesen einsamen Wölfen, die alle die Mantelkrägen hochgeschlagen trugen, ohne Mäntel anzuhaben.

»Winterschlußverkaufs-Bogarts – Bierdeckel-Belmondos!« grummelte er vor sich hin. »Das kriegen sie hin: mit steifem Zeigefinger aufgeweichten Filz zu durchbohren!«

Sein Nachbar sagte etwas völlig Unverständliches, es klang anders als seine vorherigen Worte – soviel bekam er immerhin mit.

Er mußte sich zusammennehmen. Das, was er hier trieb, war kaum mehr als die Pflichterfüllung eines gewissen Klischeesolls. Ein Glück, daß heute nicht auch noch Silvester war, das wäre peinlich geworden. Feuerwerke machten ihn immer besonders traurig, er wußte auch nicht, wieso. Dafür war morgen noch Zeit genug. Dobos war tot, und kitschige Bilder konnten ihn auch nicht ins Leben zurückholen.

Action! Raus aus dem eigenen Muff, Dobos hätte so etwas nicht geduldet. Er mußte handeln, also zahlte er.

Mittsalänen! Wenn der noch in der Stadt war – mit dem konnte er reden, ohne Pathos, ohne Peinlichkeit. Mein Gott, wie lange war das her?

Mittsalänen! Plötzlich erstarrte er: die grüne Kladde! Das Szenario! Darauf war Mittsalänen immer scharf gewesen! Und wenn er das gewesen war in Dobos' Wohnung ... bestimmt war er es: sie waren schließlich alte Freunde! Er mußte Mittsalänen finden! Natürlich, man würde sich einigen müssen. Aber Mittsalänen hatte doch schon alles erreicht, hatte gleich nach der Akademie in der Branche Fuß gefaßt, erst beim Fernsehen, dann beim Film, und jetzt war er im Norden droben der kommende Mann! Säntimäntl beschwichtigte sich, zweifelte wieder, senkte und hob den Kopf. Keine Minute durfte er verlieren.

Das Szenario: sein Freifahrtschein in die Branche! Es würde ihm über die nächsten Jahre hinweghelfen und für die vergangenen Jahre entschädigen. Mit einem Coup auf die kinematographische Landkarte! Spekulationen, trotzdem: nicht nur Verleih, sondern auch Produktion! Hatte ihm nicht zuletzt diese Idee Mut gemacht, den Dienst zu quittieren?

Als er in der Tür der Bar stand, mußte er lächeln. Die Automatik, die ihn schon oft aus extremen Situationen herauskatapultiert hatte, um ihn zum Kameramann seines eigenen Lebens zu machen, funktionierte immer noch. Er hatte wieder Abstand zu sich selbst.

Mittsalänen und Säntimäntl: das Traumpaar einer kulturellen Verfolgungsjagd!

Weniger Abstand konnte er draußen allerdings vor dem mannsgroßen, dunkelroten Styroporbuchstaben wahren, der von irgendeiner bedeutenden Parole übriggeblieben, mutterseelenallein auf dem Rasen stand, den er auf dem Weg zum Taxistand überqueren mußte: er rannte ein symbolträchtiges M kurzerhand über den Haufen.

Kombinieren, recherchieren. Kontaktaufnahmen, Spurensicherung.

Odysseen im Taxi, Abenteuer im Takt des Taxameters, Klack-Klack, das pure Klischee! Regennasse Kopfsteinpflaster betagter Agentenfilme, menschenleere Straßen.

Anrufe bei der Polizei, bei entfernten Bekannten, Telefonate mit aufgebrachten Unbekannten, Kauderwelsch – in Telefonzellen läßt sich schlecht mit Händen und Füßen reden, wenn man den Hörer in der einen und die Zigarette in der anderen Hand hält. Die Füße treten ständig auf der Stelle, als wollten sie die Kälte niedertrampeln.

Nein, davon wisse er nichts ... Vielleicht, daß Bela ... Farkas Bela... nein, aber der müsse doch im Telefonbuch stehen.

Was? Die Bibliothek? Ein WAS! Grün, sagen Sie? Keine Ahnung. Möglicherweise Gyöngyver ... Nein, nein: G-y-ö-n-g-y-v-e-r ... Ja. Und das Ganze auf englisch.

»Entschuldigen Sie, aber ... ja, schrecklich! Ich weiß gar nicht, was ich sagen ... Ist Ihnen etwas über ein Szenario von Ernst Lubitsch bekannt? Das muß ein abgegriffener, grüner Ordner sein ... Paavo? Und da sind Sie sicher? Haben Sie vielen Dank! Und Zsuzsa ist nicht da? Seltsam ...«

»Heute morgen? Das ist aber ärgerlich! Natürlich ist es zwei Uhr morgens ... Hat er gesagt, wohin? Natürlich fragen Sie Ihre Gäste nicht, wohin ... Servus!«

Hier war nichts mehr zu erben. Die lieben Freunde hatten die ganze Bibliothek geplündert. Aber Gyöngyver, wer immer das sein mochte, war sicher gewesen, daß Mittsalänen das Buch an sich genommen hatte. Und Mittsalänen war weg!

Es gelang Säntimäntl zwar, Werner aus dem Bett zu holen, aber all seine Erklärungen, warum sie jetzt, um vier Uhr morgens, die Stadt verlassen mußten, waren überflüssig. Werner begriff nichts, nur das Wort: wichtig! Es mußte also wichtig sein. Was dieser Name, den er vage vom Telefon kannte, dabei sollte, wußte er nicht. Um diese Uhrzeit war es ihm auch egal.

Säntimäntl nahm sich noch nicht einmal die Zeit, seine müden Beine mit Franzbranntwein einzureiben. Auch das Packen ging rasch. Am längsten dauerte es noch, den Nachtportier zu wecken, um die Rechnung zu begleichen. Die Isetta brauchte ebenfalls eine ganze Weile, es war schneidend kalt und Frühstarts war sie nicht gewohnt. Werner auch nicht. Er zog die Unterlippe nach innen. Bald hat er alles nach innen gebissen, dachte Säntimäntl, viel ist nicht mehr übrig. Und die Oberlippe ist auch nicht gerade verschwenderisch ausgestattet. Wenn da nicht dieses Monstrum an Unterkiefer wäre, sähe er reichlich karg aus im Gesicht. Er hat was von einem Elch an sich.

Es war schon fast hell, als die Isetta ansprang. Säntimäntl bemühte sich krampfhaft, entspannt zu sitzen. Mit deinem Bauch hättest du hinter dem Lenker keine Chance, dachte Werner, der würde dich abschnüren. Da müßtest du noch mehr schnaufen als jetzt. Heute morgen hat er was von einem asthmatischen Theaterkritiker. Rollkragenpullover, wer hat ihm bloß eingeredet, daß er darin überall als Intellektueller eine Chance hätte? Oder ist der nur wegen seines kurzen Halses? Die Nickelbrille – ist das nun Weisheit mit Fensterglas oder tatsächliche Kurzsichtigkeit? Diesem Herrn traute er alles zu. Und die Pickel, die waren wohl Symbole ewiger Pubertät, kleine erloschene Vulkane. Die Augen nicht ganz so erloschen, eher glasig, Restblut im Alkohol. Ich sollte meine besser auf die Straße richten, sonst penne ich noch weg. Mättsalinen? Wer war das nun wieder?

Säntimäntl starrte stur geradeaus, die Hände auf dem Bauch gefaltet, als befürchte er, seine geballte Niedergeschlagenheit könnte jederzeit aus dem Nabel brechen. Er war nicht nur traurig wegen Dobos. Es verdroß ihn, die Stadt zu verlassen, die er so liebte und die ihm einfach blendend stand. Verflixte Sachzwänge! Es gab immer welche.

Mattsilanen? Werner fiel der verdammte Name nicht mehr ein. Er sah ein undeutliches Gesicht, ohne richtige Konturen, wie mit Wasserfarbe hingepinselt. Er sah dieses Gesicht, wie es ihn vom Heckfenster des Trabants vor ihm anstarrte. Weg damit! – Es sollte einer der wenigen Überholvorgänge ihrer Reise werden. Weg mit dieser Fratze! Mättsalinen – wer war das überhaupt?

»Es gibt auch Schallmauern für Miniaturfahrzeuge!« unterbrach Säntimäntl Werners Gedanken. Der Trabant verschwand im Rückspiegel, das Gesicht mit ihm.

Im milchigen Morgen passierten sie die Vorstädte, wo der Jugendstil den Kinderschuhen längst entwachsen war. Sie kamen an Wohnblöcken vorbei, deren Trostlosigkeit die Bewohner eigentlich scharenweise aus den Fenstern treiben mußte.

Schnee war ihre Konfettiparade. Mehrere Bahnübergänge hielten sie auf: stinkende Diesellokomotiven schienen mit schier endlosen Ketten von Waggons Tauziehen zu spielen.

Nach dem sechsten Übergang folgte ein Neubauviertel mit halbfertigen Hütten und Fertighäusern in Leichtbauweise, bei denen man jederzeit leicht mit der Tür ins Haus fallen konnte, wie Werner bemerkte. Vielleicht war es auch schon die siebte Bahnschranke gewesen. Dem Viertel schloß sich, von Bahndämmen umzingelt, eine Schrebergartenanlage an. Werner konnte Schrebergärten nicht leiden.

»Auf ihre Art sind Schrebergärten Friedhöfe!« sagte er.

Bei dem Wort »Friedhöfe« zuckte Säntimäntl merklich zusammen: »Wieso?«

»Da wird die Natur zu Grabe getragen!« sagte Werner.

»Sie mögen, mein lieber Werner, wohl ein Meister der griffigen Formulierkunst sein, aber ich möchte Sie trotzdem bitten, den Begriff ›Friedhof‹ in der nächsten Zeit zu meiden!« sagte Säntimäntl.

»Versteh ich irgendwie!«

Die Straßen belebten sich, die Wintersportbedingungen wurden immer optimaler. Busse karrten Arbeiter zu den Betrieben, andere schlitterten auf nähmaschinenähnlichen Vehikeln auf die großen Parkplätze zu. Selbst wenn die Sonne geschienen hätte, geblendet hätte sie Werner wohl kaum: binnen kurzer Zeit hatten sagenhafte Schmutzmassen die Windschutzscheibe verfinstert.

Der Kälte wegen waren die beiden Seitenfensterchen geschlossen, der Gestank aber drang überall herein; das Geruchsgemisch aus Minol-Benzin, faulen Eiern – von der Chemie gelegt –, Gummi, Teer, flambiertem Metall, aus Verbranntem und Geschmolzenem und gelegentlichen Beimengungen aus Tabakschwaden und Haarwassern fand seine Wege.

Silvestermorgen.

Schichtwechsel.

Die Letzten, die die Nacht zuvor schon probegefeiert hatten, kreuzten die Ersten, die an diesem Morgen zur Arbeit mußten. Am schlimmsten waren Spätheimkehrer und Frühschichtler in Personalunion dran.

Zur Linken standen die Fabrikhallen, Hochöfen und die Schlote, die die niedrigen Backsteinhäuser zur Rechten regelmäßig mit Ruß versorgten. Dazwischen gab es mehrstöckige Bürogebäude ohne eigene Geruchsnote: Mikroprozessoren haben wenig Eigenaroma. Am nächsten Morgen würden die Straßen mit Scherben und zerfetzten Raketenresten übersät sein.

»In diesem Bezirk soll ja fast die Hälfte der gesamten Industrie des Landes konzentriert sein«, bemerkte Werner.

»Vielen Dank, Herr Baedeker!« sagte Säntimäntl.

Er war nicht auf Gespräche versessen. Allmählich breitete sich die Müdigkeit in ihm aus. Schlafen konnte er nie im Auto, teils aus Ängstlichkeit, teils aus Neugier. Mit seiner zusammengekniffenen Miene hätte er gut dem Verein zur Verminderung der Lebensfreude als Präsident vorstehen können. Fast vergaß er aufs Frieren.

Langsam zerfledderte die Stadt ins offene Land. Sie fuhren auf einer halbwegs geräumten Überlandstraße dahin. Bahnübergänge gab es kaum mehr. Auch der Schneefall hatte nachgelassen. Die triste Farbe des Himmels mochte anderswo als blau durchgehen.

Die Sicht war klar, alles zum Greifen nah, und dennoch wirkte die Landschaft unwirklich. Säntimäntl kam sich vor wie in einem Fahrsimulator, oder wie in einem Hollywoodfilm, in dem sich die agierenden Personen mit scharfen Konturen überdeutlich vom Hintergrund abhoben, der nur blaß und vage auf einer Leinwand abgespult wurde – nur anders herum: es war Säntimäntl, der sich vage fühlte, während die Landschaft deutlich blieb.

Nur einmal wurde er schlagartig aus seiner Trance gerissen: eine Tschaika-Limousine! Die stand vor einem Gasthaus.

»Stop! Stop! Sofort anhalten!« brüllte er begeistert. »Endlich! Die fehlt mir noch in meiner Sammlung!«

Mit staksigen Schritten ging er auf den ausufernden Wagen zu. Ein fahrbarer Altar auf einem gewöhnlichen Parkplatz. Aufgeregt nestelte er an der Verschlußkappe seines Fotoapparates herum.

»Was haben Sie nur mit all den alten Autos, die Sie dauernd fotografieren?« fragte Werner, als Säntimäntl den Apparat wieder in seinem Köfferchen verstaute.

»Ich liebe deren Gemütlichkeit! Damals wußte sich noch die Schönheit gegen das Funktionale zu wehren!«

»Ein schräges Hobby für jemanden, der nicht mal einen Führerschein hat!« bemerkte Werner.

»Vielleicht ist das nur Kompensation! Ist es das, was Sie hören wollen? Na und?

Er griff nach seiner schwarzen Kordjacke, die sorgfältig gefaltet hinten auf der Ablage lag. Als er sie anzog, vervollständigte sie sich mit Säntimäntls Hose zu einem Anzug. Kord einte sie – Werner hatte im Laufe der Jahre zu seiner dunkelgrünen Feinkordhose eine durchaus herzlich zu nennende Freundschaft entwickelt. Säntimäntl hatte seinen schwarzen Kordanzug kurz vor Beginn der Reise erstanden – seiner Meinung nach war Kord die ideale Symbiose von Seriosität und Bohème. Werner dachte allerdings einen Moment daran, auf die guten alten Jeans zurückzugreifen. Ständige Abgrenzung, das war so etwas wie eine Fortsetzungsgeschichte in seinem Leben.

»Ist Ihnen nicht kalt?« fragte Säntimäntl.

Werner schüttelte den Kopf.

»Mein Hemd ist aus reiner Baumwolle!«

Schweigend folgten sie der Sonne auf ihrem Weg in den Westen. Die Bilder wechselten anfangs häufig, als drückte irgend jemand ununterbrochen auf die Fernbedienung. Es gab Straßendörfer, deren Häuser so akkurat nebeneinander gereiht standen wie Schachfiguren vor Eröffnung. Nicht selten beherrschten gewaltige Kirchenschiffe einen Ort, neben denen sich die schmächtigen Häuschen wie Nußschalen ausnahmen.

Manchmal warf die Erde Falten wie ein halbgeöffnetes Verdeck eines alten Deuxchevaux, dann raffte sie sich zu sanften glatzköpfigen Bergen auf.

Schließlich verflachte das Land endgültig, die Bilder wurden eintönig und nur gelegentlich von postkartenfreundlichen Ziehbrunnen unterbrochen. Die Felder bedeckt mit glattgezupften Bettlaken, schneeweiß, und nur an wenigen Stellen verrutscht: darunter dumpfes Grün und schmutziges Braun.

Die Isetta rollte unter holzkreuzförmigen Strommasten an schläfrigen Kilometersteinen vorbei, die halb im Streusalz erstickten. Auf ihrem Weg zur Grenze kullerte sie als Bowlingkugel auf die Kegel der letzten großen Stadt zu und schlingerte ohne Treffer an ihr vorbei.

Für reibungslose Grenzübertritte ist dieser Mann eine völlige Fehlbesetzung. Ein bißchen gepflegter… manche Menschen legen einfach keinen Wert auf so was. Alles an ihm ist ramponiert, ausgebeult. Das Hemd hat bestimmt noch nie ein Bügeleisen gesehen. Die anderen wahrscheinlich auch nicht. Wenn er überhaupt andere hat. Und dann dieser Pferdeschwanz, den er ständig als Nackenventilator mißbraucht. Paßt alles zusammen. Drei-Tage-Bart, und den ununterbrochen; ich habe mich schon bei Fassbinder gefragt, wie der das immer hinkriegte. Ein Schnurrbart genügt doch völlig. Wahrscheinlich zu faul zum Rasieren. Will Rastlosigkeit vorgaukeln, Überbeanspruchung. Aber diese Stachel können das Pelikanhafte seines Kinns nur sehr unvollkommen kaschieren. Und wenn er dann noch diese Sonnenbrille aufsetzt – kein Wunder, wenn die uns an der Grenze rauswinken. Und dieser merkwürdige Feudel um den Hals müßte kleinkariert sein, das würde besser zu ihm passen. Soll das der James Dean unseres Jahrzehnts sein? Von dessen Wurstigkeit und Beleidigtsein hat er ja einiges, auch diesen Blick nach übermorgen. Aber das Format? Nein. Bestimmt hat er den »Herr der Ringe« im Gepäck. Schobert hat da mal einen schönen Vortrag drüber gehalten, irgendwas mit Mystizismus als Flucht und so weiter. Mythen spielen bei solchen Leuten eine große Rolle. Die Hippiebuchhandlungen stehen voll mit Märchen und spirituellem Zeugs, igitt. Und die Kinos sind mit dieser ganzen Fantasysoße zugeklekkert. Hippies werden ja immer vorgeschickt als Kundschafter, ob das nun Moden anbelangt oder Urlaubsorte oder Weltanschauungen. Billige Versuchskaninchen. Gerade passierten sie eine kleine Kapelle.

»Eine von Gott verlassene Gegend ist das hier zumindest nicht«, sagte er.

»Früher haben wir immer gesagt: da turnt Jupp Inri am Hochreck.«

»Das ist schon einen Lacher wert!« meinte Säntimäntl großzügig. »Aber eine Kapelle ist hier irgendwie fehl am Platze, finden Sie nicht? Da vorne steht schon das erste Wachhäuschen.«

Werner konnte Grenzen ebensowenig leiden wie Schrebergärten. Noch weniger mochte er allerdings Kirchen oder Kapellen.

»Ich finde die ganze Gegend hier irgendwie fehl am Platze«, sagte er.

Eben, dachte Säntimäntl. Alles war hier falsch besetzt. Natürlich gab es Aufenthalt an der Grenze. Der Schlagbaum als Knüppel zwischen den Beinen. Viel Verkehr war nicht, die Zähflüssigkeit war Ritual. Es gab Vorkontrollen, Nebenkontrollen, Hauptkontrollen und einen Nachschlag. Und ob es nun Werners Outfit war oder die Isetta, die das Interesse der Grenzer auf sich zog, was machte das schon. Richtige Schwierigkeiten gab es mit dem Geld, denn davon hatten sie noch eine Menge übrig. Werner sollte die abgegriffenen Banknoten zurückzutauschen. Der Vollblutbeamte im Abfertigungsgebäude war da anderer Ansicht: höchstens zwanzig Prozent der Summe; schließlich ging es um Devisen. Wie ein schwerhöriger Großvater verstand er nur das, was er verstehen wollte.

Auf Werners arglose Frage, was er denn mit dem restlichen Geld machen solle, da doch die Ausfuhr strengstens verboten sei, zuckte der Beamte zunächst die Achseln und verwies ihn schließlich auf den Souvenirladen des staatlichen Reisebüros.

Na servus! Eine Müllhalde staatlichen Kitsches! So was hatte Werner noch nie gesehen! Von der feurig bestickten Bluse bis hin zum feinziselierten Aschenbecher in Ziehbrunnenform. Und so weiter. Nicht mal Mentholzigaretten für Säntimäntl, von Veilchenpastillen ganz zu schweigen. Und was überhaupt das Schönste war: die eigene Landeswährung akzeptierten die sowieso nicht. Nur Devisen!

Die haben ein Rad ab!

Säntimäntl fror einstweilen im Wagen.

Ohne zu zögern, jedoch nicht ohne eine ordentliche Portion Kribbeln, die Flucht nach vorne: Werner handelte quasi unter den Augen eines Beamten. Unter den Paukenschlägen niedersausender Stempel gelang es ihm, bei einem der Wartenden in der Schlange vor dem Wechselschalter, sein Geld zu einem horrenden Kurs schwarz zu tauschen. Dabei glitzerten ein paar Schweißperlen auf seiner Stirn.

Mit klopfendem Herzen fuhr er auf den letzten Grenzwächter zu, der regungslos wie ein Mahnmal des »Unbekannter Soldaten« vor der letzten Sperre stand.

Wenn man ihn nun beobachtet hatte? Sein unerhörtes Devisenvergehen weitergemeldet hatte?

Es wunderte Werner, daß sein Herzschlag nicht die Scheiben zum Vibrieren brachte. Mit Mühe brachte er ein relativ unschuldiges Gesicht zustande, ein Kommunionkind mit Pappflügeln am Kleid.

Ein Trupp Soldaten in dicken Wintermänteln und griesgrämigen Pelzmützen überholte die Isetta von rechts. Sie waren schnell. Blankgeputzte Gewehrläufe stachen Löcher in die Luft.

Jetzt war alles aus!

Werner sah die Isetta bereits umstellt, wozu ein halbes Dutzend Soldaten lässig reichte! Die dachten gar nicht daran. Sie marschierten einfach weiter.

Das Denkmal vor ihnen wurde lebendig und winkte sie anstandslos durch. Wie ein mißtrauischer Hase hoppelte die Isetta unter dem letzten Hochsitz vorbei. Erst im Niemandsland traute sich Werner sein Abenteuer zu erzählen.

Säntimäntl wurde schlagartig wütend und ballte die Faust in Richtung Stacheldraht. Aber im Niemandsland nahm das niemand zur Kenntnis.

»Ich hätte das Geld zerrissen, in tausend kleine Fetzen, das können Sie mir glauben!«

»Dafür wären Sie in den Knast gewandert!« sagte Werner.

»Wieso?«

»Weil die Kohle Eigentum des Staates ist. Deshalb!«

»Aber zurückhaben wollten sie sie doch nicht!«

»Es ist ja noch einmal gut gegangen!«

»Gottlob!« sagte Säntimäntl und fuhr sich mit dem Taschentuch über die Stirn. »Es geht auch ohne Abenteuer!«

Es geht auch ohne Leben, dachte Werner und »He's a real nowhere man« geisterte durch seinen Kopf. Ein Leben von geradezu sensationeller Sensationsarmut.

Dieser Mensch bevorzugt Niemandsländer. Cafés, Hotels, Autobahnen. Da geht am wenigsten an ihn ran, da ist die Anonymität Regel, ein Glücksfall für ihn. Da läuft das Leben nur in Anführungszeichen ab, da greift noch nicht mal sein ewiger Pessimismus. Alles rausgefiltert. Und falls doch mal, nun, dann hat er immer noch mich.

Side-Kick nennt man Burschen wie mich im Branchenjargon. Ob er das weiß? Ob er sich auskennt – so richtig? Sancho Pansa war ein Side-Kick. Mein Don Quixote rennt gegen Kaffeemühlen an. Das Helferlein von Daniel Düsentrieb, Adjutanten, Sekretäre, Helfershelfer. Die werden im Film immer der Hauptrolle beigegeben. Schönen Frauen stellt man eine häßliche an die Seite, damit die Schönheit noch mehr strahlt. Aber wieso Säntimäntl? Schön ist er nicht. Seinen Modestil muß er aus diesen existentialistischen Filmen der Fuffis haben – ist ihm nicht aufgefallen, daß man so nicht mehr rumläuft?

Die Helden und die Helfer. Wir Side-Kicks sind allerdings gar nicht so ohne. Nancy Reagan zum Beispiel, die hat bestimmt überall ihre Griffel drin. Jäger stehen ohne Treiber ganz schön blöd da. Vielleicht bin ich sein Treiber bei der Jagd nach dem grünen Diamanten. Komisch, immer spricht er nur von der Kladde, vom Inhalt hat er wenig erzählt bisher – typisch! Etwas von Lubitsch. Ich weiß nicht, ob viel oder wenig, hingesaut oder fein säuberlich auf einer alten Underwood getippt, und ob sie einwandfrei von Lubitsch ist. Könnte auch von irgendwem sonst sein. Ein Irrtum. Original oder Fälschung, finden Sie die acht Unterschiede. Ob der Text wohl was taugt? Hat er sich darüber vielleicht schon mal Gedanken gemacht? Grün ist die Kladde, – okay, das weiß unser Verpackungskünstler, und das scheint einiges bei ihm ausgelöst zu haben. Als Filmkritiker wäre er einer von denen, die sich mit der zweiten und fünften Rolle eines Filmes zufrieden geben, aus Zeitgründen und manischer

Oberflächlichkeit. Möglicherweise ist dieses grüne Ding unser Treiber, unser Psycho-Trip. Ich möchte wissen, was passiert, wenn er es tatsächlich in die Finger kriegt.

II.
LOVE PARADE

Der Weg vom Wunsch bis zur Wirklichkeit ist manchmal so weit, daß die Erfüllung schließlich den falschen trifft.

– Thommie Bayer

Ihre Hände sehe ich zwar nicht, merke aber doch genau, was sich da abspielt. Der Träger des Kleides ist gerade abgerutscht, sie versteht ihre Schultern zu bewegen. Auf Bewegungen versteht sie sich ohne Frage, gerade in diesem Kleid. Habe ich Ihnen schon gesagt, wie gut Ihnen dieses Kleid steht, Madame? Ich weiß nicht, wie der Abend verlaufen wäre, wenn Sie nicht ausgerechnet dieses Kleid gewählt hätten – Sie beziehungsweise die Leute hinter Ihnen.

Jetzt hat sie den Träger wieder hochgezogen. Ihre Hände, Madame.

Wunderbar – jetzt ist der andere unten. Ob ich in diesem Leben jemals noch dazu kommen werde, an dieser Zigarre zu ziehen? Ich liebe Zigarren! Sie glimmen ja nicht weiter, wenn man sich eine Weile nicht mit ihnen beschäftigt. Und was eine gute Brasil angeht ... Eine kleine Erfrischung wäre jetzt auch nicht schlecht. Ob ich sie einfach bitte, mal kurz mit dem Siphon meine Stirn ... das würde allerdings das schöne Bild zerstören.

Pardon? Ich soll Ihren Reißverschluß ...? Madame!

Sie wird ihr Ziel erreichen, soviel scheint sicher. Ich habe nicht mehr allzuviel Vertrauen in meine Widerstandskraft. Ich stehe bis zu den Knien in Testosteron. Aber sie soll sich – mit Verlaub – etwas einfallen lassen.

Hhmm, etwa in der Art: Aber nicht so rasch, bitte, ich muß an meine Gesundheit denken.

Nein, es ist keineswegs nur das Kleid, oh Verzeihung, hoffentlich gibt das keinen blauen Fleck. Sie ist wirklich sehr talentiert, kommt geschickt vom Eigentlichen auf das Wesentliche, wenngleich ich diese Szene ein klein wenig anders inszeniert hätte. Nuancen, aber gerade die sind wichtig.

Nein, das Kleid allein kann es nicht sein.

Ihre Ohrläppchen sind angewachsen! Das hätte mir gleich auffallen müssen! Am Telefon hat sie gar nicht danach geklungen. Sie war eher schüchtern. Vielleicht ist sie professionell schüchtern.

Jetzt hat sie tatsächlich ... Meine Verehrung, Madame. Ich habe ja bisher nur Augen für Ihr bezauberndes Kleid gehabt. Ein wunderschönes Nichts, wie es Travis kaum besser hätte entwerfen können. Jetzt bleibt mir gar nichts mehr – doch: das Gesicht, das aber ist auch nicht immer da.

Gerade ist sie wieder untergetaucht. Ich will keineswegs, daß es so schnell zu Ende geht. Manchmal genügt es, die Augen zu schließen, um über gewisse Dinge hinwegzusehen.

Beinahe hätte sie mich erwischt!

Also versuche ich, mir ihr Gesicht vorzustellen: unheilbar rothaarig. Ein breiter Mund von Ost nach West. Er schimmert. Die Zähne wirken überecht! Die Augen sind tief, sehr tief, als führten sie rücklings zu einem Notausgang, dabei von einer Farbe, die kaum zu bestimmen ist, fast durchsichtig, sehr helle, tiefe Murmeln, man muß sich wundern, daß sie mit ihnen sehen kann.

Gemach, gemach.

Unterseeboote habe ich mir immer kälter vorgestellt. Und unbeweglicher. Sie wühlt den ganzen Ozean auf. Wie wäre es erst mal mit einem kleinen Landgang?

Das war ganz ausgezeichnet so, das machen wir gleich noch einmal!

Ob sie weiß, daß das Ding auf dem Schreibtisch liegt? Einfach so? Nicht mal im Safe? Es ist nicht schlecht, was dieser junge Mann da geschrieben hat, nur als Drehbuch gänzlich ungeeignet. Da müßte man viel dran arbeiten. Ich könnte ihr ja vorschlagen, es ihr zu leihen: Gnädige Frau – damit habe ich die Gewißheit, Sie wiederzusehen, denn ich muß das Buch ja zurückhaben. Ein alter Trick. Aber nein, das könnte sie in Verlegenheit bringen, möglicherweise beschämen. Oder sie durchschaut, daß ich sie durchschaut habe, und beendet unsere kleine Partie. Sie ist beileibe nicht dumm, sie hat erst einmal eher beiläufig danach gefragt. Ihr Akzent ist bezaubernd, erinnert stark an Vajda.

Die Drähte laufen heiß, so muß es in einem Toaster zugehen. Ob sie zum Frühstück bleibt? Wohl kaum. Irgendwann hat sie mich in den Schlaf bewegt und dann …

Sie will nur das eine und das liegt auf dem Schreibtisch. Grün. Gerade ist wieder was auf den Boden geraschelt. Sie bekommt es und auch wieder nicht.

Oh! Wo hat sie das her? Ich muß schnell die Augen aufmachen! Irgendwas anstarren! Der Korken auf dem Netzstrumpf bringt einen aber auch nicht auf andere Gedanken!

Sie hat gelacht vorhin, als ich ihr sagte, sie könne hier auch übernachten für den Fall, daß ich sie nicht nach Hause gehen ließe. Da konnte ich ihre Lächelattacken noch halbwegs parieren. Sie muß stark kurzsichtig sein, das ist das Geheimnis der meisten Schlafzimmerblicke.

Hhmm … ich fühle mich wohl. Ich könnte die ganze Welt umgarnen. Der Ventilator! Ich werde versuchen, mich auf den Ventilator zu konzentrieren. Es ist heiß! Warum bewegt er sich nicht? Ich schwitze!

Wenn sie mich jetzt küßt … es wird Schmauchspuren geben! Es hört gar nicht mehr auf zu rascheln, das muß aber nun etwas von mir gewesen sein, bei ihr gibt es längst nichts mehr, was noch rascheln könnte. Was sind da Hände, was Lippen? Sie ist stark. Jetzt kommt sie hoch, das Wasser teilt sich, sie wird doch nicht …

Doch!

Ein Engel. Ein Engel, der aus der Tiefe kommt. Bisher wähnte ich nur einmal in meinem Leben einen Engel in meiner Nähe, aber der schien nur notgelandet zu sein. Aber dies hier, das ist eine ausgewachsene Zwischenlandung inklusive Auftanken. Sie steuert den Hafen an, sie lotst mich durch Stromschnellen, durch Klippen, sie läßt nicht los. Wo nimmt sie nur diese Bewegungen her? Mir wird ganz schwindlig! Ich sehe ihre Hände nicht, von meiner Haut gehört mir gar nichts mehr, wo sind ihre Hände – ach, da sind sie, sie spreizt den kleinen Finger ab, das spüre ich, den kleinen Finger, um den sie mich gewickelt hat, sogar, wenn sie krallt, wenn ... sie ...

Jetzt könnte ihr Mund den ganzen Globus verschlingen!

Die Klinke bewegt sich nach unten. Die riesige Tür öffnet sich einen Spalt. Sie quietscht. Der Spalt wird größer. Ein Teewagen rollt in den Raum, gefolgt von W.

Es ist nicht hell, aber hell genug. W. sieht sich um.

Die Fliege liegt auf dem Boden! Das hat es hier noch nie gegeben! Im Ascher neben dem Bett liegt eine Brasil. Zum Rauchen war anscheinend nicht viel Zeit. Auch die Flasche ist noch halb voll. Ein Glas ist umgestürzt. Das kriegt man hoffentlich wieder raus.

L. schläft. Die Stirnlocke steht senkrecht. Ein schlummerndes Einhorn, leicht derangiert. Der Gesichtsausdruck – belustigt oder stolz? W. entscheidet sich für belustigt.

Ein Hauch von, nun – eine der weniger gängigen Marken, natürlich etwas ausgesucht Teures, trotzdem ungewohnt in diesem Raum. Und sonst?

Das gehört schon gar nicht hierher! Also wirklich!

Der Schreibtisch ist sehr unordentlich! Moment – gestern hat hier doch noch dieses grüne Buch gelegen! Das wird L. aber überhaupt nicht gefallen! Und R. noch weniger, schließlich ist es sein Werk. Sogar die Notizblätter sind weg. Ich hätte die Dame überhaupt nicht einlassen sollen. Aber sie war schließlich angemeldet. Allein schon diese Stimme!

Wie bringe ich das L. nur bei?

»Das Buch ist weg, nicht wahr?« fragt L. vom Bett her.

W. zuckt die Achseln.

»Rufen Sie Schrader an. Es geht los!«

III. BIRMA ODER BURMA

Das Publikum verlangt nach einem Leben wie es nicht ist.
– Ernst Lubitsch

So ungern Säntimäntl das Land verlassen hatte, so froh war Werner darüber. Säntimäntl hatte immerhin eine Tschaika-Limousine zur Strecke gebracht, aber was sein Hobby anging, blieb dieses seltsame Land ein Fehllos: kein Terrain für Graffiti. Keine Klosprüche, keine Wandschmierereien, nichts, nullamente. Sonst schrieb er sie immer in sein kleines grünes Oktavheftchen. In dieser reichlich komischen Sprache wären Graffiti sicher ein Hit gewesen – auch wenn er ihren Sinn nicht verstanden hätte. Besondere Exemplare lichtete er sogar mit einer Polaroid ab, vor allem jene mit Rechtschreibfehlern; Legasthenie durch Hast und Angst vor Entdeckung.

»Für Sie waren das ja tolle Weidegründe. In armen Ländern fährt man die Autos länger«, sagte er zu Säntimäntl.

»Da mögen Sie recht haben. Aber ein Zuckerwürfeldorado war es nicht unbedingt!«

»Immerhin haben Sie welche gefunden. Aber bei mir war völlig Fehlanzeige. Ein total unterentwickeltes Land, was Graffiti angeht!«

Säntimäntl zog eine Miene, die er für ein Lächeln hielt.

»Warum haben Sie nicht im Rahmen eines Entwicklungshilfeprogramms selbst welche geschrieben?«

»Niemals! Das war mir zu heiß! Außerdem genügt es mir, diese Dinge festzuhalten. Ich bin kein Macher. Ebensogut könnte ich Sie fragen, warum Sie nicht Regisseur geworden sind.«

»Nun«, antwortete Säntimäntl, »ich agiere lieber hinter den Kulissen. Wahrscheinlich will ich damit eine mangelhafte künstlerische Begabung vertuschen. Bestimmt sogar! Das denken Sie doch, oder?«

Werner schüttelte heftig seinen Zopf. »Nein, nein!« wehrte er ab. »So habe ich das nicht gemeint. Übrigens, was alte Autos angeht, da wüßte ich ein wahres Paradies für Sie!«

»Nämlich?«

»Birma. Oder Burma. Da soll es die in ganzen Rudeln geben, alle noch in Betrieb!«

»Das will ich hoffen. Ich nehme nur Autos auf, die noch fahrbereit sind. Alles andere ist witzlos, da könnte ich gleich ins Automuseum gehen.«

»Und was machen Sie eigentlich mit den ganzen Zuckerklumpen zu Hause? Kommen die in eine Glasvitrine?«

Säntimäntl lächelte wieder.

»Was glauben Sie?« fragte er. »Ich süße meinen Kaffee damit und meine Erinnerungen.«

Die Silvesternacht verbrachten sie in einem Hotel auf Jugendherbergsniveau. Im Tiefschlaf. Die Zimmer schienen in liebevoller Kleinarbeit, mit Enthusiasmus und Sorgfalt, mit Geschmack und Sachverstand von einem stark sehbehinderten Innenarchitekten entworfen zu sein. Das mitternächtliche Feuerwerk klang kaum lauter als der Aufprall dreier Erbsen auf einem Marmorboden; jedenfalls drang es nicht in ihr Bewußtsein.

Wesentlich lauter war die Wirtin, die frühmorgens mit ihren Schwester-Olga-Schuhen die Stiegen hinunterklackerte.

Tagsüber hangelten sie sich durch die hängenden Gärten des Kaffeehaussortiments. Trotz der Kälte gab es viele Touristen, die auf den ewig gleichen Pfaden durch die Stadt rochierten, als stünden alle anderen Gassen unter Strom.

Die Stadt verhielt sich wie vom Reiseführer vorgeschrieben: pittoresk wie im Farbenland der Freizeitmaler, ein übriggebliebener Adventskalender.

Sie war auf eine einzige Person zugeschnitten worden, einen berühmten Musiker, der hier seinerzeit als Wunderkind angefangen hatte und mittlerweile davon profitierte, seit nunmehr zweihundert Jahren unter der Erde zu liegen, so daß er sich jetzt nicht mehr davonzustehlen brauchte. Der Rummel wäre ihm nämlich bestimmt aufs Gemüt geschlagen.

Jeder zweite Platz, jeder dritte Brunnen, jedes vierte Café und jedes fünfte Stück Gebäck waren nach ihm oder jemandem seiner Familie benannt worden. Alle Geschäfte, vom Kolonialwarenhändler bis zum Briefmarkenverschleiß, hatten seinem Wirken und Werden auf irgendeine Weise Tribut gezollt – und wenn es nur in der Dekoration war; so prangte sein Porträt über einer Waschmaschine, die angeblich wußte, was Frauen wünschten. Die Straßen waren nichts anderes als Reeperbahnen für Kulturbeflissene, in deren Geschäften nur über ein einziges Thema improvisiert wurde.

Irgendwann in den 20er Jahren hatte ein findiger Kopf zu dem ganzen Trubel noch die passenden Festspiele erfunden, mit ursprünglich hehren Zielen, die dann, wie meist, mit der Zeit verwässerten und jetzt lediglich dem legalen Taschendiebstahl Vorschub leisteten.

»So ist es richtig!« sagte Säntimäntl. »Heute strickt man sich die Anlässe selbst. Da wertet sich jedes Provinznest auf, indem es neue Festlichkeiten erdichtet und diese gleich als traditionell verkauft.«

Orchesterschwalben schwirrten durch die Arkaden, verfolgt von dickvermummten Gigolos. Die Stadt war überdies zum Lourdes für die minderbegabten Kinder ambitionierter Mütter avanciert, die, in der Hoffnung auf ein Wunder, ihre Sprößlinge von Klavierlehrer zu Klavierlehrer schubsten.

Werner hätte es kaum gewundert, wenn man ihn auf offener Straße nach seiner Eintrittskarte gefragt hätte. Vor allem die »Gepäckträgermentalität« der Einheimischen nervte ihn.

Eine Dienstleistungsstadt, von Verbrauchern verbraucht. Die Gehsteige waren gesalzen, die Preise gepfeffert und der Zuckerguß war nur Zuckerguß. Lederne Gesichter, Lodenmäntel en masse – eine harte Prüfung für Säntimäntl, der die Farbe Grün an sich schon nicht leiden konnte und für den Loden der Inbegriff alles Schlechten war.

Auch an diesem Abend flüchteten Säntimäntl und Werner früh in ihre Zimmer. Wunder standen nicht zu erwarten, und gewundert hatten sie sich den ganzen Tag genügend.

IV.
SURFEN BEI SINTFLUT

Ich halte mich über Wasser.
Aber das ist nicht der Platz,
wo man Feuer fängt.
– Ludwig Fels

Die Isetta ist kein Amphibienfahrzeug. Ein Rodelschlitten ebenfalls nicht. Entscheidende Nachteile.

Die einzige Straße, die durch das Tal führte, war wegen Hochwassers unpassierbar – zum ersten Mal seit Menschengedenken übrigens, denn erst vor kurzem war die Kanalisierung des einstmals harmlosen Flüßchens abgeschlossen worden: rasendes Tempo in schnurgeraden Flußbetten, das Wasser hielt nicht länger still.

Alle öffentlichen Hände hatten alle Hände voll zu tun, mancher Ortsvorsteher durfte sich fühlen wie der Bademeister von Venedig.

Im Zentrum der Region hatte man es sogar fertiggebracht, die Stadtautobahn so nahe am Fluß entlangzuführen, daß sie schon vor Fertigstellung des Kanals bei stärkeren Güssen unter Wasser stand.

Und eben jene Stadt erwartete gerade die Besucher der Filmwoche, zu denen auch Säntimäntl rechnete.

Aber die Isetta schwimmt und rodelt nicht. Die einzige Ausweichstraße führte über die Berge und stand wegen starker Schneefälle nicht zur Debatte.

Keine hundert Kilometer von ihrem Ziel entfernt mußten sie eine Zwangspause einlegen. Sie logierten in einem angestrengt schmukken Hotel. Ein runderneuertes Haus. Der Frühstücksraum mußte gerade frisch veraltet worden sein. Er war ausgestattet mit den Beutestücken emsiger Flohmarkthändler, die immer auf alten Dachböden und Tennen antike Schätze ausfindig machten. Die guten

Stücke wanderten gleich in die Hände eines Handwerkers, der imstande war, aus einem vom Holzwurm zerfressenen Beichtstuhl einen passablen Biedermeierschrank zu zaubern.

Was die Inhaber des Hotels bei der Einrichtung ausgegeben haben mochten, versuchten sie mit den Mahlzeiten wieder wett zu machen: hagelkorngroße Hühnereier, Gouda Fehlfarben.

Der Radiodienst meldete neue Hiobsbotschaften: Rien ne va plus.

»Na servus!« sagte Werner.

»Auf diese Weise kommen wir nie irgendwo an!«

»Höhere Gewalt!«

»Woody Allen hat einmal gesagt: Ich verabscheue Gewalt! Vor allem gegen mich!«

»Tja«, sagte Werner, »wir machen uns unsere Sintflut schon noch selber. Wenn überall alles zubeto ...«

»Ja, ja!«

Werner wechselte schnell das Thema, verlegte sich auf die Isetta: mit einem besseren Fahrzeug könne man leicht jederzeit überall hinkommen und so weiter, und so weiter.

»Ich will ja nichts sagen!« schloß er.

»Dann sagen Sie auch nichts!«

Säntimäntl kannte diese Litanei. Die Isetta war aber erstens ein Erbstück, zweitens das Logo seiner Firma, somit drittens ein idealer Werbeträger und viertens eine wirksame Präventivmaßnahme gegen die Raserei und damit basta!

»Außerdem kommt man immer dahin, wohin man will. Man muß nur zeitig losfahren!«

»Sie sehen ja, wohin wir kommen!« sagte Werner trotzig.

Säntimäntl schüttelte den Kopf. Er ärgerte sich. »Höhere Gewalt, haben Sie doch eben selbst gesagt! Und mangelnde Perfektion in einer überperfektionierten Welt, das ist doch auch mal was! Das hat seine eigene Note!«

»Bitte – wenn Sie das zum Prinzip erheben wollen ... Dann beklagen Sie sich auch nicht!«

Sie saßen fest.

So gab es Schnaps bereits zum Frühstück. Draußen mochte es bitter kalt sein, und die Heizung schien auch unter die Sparmaßnahmen des Patrons zu fallen. Dafür war der Schnaps nicht kalt.

»Wo, bitteschön, lassen Sie eigentlich den Aquavit wärmen?« Werner schlug eine Besichtigung der Stadt vor. Säntimäntl lehnte rundweg ab, für so etwas hatte er nichts übrig, er war kein Tourist. Er ließ sich das Kinoprogramm vorlesen.

»Lux: *Piranha 1.* Capitol: *Psycho II.* Flimmerkiste: *Rocky III.* Gloria: *Eis am Stiel IV.* Rex: H*ausfrauenreport V.* Apollo: *Gandhi VIII* ...«

»Gandhi acht?«

»Nein, halt, entschuldigen Sie: Gandhi – acht Oscars!«

Säntimäntl schlug die Hände über dem Kopf zusammen. »Grauenhaft! Diese Namen! Dieses Angebot! Nicht mal Filme dabei, die man sich vielleicht mal aus lauter Abscheu ansehen möchte!«

»Hier steht noch was: die Volkshochschule zeigt einen französischen Stummfilm. Wär das nichts?«

»Ich verstehe kein Französisch!«

»Die mangelnde Perfektion in einer überperfektionierten Welt!«

»Lieber Werner!« sagte Säntimäntl säuerlich. »Falls Sie noch irgendwas zu erledigen haben sollten, möchte ich Sie nicht länger aufhalten!«

»Schneeketten!« Werner verschwand. Einen Schnaps später hielt es auch Säntimäntl nicht länger im klammen Frühstückszimmer aus.

Die Stadt hatte man im Hinblick auf irgendein Jubiläum anscheinend ordentlich durchgerömert und völlig aufgeflaggt. Nach nur wenigen Schritten zog sich Säntimäntl auf die Galerie eines prächtig ausgestatteten Kaffeehauses zurück. Dem herrlichen Blick auf den Innenraum zog er eine Illustrierte vor. Nur den Kellner beäugte er gelegentlich.

Ob er den bedauern sollte? Es sah alles so umständlich aus: Treppe hoch zum Aufnehmen der Bestellung. Treppe runter. Übrigens ein tückischer roter Läufer mit diesen Teppichstangen aus

Messingverschnitt, die sich so gerne lösen. Aufgeben der Bestellung am Kaffeeausschank, zwischenzeitlich zum Kuchenbuffet. Warten. Mit dem Kuchen zum Ausschank zurück und wieder die Treppen hoch. Alles in allem eine komplizierte Zeremonie. Und wenn dann noch jemand statt Zitrone doch lieber Milch wollte ...

Besser nicht bedauern. Der Kellner wußte schließlich selbst, wie mühselig diese Prozedur war. Eingedenk gelegentlicher Schwierigkeiten im Umgang mit Dienstleistungspersonal zog Säntimäntl es vor, den Mund zu halten. Wenig später kompensierte er sein anfängliches Bedauern auf seine Weise.

»Der Kaffee schmeckt ekelhaft!« sagte er. »Den können Sie gleich wieder mitnehmen!«

Der Kellner, ein ältlicher Mann mit dem Gesicht eines Magermilchtrinkers und toupetartigen Haaren, zog die Augenbrauen hoch.

»Am Kaffee kann es nicht liegen!« entgegnete er reserviert. Eine Stimme wie eine Schippe Lehm. »Wir verwenden nur erstklassige Sorten. Vielleicht liegt es am Wasser.«

»Am Wasser? Wie, bitte, darf ich das verstehen?«

»Unser Wasser ist leider stark kalkhaltig!«

»Dann entkalken Sie doch einfach die Maschinen!«

»Mein Herr, erlauben Sie! Wir entkalken einmal wöchentlich, ein ungeheurer Aufwand, aber es hilft nichts!«

»Wieso soll das nichts helfen?« raunzte Säntimäntl. »Entkalken Sie täglich! Nehmen Sie die Altersheim-Großpackung!«

»Schauen Sie«, sagte der Kellner und trat von einem Bein aufs andere, »schon das Wasser, das wir zum Nachspülen durch die Kaffeemaschine laufen lassen, ist bereits wieder stark kalkhaltig!«

Unwillig stocherte Säntimäntl mit dem Löffel in der Tasse herum. Er schien nachzudenken. Er hob die Tasse, probierte. Der Kellner hatte noch keine Anstalten gemacht, sich vom Tisch zu entfernen.

Säntimäntls Lippen zuckten.

»Bringen Sie mehr Milch. So ist die Brühe ungenießbar!«

»Bedaure«, entgegnete der Kellner so höflich wie möglich, »Milch ist alle. Aber Kaffeeweißer ist noch da.«

»Wie? Was? Höre ich recht?«

Säntimäntl wurde laut. Von unten blickten Gäste zur Galerie hinauf.

»Kaffee*weißer*? Geht es denn hier um die Farbe? Ist Kalk nicht schon weiß genug? Bringen Sie mir lieber eine Schokolade! Eine bräunliche!«

Vielleicht war es in dieser Stadt üblich, daß die Qualität des Angebots nie ernsthaft mit der Qualität der Ausstattung konkurrieren konnte, was möglicherweise mit der Quantität von zweitausend Jahren Stadtgeschichte zu tun hatte.

Säntimäntl war wieder in seine Illustrierte vertieft, als Werner die Treppen hinaufgestolpert kam und sich schwer atmend auf einen Stuhl fallen ließ.

»Was keuchen Sie denn so?«

»Ich mußte ganz schön rasen, um noch zum letzten Laden zu kommen, bevor der zumacht. Ich bin echt von Pontius zu Pilatus gelaufen, bis ich endlich mal die richtige Adresse hatte!«

»Dann haben Sie also Schneeketten?«

»Von wegen. Isetta! Finden Sie mal welche für so was!«

»Wenn Sie so ein bißchen Rumrasen schon außer Puste bringt, sollten Sie sich mal Gedanken um Ihre Kondition machen. Treiben Sie nie Sport?«

»Ich hasse Massenbetrieb. Außerdem wird Sport immer zelebriert, da ist alles so bierernst.«

»Aber Sport ist gesund! Ich will, daß Sie fit sind, schon im eigenen Interesse!«

Werner zog eine Grimasse. »Treiben Sie denn Sport?«

Säntimäntl führte bedächtig eine Tasse zum Mund, trank in kleinen Schlucken. Das Schokoladenpulver hatte den Geschmack des Wassers ausreichend verdrängt; die Sahne, die er sich in die Tasse schaufelte, verdrängte ihrerseits die Schokolade, die über die Ufer trat und die Untertasse überschwemmte.

»Mikado«, sagte er schließlich. »Ich habe von Mikado sogar schon Muskelkater bekommen. Ich habe schon im IC-Speisewagen mit

Mikado experimentiert. Auch mit langen italienischen Nudeln. Wenn man es richtig betreibt, ist es anstrengend. Wie Schach.«

Was hatte Werner mal über die Rolle des Sports in der indischen Gesellschaft gelesen? In Indien ist jemand, der liest und schreibt, ein feiner Mann. Wer aber läuft und springt, der ist ein Luderjahn. Komisches Wort übrigens. Erinnerte ihn an eine Folkgruppe. Ob er Säntimäntl ...? Besser nicht. Diese Schüsse ins Blaue holten meistens das Blaue vom Himmel runter, und zurück blieb Grau. Das Duell zweier schweigender Minderheiten.

»Ich bin früher schon mal hier gewesen!« Werner sagte nicht, wie lange.

»Ich möchte wissen, wo zum Teufel Sie noch nicht gewesen sind!« sagte Säntimäntl.

»Ernsthaft. Aber das liegt schon Jahre zurück!«

»Es schmeckt zwar nicht besonders, aber dafür, daß das Haus einen eher gediegenen Eindruck macht, geht es hübsch leger zu. Hier ist wirklich alles vertreten, nicht so ein Kaffeehaus, in dem man nur alte Schachteln sieht!«

»Leger? Da muß ich aber lachen!« Werner lachte. »Leger! Rassistisch ist der Laden, und zwar bis auf die Knochen! Hier hat man sogar schon mal einen Schwarzen vor die Tür gesetzt!«

»Was Sie nicht sagen! Einen Neger? Einfach vor die Tür gesetzt? Unglaublich! Und das im zwanzigsten Jahrhundert!«

»Wenn ich's Ihnen sagte!« sagte Werner, »noch dazu sturzbetrunken! Und hat hier von der Galerie einen Stuhl runtergeworfen.«

»So ein Humbug! Haben Sie eigentlich den Wagen abgeschlossen?«

Werners früherer Besuch war nicht nur eine Stippvisite gewesen: fünf Jahre hatte er in dieser Stadt gewohnt. Fünf wichtige Jahre, und schöne. Was Säntimäntl allerdings nichts anging.

Die Suche nach Schneeketten – nur vorgeschoben. Schon bald verlor sich Werner in Bildern und Geschichten von damals.

Hier kannte er sich aus wie in der Besteckschublade seines Küchenschranks. Er kannte die scharfen und die stumpfen Schneiden der Messer, die spitzen Gabeln, die Löffel, die Spiesse und die Eierpiekser. Die Stadt war nicht minder bunt zusammengewürfelt wie der Inhalt dieser Schublade, in der wertvolles Tafelsilber neben Campingbesteck lag. Einer Märklin-Eisenbahn nicht unähnlich, die im Laufe von Jahrzehnten durch viele Hände gegangen war und bei der jeder Besitzer irgendwas dazu gebaut hatte.

Die Fixpunkte von früher, Werners regelmäßige Anlaufstationen, hatten überlebt. Das Fräulein von der Post lächelte ihn an, die Marktfrau und der Briefträger erkannten ihn wieder. Der Täter kommt immer zum Tatort zurück. Richtige Bekannte, geschweige denn Freunde, traf er jedoch nicht.

Hier hatte alles angefangen, seinerzeit. Die ersten Gehversuche mit der Musik. In feuchten Übungskellern, mit feuchten Händen vor dem ersten Auftritt auf der roh gezimmerten Bühne des Jugendzentrums; fünf wichtige Mienen, endlich raus aus der Masse, here we go: The Peaceful Porridge. Er war kein großartiger Musiker, da fehlte wohl doch einiges, aber sein Organisationstalent war enorm: mit der Zeit kümmerte er sich mehr um die Belange hinter der Bühne, Termine, Show, Verträge, später Licht und Verstärkeranlage, bis er schließlich als Techniker zu einer Band ging, die sich gerade anschickte, den engen, regionalen Rahmen zu sprengen. Nix wie weg.

Das Abgrasen der Klubs und Kaschemmen, die zahllosen Mukken, landauf, landab, brachten natürlich auch Nachteile mit sich: Entfremdung von den Freunden, gemäß der Binsenweisheit »Erfolgt schafft Neider«, vielleicht sogar, daß er seine Nase in der Zeit tatsächlich ein klein wenig höher trug – schließlich kannte er die große, weite Welt: Hanau, Schwerte, Furtwangen!

Niemand wußte so recht, wann er mal zu Hause war und wann nicht. Er konnte nicht mehr regelmäßig Anteil nehmen an ihrem Leben und sie nicht an seinem. Bei Festivitäten fehlte er unentschuldigt, und da, »wo was los war«, ließ er sich selten blicken. Mit der Zeit ging er abends nur noch in die Stadt, um zu sehen, ob sie auch ohne ihn auskamen. Selbst in seiner Wohngemeinschaft klappte es nicht mehr, er war weder ganz da noch ganz weg, kaum mehr als ein Besucher. Irgendwann zog er mit der Band fort.

Ein Täter kehrt immer zum Tatort zurück: er hing noch an dieser Stadt, ein sentimentales Kapitel von magischer Anziehungskraft, Heimat in kleinen Schnapsgläschen mit Namensaufdruck, ex und hopp. Eng, aber herzlich.

In solchen Käffern war das Leben unmittelbarer, nicht in künstliche Ghettos aufgesplittet wie in den Metropolen. Keinerlei Orientierungsschwierigkeiten, die Zukunft saß schon im Schaukelstuhl. Ständig stolperte man über die eigenen Wurzeln. Die Unterdrükkungsmechanismen waren offener und daher leicht zu durchschauen, nur wenig veränderte sich, ein neues Hochhaus in der Hauptstraße, eine Tiefgarage, ein neuer Jugendpfarrer.

Trotzdem vermißte er nicht selten diese Direktheit, die Anteilnahme, die Unmittelbarkeit, vor allem in jenen Tagen, da er noch einfacher Lehrling gewesen war. Die ganze Woche Kartoffelsuppe hatte er nicht ertragen können, aber immer nur exotische Speisen stumpften die Geschmacksnerven nicht weniger ab.

Kalenderweisheiten! hätte Säntimäntl jetzt sicher gesagt, Gedanken aus der geistigen Portokasse.

Die Schneeketten fielen ihm wieder ein. Ja, richtig!

Säntimäntl brütete derweil im Café über ihrer Reiseroute. Er studierte den Festivalkalender – Moment mal: warum war ihm das nicht gleich aufgefallen? Oder eingefallen? Dieses internationale Festival, keine – Augenblick – sechzig, hundertfünfzig, äh, zweihundertfünfzig Kilometer entfernt? Es sollte in zwei Tagen beginnen. Vielleicht war der Westen die erfolgversprechendere Richtung.

Schon mehrere Male hatte er versucht, Mittsalänen in seinem Büro zu erreichen, aber der Anrufbeantworter hatte ihn darüber aufgeklärt ... ja, worüber eigentlich? Er hatte ja nicht ein Wort verstanden!

Kursänderung! beschloß Säntimäntl, Nordwest! Dort gab es nicht nur das Internationale Festival, sondern auch den Internationalen Flughafen, von wo aus sie genausogut zu ihrer Übersee-Etappe aufbrechen konnten; per Flugzeug, ohne Isetta. Säntimäntl ging ins nächste Reisebüro, um eigenhändig die Flüge umzubuchen, und dann stante pede ins Kaffeehaus ...

Die Hinterräder drehten durch und wirbelten den Schnee durch die Dämmerung. Der Motor heulte auf, röchelte, spuckte. Wütende Laute drangen durch die Adventskalenderlandschaft. Der ohnehin verdüsterte und nichts Gutes verheißende Himmel verfinsterte sich zusehends.

Skifahrer glitten leichtfüßig mit höhnischem Grinsen am Wagen vorbei, der als Havarist in den weißen Massen schlingerte.

Wurde er nicht gerade zu Fontänen in die Luft geblasen, so lastete der Schnee behäbig und dicht über dem Terrain wie Sahne auf Capuccino. Wo er nichts verloren hatte.

Das Hinweisschild hatten beide übersehen:

Diese Straße wird im
Winter nicht gestreut.

Verstanden hätten sie es eh nicht, von der Sprache her. Sie verstanden auch die Sprache der Skifahrer nicht, von denen ohnehin keiner seine Hilfe anbot; das meckernde Lachen war unmißverständlich.

Bald würde die Nacht hereinbrechen. Sie mußten weiter, wenn sie nicht Gefahr laufen wollten zu erfrieren. Aber wie? Vollgas half ebensowenig wie Schieben. Tragen konnte man die Isetta höchstens ein kleines Stück, einen halben Meter vielleicht, und anderswo waren die Wegverhältnisse auch nicht besser. Eine Schaufel hatten sie nicht, es war der Schnee, der sie auf die Schippe nahm.

Wo hatte Werner die Schneeketten gelassen? Warum hatten sie keinen Blick auf die Wetterkarte geworfen? Wieso war es so jämmerlich kalt? Nur weil Winter war? Kindisch.

Es schneite munter weiter und Säntimäntl fühlte sich wie Mickey Mouse in einer Schneekugel. Fehlte bloß Bambi.

Entschlossenen Blickes begann Werner schließlich, in der vorderen Ablage herumzukramen; ungeachtet der vor Entsetzen weit aufgerissenen Augen Säntimäntls fischte er nacheinander alle Zukkerstückchen heraus, die er finden konnte, stieg aus dem Wagen, legte sie nebeneinander auf das Dach – wo war das Gepäckträgerchen abgeblieben? – und begann mit einem großen Wagenheber – viel zu groß für eine Isetta – und erstaunlicher Treffsicherheit auf die Stückchen einzudreschen.

Säntimäntl schrie panisch auf. »Um Gottes willen, Werner! Was treiben Sie da?«

»Sport... Nein – sehen Sie doch, ich zertrümmere Zuckerstükke!«

»Das sehe ich! *Meine* Zuckerstücke! Meine Sammlung! Die können Sie doch nicht einfach kaputtschlagen! Das sind keine gewöhnlichen Zuckerstücke! Halten Sie ein! Aufhören!«

»NEIN! Wir haben weder Schaufel noch Bagger, keine Unterlage, keinen Sand und auch keine Schneeketten! Niemand will uns helfen, Streudienst existiert keiner, Streusalz gibt es null! Also mache ich Streuzucker! Oder was schlagen Sie vor, was wir unternehmen sollen? Erfrieren?«

»Meine Zuckerstücke! Der Wagen!« stotterte Säntimäntl entnervt.

Ein Rumpelstilzchen zertrampelte den Schnee. Werner ließ sich durch nichts aus der Ruhe bringen und schlug beharrlich auf Säntimäntls Schmuckstücke ein.

Der hielt sich die Ohren zu, wandte sich gequält ab, würgte, ließ sich in den Schnee fallen. Selbst durch die gefütterten Handschuhe klang das mörderische Teng-Teng des Wagenhebers.

Dieses Geräusch weckte ihn auf. Jemand klopfte an die Tür.

Säntimäntl wagte nicht, die Augen zu öffnen. Es klopfte erneut, heftiger, und dann nahm er Werners Stimme wahr, die vom Flur her fragte, wann er denn zum Frühstück zu kommen gedenke.

Übellaunig ließ sich Säntimäntl am Tisch nieder – beziehungsweise grätig, wie Werner das nannte. Auch an diesem Morgen sah das Frühstück nicht einladender aus.

Er griff in ein Körbchen, nahm eine Handvoll kleiner Schächtelchen, Döschen und Töpfchen heraus, hob sie in die Höhe und ließ sie durch die Finger auf den Tisch rieseln.

»Das ist kein Frühstück«, stellte er sachlich fest, »das ist Entmündigung in Reinkultur!«

»Entmündigung in Reinkultur?« echote Werner.

»Hundertprozentig! Da kann man gar nicht mehr selbst bestimmen, wieviel man wovon nehmen will. Alles vorgeschrieben!«

»Vielleicht haben die Wirtsleute das aus der Puppenküche ihrer Tochter geklaut!« sagte Werner hoffnungsfroh.

Ein kleines, in Goldfolie gewickeltes Dreieck blieb in Säntimäntls Hand hängen. Er betrachtete es eingehen, drehte und wendete es mehrere Male und meinte schließlich: »Außerdem lügen die ganz unverschämt!«

»Wieso?«

»Hier steht ganz groß SCHINKEN drauf. Stellen Sie sich das mal vor – haben Sie Schinken schon mal in einer solchen Verpackung gesehen? Bah. Streichkäse!«

»Diese Portionierungswut in der Gastronomie, die hat vielleicht ganz andere Gründe, als wir meinen«, setzte Werner an.

»Ich weiß, ich weiß, Hygiene und solche Geschichten.«

»Nein, nein«, sagte Werner, »das hat eher mit der verschärften Personenüberwachung hierzulande zu tun, mit der Meldepflicht und so.«

»Sie phantasieren!«

»Na ja, überlegen Sie mal: diese kleinen Packungen, da kann man doch sagenhafte Fingerabdrücke hinterlassen, und das ist doch genau das, was man bei Fahndungen braucht!«

»Und?«

»Na ja – auf weggespachtelten Schinkenscheiben hinterläßt man keine Fingerabdrücke.«

»Wenigstens das haben sie hier!« sagte Säntimäntl und steckte zwei, drei Zuckerstücke in seinen Koffer.

»Sammeln Sie eigentlich noch etwas anderes, außer alten Autos und Zuckerstücken, meine ich?«

»Selbstverständlich«, sagte Säntimäntl, »Eindrücke!«

Wie auf Bestellung hatte sich das Wetter gebessert. Das Hochwasser war gefallen, die Schneegrenze gestiegen. Damit war das Tal, das sie nun nicht mehr benötigten, auch wieder passierbar, aber sie fuhren längst in die entgegengesetzte Richtung, huschten über ein Land, das sich auf der Landkarte wie ein Konfetti ausnahm.

Weiter ging es über Hochebenen, Tiefebenen, Sümpfe, Moore, ausgetrocknete Flußbetten, Öden, Berge, Täler, Hügel, Wiesen, Gärten, Wälder, Schwarzerde, essigsaure Tonerde, Teer, Beton, Humus, Holz, Hundedreck, Schlamm, Öl, Sand, Steine, Benzinflecke, Dornen, Rasen, Katzenkot, Plastik, Scherben und Schutt – wenn nicht querbeet, dann haarscharf dran vorbei.

»Was es doch für unentdeckte Schönheiten gibt!« schwärmte Werner.

»Hab keine gesehen!«

»Ist doch eine wunderschöne Gegend hier!«

»Alles nur Landschaft!« bremste ihn Säntimäntl.

»Sagen Sie, Filmfestivals. Wozu sind die eigentlich gut? Ich meine, welchem Zweck dienen die, mal abgesehen davon, daß man sich mal wieder aller Welt zeigen kann?«

Säntimäntl zündete sich zeitbringend eine Zigarette an. »Oh«, sagte er, »lassen Sie es mich mit einer Geschichte versuchen. Ich glaube, es war in Kanada, wo ein junger Mann einmal auf eigene Faust ein Festival organisiert hatte. Er betrieb einen enormen Aufwand, was ihn natürlich reichlich Geld kostete, Werbung und all das, Personal, Kinomieten, Sie wissen schon. Na ja, und zehn Tage vor Beginn – er hatte bereits eine Menge wichtiger Leute eingeladen: Produzenten, Verleiher, Regisseure, Schauspieler –, also zehn Tage vor Beginn des Festivals hatte er noch nicht einen einzigen Pfennig Unterstützung bewilligt bekommen, nichts. Er sah seine Felle davonschwimmen, bis ihm schließlich die rettende Idee kam: er ging zu einigen Ministern und sagte denen, daß sie sich auf dem Festival mit Filmstars fotografieren lassen könnten, was im Hinblick auf die Wahlen einfach der optimale Werbeeffekt sei. Was glauben Sie, wie schnell der sein Geld bekam?«

»Keine Ahnung!«

»Wie? Was? Ach, Sie verstehen aber auch gar nichts. Ich wollte doch nur sagen, daß er sein Geld umgehend bekommen hat. Herrje, lassen Sie mich doch in Frieden!«

V.
ORANGENE BANANEN

Ça y est t'as passé la barrière et t'attends. Pour monter tu setas le dernier de tous ces gens.
– Yvon Vromman, Les Tueurs de la lune de miel (geringfügig geändert)

Keine Schikanen, keine Hindernisse.

Zum Aufregen blieben Säntimäntl nur die Nummernschilder der Autos. Buchstaben und Ziffern willkürlich durcheinandergewirbelt, ohne Bezug zu einer Stadt oder einer Region. Nicht mal ein versteckter Hinweis, der Möglichkeit zum Raten gegeben hätte.

»Sehen Sie sich das an: 6.D.39 K. Was soll man damit anfangen?« wetterte er.

Überhaupt nichts zu deuteln gab es hingegen an einer anderen Art Schild, die allerdings noch weniger auf Säntimäntls Gunst hoffen durfte: Aufkleber. Kaum ein vorbeifahrendes Fahrzeug, das nicht von wenigstens einem verziert wurde, wobei als Faustregel galt: je geringer der Kubikraum, desto höher die Anzahl der Aufkleber.

Brumm – *Safariland* – Brumm – *Énergie nucléaire non merci* – Brumm – *RSC Anderlecht* – Brumm – Brumm – *Windsurfers do it standing up* – Brumm – *Baum ab, nein danke* – Brumm – Brumm – Brumm.

»Gibt es den Renault da auch ohne Friedenstaube hintendrauf?«

»Nur gegen Aufpreis.«

Als wenn man nicht ohnehin alles auf dem Präsentierteller bekomme, dachte Säntimäntl. Jetzt müssen die Leute sich auch noch auf ihren Autos offenbaren. Im Wilden Westen war es das Brandzeichen, das einen einer bestimmten Herde zuordnete. Und heute tragen alle ihre Meinung knapp oberhalb der Stoßstange, jeden kann man gleich in die Schublade stopfen, selbst wenn man nur den Hinterkopf sieht.

Offensichtlichkeit geht mir auf die Nerven, dachte Säntimäntl. Es gibt ja sogar Leute, die ihren Stolz spazierenfahren, Kunde von irgendwem zu sein: Raucher dieser Marke, Leser jener Zeitschrift, immer gleich ein Etikett drauf, damit jeder weiß, wo es langgeht. Gesprächsthemen entnehmen Sie bitte dem Heckfenster. Warum dann nicht gleich T-Shirts mit dem Aufdruck »Vorsicht Freigänger«?

Gemächlichen Tempos kugelten sie über die Autobahn. Für die Tageszeit war es schon relativ dunkel und trotzdem hell genug: die Autobahn war beleuchtet! Die Lichtmasten standen keine zwanzig Meter auseinander, höchstens fünfzig. Erst war es Säntimäntl gar nicht aufgefallen. Aber nicht nur in den Zentren, sondern auch auf freier Wildbahn brannten die Lampen.

»Wissen Sie was«, sagte Säntimäntl, »ich glaube fast, die beleuchten ihre Autobahnen hier.«

»Logo!« sagte Werner. »Wußten Sie das nicht?«

»Wer denkt denn an so was? Aber eigentlich nicht mal schlecht. Man hat immer das Gefühl, man ist bald da.«

So erreichten sie tatsächlich immer unter den orangenen Bananen hindurch ihren Zielort: ohne Verzögerung! Ein schlechtes Omen?

In einer Raststätte am Stadtrand versorgten sie sich mit Stadtplänen, Ratschlägen, Zeitungen, Zigaretten und Veilchenpastillen. Sie tranken Kaffee.

Den möglichen Grund für den diesmal reibungslosen Verlauf ihrer Fahrt entdeckte Werner in der Zeitung. Schikanen hätten nichts mehr ausrichten können: sie waren generell eine ganze Woche zu spät dran! Eine ganze Woche! Was Werner da Säntimäntl übersetzte, war nichts anderes als der Abschlußbericht des Festivals.

»Ohne Scherz«, schloß er.

»Habe ich am Ende den alten Festivalkalender erwischt?« fragte Säntimäntl flüsternd. Sollte er rot anlaufen oder erbleichen? »Nein, unmöglich, das ist mir noch nie passiert. Die müssen den Termin verlegt haben!«

»Besondere Aufmerksamkeit erregte in diesem Jahr die Werkschau des ›Neuen Finnischen Films‹, die ...«

»Ich will nichts davon wissen!« sagte Säntimäntl und entschied sich für Rot. »Wie kommen die dazu, ein Festival, das im Kalender immer seinen festen Platz hatte, einfach um eine Woche zu verlegen? Wie soll man sich da noch zurechtfinden in dieser Welt?«

»Hier steht, daß das neue Kongreßzentrum, das mit dem Festival eingeweiht wurde ...«

»Da haben Sie es! Das muß es sein! Der Laden ist vorzeitig fertig geworden, da wollte man keine Zeit verlieren und hat das Festival kurzfristig verlegt. Aber wer denkt denn an so was? Lassen Sie uns trotzdem in die Stadt reinfahren, vielleicht ...«

Es war ein Tag, an dem die Sätze selten zu Ende gesprochen wurden.

Wie an fast allen Originalschauplätzen, die sie bisher besucht hatten, kannte sich Werner auch in dieser Stadt aus. Schließlich war seine Weltläufigkeit auch der wichtigste Grund für seine Anstellung gewesen. Er parkte den Wagen vor einer Gaststätte. Gleich beim Aussteigen erkannte er die Neonschrift im Fenster wieder:

LA MORT SUBITE

Er liebte Wiedererkennungseffekte.

»Sofortiger Tod heißt das«, erklärte er strahlend. »Das ist im übrigen eine Biersorte, Starkbier. Zwei Gläser davon, und Sie haut es vom Schemel.«

»Das fehlte jetzt gerade noch!« raunzte Säntimäntl.

»Ich habe Hunger!« sagte Werner. »Es gibt Wahnsinns-Quarkbrote dort.«

»Erst sehen wir uns nach einem gescheiten Hotel um. Das Kongreßzentrum, ist das hier in der Nähe?«

»Hier ist alles in der Nähe.«

Das Kongreßzentrum hätte ebensogut einen überdimensionalen Aktenrollschrank darstellen können, den ein Erdstoß auf die Seite gekippt hatte. Sie grasten alle Hotels der unmittelbaren Umgebung ab. Die Bürgersteige waren übersät mit toten Pommes frites und Hundswürsten. Es stank nach abgestandenem Fett, nach frisch verbrannten Waffeln und nach gebrauchten Abgasen. Es war so laut in den Straßen, daß selbst Werners Magenknurren dagegen nicht ankam.

»Suchen wir hier eigentlich ein Hotelzimmer oder machen wir bloß einen auf Agentenfilm?« meckerte Werner nach einer ganzen Weile. Nicht nur sein Magen knurrte.

Er weiß es! Er weiß genau, was los ist, dachte Säntimäntl. Es blitzt in seinen Augenwinkeln. Aber nicht auf diese Tour. Soll er halt sagen, was los ist. Scheingefechte mag ich nicht. Steht einfach rum, tritt mit seinen Stiefeln gegen Gegenstände. Tut mir leid: Hunger muß leider ausfallen. Nicht, daß das Ganze mir nicht peinlich wäre. Das Datum des Festivals war richtig – der Kalender war falsch. Nun, Werner muß nicht alles erfahren. Ahnen kann er, was er will.

Die Suche zog sich in die Länge. Säntimäntl fand in jedem Hotel etwas zu beanstanden, wenn er erst mal einen Blick auf die Gästeliste geworfen hatte. Er war aufgedreht, als hätte er eine ganze Schachtel Gute-nacht-Bonbons mit Koffein geschluckt. Bisher hatte ihre urbane Odyssee nur eine Erkenntnis gebracht: je schäbiger ein Hotel, desto großartiger offenbar dessen Name.

Die Straßen waren überfüllt. Es gab mehr Neonreklamen als natürliches Licht, mehr Sirenen als Hilfeschreie, mehr Abschleppdienste als Parkverbote, mehr Hundehaufen als Hunde auf der Straße und mehr Wohnungen als Mieter.

In nahezu jedem zweiten Fenster, an nahezu jedem zweiten Portal hingen Pappschilder in auffälligem Orange: *A Louer* beziehungsweise *A Vendre* schrien sie. Die Druckereien, die diese Schilder herstellten, mußten enorme Umsätze erzielen. Manchmal flehten die Schilder sogar, da konnte man zwischen *louer* und *vendre* wählen, einzeln oder als Ganzes, egal was, egal wie, nur Hauptsache daß …

Wohl dem, der hier eine Wohnung suchte!

»Warum hier wohl keiner wohnen will?« rätselte Säntimäntl zwischen zwei weiteren Hotels.

»Vielleicht dezimiert sich die Bevölkerung durch ihren abenteuerlichen Fahrstil. Kahlschlag!« meinte Werner grimmig.

»Die reinste Geisterstadt!« bemerkte Säntimäntl.

»Wie steht es denn mit Ihrem Gespenst?«

»Wie bitte?«

»Mittsalänen.«

Den Namen hat er wenigstens gelernt, dachte Säntimäntl. Und endlich rückt er raus mit der Sprache. Werner legte noch einen Satz nach. »Ich habe einen solchen Hunger. Meinetwegen kann es sogar eine Imbißbude sein. Ich habe seit dem Frühstück nichts mehr gegessen!«

»Wunderbar!« Säntimäntl strahlte. »Das ist ein Satz, der es auf den Punkt bringt. Da kann man nur gratulieren! Fabelhaft!«

Werner war irritiert. »Was soll das nun wieder?«

»Was Sie da eben von sich gegeben haben, ist *das* klassische Krimi-Zitat schlechthin. Marlowe, Archer, Spade ... irgendwann fällt einem von ihnen immer ein, daß er seit dem Frühstück noch nichts gegessen hat.«

»Muß ich jetzt schlagfertig sein?« fragte Werner mürrisch.

»Ein anderes klassisches Zitat wäre übrigens ...«

Werner winkte ab und deutete auf einen kleinen Stehimbiß, dessen Ungemütlichkeit die Geschwindigkeit der Nahrungsaufnahme bestimmte.

Die Antwort war ein klares: »Nein.«

»Und wie lange wollen Sie noch Kriminalroman spielen? Bis Sie alle Zitate wieder drauf haben?«

»Ich bitte Sie!« sagte Säntimäntl. »Schauen Sie sich diesen Laden einmal an. Da weiß man nicht mal, was Essen und was Pappteller ist.«

Auch egal. Aber wahrscheinlich hatte er recht, was sollte das? In dieser Ecke der Stadt gab es sowieso mehr Imbißbuden als sonstwo auf der Erde. Er deutete zaghaft auf das Neongesprengsel auf der gegenüberliegenden Seite der Straße, aber Säntimäntl ließ sich nicht beirren.

»Essen, immer essen«, sagte er. »Ich habe keinen Funken Ruhe im Leib. Lieber gehe ich ohne Abendessen ins Bett und kaufe mir meine Salmonellen morgen in der Apotheke.«

Aufgeregt wie eine Wünschelrute über einer Wasserader tackerte der Kugelschreiber über die Namensliste. Endlich! In diesem Hotel wimmelte es nur so von Filmern: Menzel, Zanussi, alle waren hier abgestiegen. Dann etwas, das aussah wie Huffurrh. Der Kugelschreiber war Säntimäntls Herzschrittmacher; Namen, die Musik waren in seinen Ohren, nicht nur Regisseure, nein – alle waren sie hiergewesen, wer hätte das erwartet von diesem billigen Favella-Hilton, ausgerechnet hier am Ende einer Sackgasse, die man nach irgendeinem halbpopulären Sänger benannt hatte.

Werner stand regungslos im Raum. Säntimäntl registrierte die Parodie der Situation nicht ohne Mißfallen: albern reckte sich der Mantelkragen in die Höhe, bis zu den Ellenbogen steckten die Hände in den Taschen. Werner stand da, als wolle er den Rückzug sichern. Einzig der tiefliegende Hut fehlte. Albernheit als passiver Widerstand.

»Eines kann man den Leuten hier gewiß nicht nachsagen: Geschmack!« maulte er.

»Ruhe!« sagte Säntimäntl. Sein Kugelschreiber und er wurden immer hektischer.

»Body, Gabor, Zemmouri, meine Güte!«

»Schöne Bekannte haben Sie da. Können die sich kein besseres Hotel leisten?«

Irgendwann in grauer Vorzeit mußte der Besitzer die Frühjahrsdekoration einer Woolworth-Filiale aufgekauft haben; mit einem bißchen guten Willen konnte man das aber auch schon wieder als modern durchgehen lassen.

Plötzlich fuhr die Spitze des Kugelschreibers senkrecht in die Höhe, um im gleichen Moment wie ein Greifvogel im Sturzflug nach unten zu sausen:

Mittsalänen, P.

stand da in kleinen Buchstaben in das Papier gemeißelt. Säntimäntl winkte Werner herbei und sperrte den Mund auf: Den gibt es tatsächlich! er schluckte.

Mittsalänen war erst tags zuvor abgereist, mit unbekanntem Ziel.

Säntimäntl entschied, in diesem Hotel zu übernachten. Das Bett war sozusagen noch warm, da ließ er sich auch nicht von einem Doppelzimmer abschrecken.

Es hatte geklappt! Die Journalistenmasche war so übel nicht, nur in zwei Hotels war er nicht an die Gästeliste herangekommen. Wenn man einen gewissen Schein erweckt, kommt man überall durch. Noch einfacher kommt man durch, wenn man gewisse Scheine dazulegt.

Jetzt blieb sogar noch Zeit für ein Abendessen, das sie als einzige Gäste eines kleinen Restaurants einnahmen. Es erweckte nicht den Eindruck, als wären vor ihnen schon viele Gäste dagewesen, und nichts deutete darauf hin, als sollten ihnen wesentlich mehr folgen. Der Wirt litt unter starken Vereinsamungsängsten, lächelte sich um Kopf und Kragen, sein Spitzgiebelgesicht schwitzte dienstbeflissen, wenn er alle drei Minuten um den Tisch hüpfte und sie fragte, ob es ihnen wirklich und wahrhaftig schmecke.

Ein Doppelzimmer! Welch unsägliche Distanzverringerung! Aber was sollte Säntimäntl machen? So dicht waren sie Mittsalänen noch nie auf den Fersen gewesen! Der Gedanke, ein Zimmer mit Werner zu teilen, sagte ihm keinesfalls zu, aber schließlich gab es Prioritäten. Immerhin konnte er einen ersten, vagen Erfolg verbuchen, auch wenn ihm das Schicksal, oder wer auch immer, einmal mehr eine lange Nase gedreht hatte.

Das Hotel sparte nicht mit Überraschungen, die ihrer schlechten Laune ausreichend Nahrung zuführten. Vom Service über die Einrichtung bis hin zu den Preisen: nicht ansprechend, aber geschmacklos, und wenigstens teuer.

Als sie in ihren Betten lagen, unter aufgeplusterten Plumeaus, wie sie von dicken Witwen bevorzugt werden, grantelte Säntimäntl noch immer vor sich hin.

»Ich kann auch kaum glauben, daß die ganze Bagage ausgerechnet hier gelandet ist. Wahrscheinlich war die Stadt überbelegt.«

»Vielleicht haben die Einwohner ihre Wohnungen verlassen, um in Hotels zu ziehen«, meinte Werner.

»Zur Farbe der Bettwäsche möchte ich mich gar nicht erst äußern!«

»Warum?« fragte Werner scheinheilig. »Gefällt sie Ihnen etwa nicht?«

»Sie sehen doch wohl, daß sie grün ist, oder nicht?«

»Mir ist das piepegal. Ich schlafe meistens mit geschlossenen Augen!«

»Bei mir ist das anders!« erwiderte Säntimäntl säuerlich. »Ich liege ja nicht nur im Bett, um zu schlafen.«

»Sondern?«

»Unter anderem, um Bettwäsche zu betrachten!« sagte er und knipste die Nachttischlampe aus. »Der Wagen ist abgeschlossen, ja?«

Er sah die Hand, die sich nach oben streckte, an der Antenne Halt fand, den Mann, der sich daran hochzog, den waghalsigen Balanceakt über den Dachfirst – »Jetzt bloß nicht nach unten gucken!« –, das gefährliche Schwanken, den Ausrutscher! Glück gehabt!

Er sah den glitschigen Pfad an den gurgelnden Abwässern entlang, hörte das Echo klappernder Absätze, fiepsender Ratten. Rechts oder links? Sieht alles gleich aus hier! Da war ich schon mal, könnte ich beschwören. Endlich, die Leiter, da oben muß der

Kanaldeckel sein! Verschlossen! Was jetzt! Wer pfeift da? Warum geht die Fackel ausgerechnet in diesem Moment aus? Warum kann nicht irgendwas mal funktionieren? Woher kenne ich diese Szene?

Gewimmel im Einkaufszentrum, eine Sekunde lang die grinsende Grimasse zwischen den Regalen, eine Hand, die ein grünes Buch schwenkt. Schwupps, wieder weg, aber wohin? Food? Non-food?

Oder die halsbrecherische Jagd im U-Bahn-Bereich, ohne Fahrkarten! Der Gesuchte brettert auf einer Velosolex die Rolltreppen runter, Menschen sprühen auseinander, als Soundtrack die Langspielplatte »Horror und Katastrophen«, Geräusche für den Schmalfilmfreund – Moment! War das eigene Phantasie oder aus dem Fundus vorgefertigter Bilder, Kleinhirn, vierter Gang rechts und dann die erste Tür auf der linken Seite?

Lieber zeitgemäßer: Atemlos durch die leerstehende Fabrikhalle, die zufällig noch nicht zum Loft ausgebaut wurde; Schatten hinter blinden, halbzerschlagenen Fensterscheiben, ein bißchen moderne Zerstörungswut, das mysteriöse Brummen einer Hebebühne, Bordun, jeder überall und nirgends, vielleicht ein veritabler Schrei: Aihhhhh! Auch nichts Neues.

Dasselbe in unbenutzten oder ausgedienten Filmstudios, wäre gleichzeitig eine hübsche soziale Anklage: warum werden hier keine Filme mehr gedreht und somit Arbeitsplätze vernichtet etc.? Vielleicht das Ganze am Weihnachtsabend!

Oder: Mittsalänen – natürlich geht es um ihn, wen sonst? – deutlich auf dem Bildschirm einer Überwachungsanlage des großen Konzerns, eingefangen von einer demonstrativ verborgenen Kamera; Zoom, Gesicht in Großaufnahme, das grüne Buch – und Schnitt. Mist!

Modern, allerdings reichlich grell wäre auch die Durchsage in einem zeitgemäß gestylten Möbelhaus, in dem sich alle nur mit Vornamen anreden: »Der kleine Matti Mittsalänen möchte bitte von seinem Papi aus dem Kinderparadies abgeholt werden!« Nix wie hin und knapp zu spät!

Nicht klassisch, aber immerhin.

Rasereien quer durch Tangoturniere oder Friedensdemonstrationen, enorm viel Zeitgeist, würde sich aber in zehn Jahren niemand mehr ansehen: Tango und Frieden sind gleichermaßen populär, Frieden vielleicht sogar ein bißchen populärer, dafür hört sich Tango besser an. Mittsalänen hangelt sich von einer verdutzten Partnerin zur anderen, alle Traumfrauen, den Blick nach hinten, oder rast während einer flammenden Rede eines Friedensnobelpreisträgers im Schweinsgalopp bellahop über die Tribüne. Nicht mal schlecht.

Graffiti auf dem Klo! Ein Spruch mit Datum vom selben Tage, noch nicht mal ganz trocken, von Mittsalänen handsigniert, z. B. »Ungeschehene Ereignisse ziehen eine katastrophale Welle von ausgebliebenen Folgen nach sich!«

Quatsch! Mittsalänen und Klosprüche! Kauft einem doch keiner ab! Obwohl, was wußte er schon von ihm? Trotzdem: Rausschneiden! Weg damit!

Eine Tretbootjagd auf dem künstlichen Teich der Gartenausstellung – Mittsalänen hat den kraftvolleren Antritt und verschwindet. Wieder nichts.

Nein, Autos müssen her, Autos machen sich immer gut. Also: Eine hundsgewöhnliche Verfolgung durch die schlaftrunkenen Straßen einer Weltstadt, egal wo, nur muß es ein bißchen nach Paris aussehen. Leichter Dunst. Mittsalänen steuert einen 54er Renault 4 CV. Dahinter die Isetta mit quietschenden Reifen. Cremeschnittchen gegen Knutschkugel, das erstaunte Gesicht eines Polizisten, der sich gerade eine Zigarette anzünden will und mitsamt seinem Fahrrad umfällt. Cremeschnittchen bleibt Sieger.

Ein Mann wird gejagt und weiß von nichts. A bout de souffle. Mittsalänen, die rasende Silhouette, Richard Kimble des Jahres, Fantasie-Fantomas, Superman für Arme, mobiler Westentaschen-Godot.

Diese und andere Episoden auf Werners Traum-Leinwand.

Wenn Säntimäntl schon die Action aus ihrer Reise herausfiltern wollte – »Es geht auch ohne Abenteuer!« –, mußte Werner für seine Turbulenzen eben selbst sorgen.

Das einzige, was ihn nach dem Aufwachen störte: jetzt hatte er sich auch schon diesen Filmjargon angewöhnt. In einer Isetta scheint für zwei Idiome kaum Platz.

»Das gefällt mir überhaupt nicht!« meckerte Säntimäntl den Morgen an. »Lassen Sie uns schleunigst die Kulissen wechseln!«

Werner wußte nicht genau, was Säntimäntl nicht gefiel: das Doppelzimmer, die grüne Bettwäsche oder das Leben an sich.

»Schade«, sagte Werner, »ich hatte gehofft, daß Ihnen diese Stadt gefällt. Also ich habe wahnsinnig schöne Erinnerungen daran. Leicht macht es einem die Stadt nicht, das stimmt, es ist halt eine Stadt, auf die man zugehen muß, um ihr was abgewinnen zu können!«

Säntimäntl stöhnte leicht.

»Wenn Sie so wollen: das muß man beim ganzen Postleitzahlenverzeichnis!«

Er griff sich ein Zuckertütchen vom Tablett und unterzog es einer eingehenden Betrachtung.

»Nun sehen Sie sich das an: formlose Säckchen, das bringen sie fertig. Aber kleine, individuelle Würfel mit persönlichem Aufdruck, ich sag Ihnen was: Zuckerwürfel sterben aus! Für allen möglichen Schrott schreit man heute nach Artenschutz, aber hier? Ich verlange augenblicklich Schutzmaßnahmen für Zuckerwürfel!«

Bis zum Abflug der Maschine blieben ihnen noch zwei Tage.

VI.
POMPEJI FÜR ANFÄNGER

Die ganze Welt ist ein Fußboden!
– Johann Nepomuk Nestroy

An diesem Abend mußten sich Werner und Säntimäntl vorsätzlich betrinken: Let's get drunk, wie die Engländer sagen!

Welch ein Tag! Wie der überhaupt schon angefangen hatte! Immer weiter westwärts, fast bis hinter den Horizont, als richte man sich nach dem Slogan einer Zigarettenmarke. Eine Fotokopie eines Caspar-David-Friedrich-Gemäldes, eine Landschaft mit Trauerflor, ohne Pickel, grau-grüne Wiesen, mit der Ausstrahlung eines Stausees, dem man das Wasser abgelassen hatte.

»Nicht mal mehr Flachland«, hatte Säntimäntl festgestellt. Und mehrmals nach dem Meer gefragt.

»Geduld bringt Rosen!« antwortete Werner gönnerhaft.

»Dann müßte ich bald einen ganzen Keukenhof beisammenhaben.«

»Wir sind auf einer Küstenstraße, laut Karte. Und wo Küste ist, ist das Meer nie weit.«

Werner hatte gut aufgepaßt im Geographieunterricht. Nur: wo Küsten sind und Meer, kriegt man Deiche dazu gratis, und der, an dem sie nun schon geraume Zeit langgefahren waren, hatte ihnen nicht mal das winzigste Spickloch zum Ozean gestattet.

»Wir sind ja bald da!« tröstete Werner ein ums andere Mal. »Dann machen wir einen ausgedehnten Spaziergang auf der Uferpromenade, Sie werden sehen, das ist die beste Zeit, da haben wir bestimmt unsere Ruhe.«

Um diese Zeit war die Uferpromenade überfüllt gewesen mit Leuten, die Werners Ansicht zu teilen schienen. Jeder zweite war mit einem Hund bewaffnet und Hundeleinen, die Fernbedienungen glichen.

An der Anlegestelle hatten sich hitchcockartig Möwen zusammengerottet. Vom Meer kam ein eisiger Wind, der eine Fähre vor sich her trieb.

Säntimäntl, der sich sonst an Architektur wenig stieß, war erschreckt von der pompösen Häßlichkeit der Stadt mit ihren acht- bis zehnstöckigen, gesichtslosen, grauen oder braunen oder graubraunen Bauten. Das Kasino trug eine riesige Sonnenbrille.

»Ich kann mir nicht vorstellen, daß das sehr einladend aussieht, wenn man mit der Fähre hier ankommt. Eine Häuserfront wie ein eiserner Vorhang, geradezu undurchdringlich!«

»Fehlt bloß noch, daß Sie behaupten, daß es sich bei den ganzen Hundehaufen auf der Promenade und am Strand um Tellerminen handelt, die das Festland uneinnehmbar machen sollen!«

Ihr Gespräch im Drei-Sterne-Imbiß war bereits bedenklich mit Genever getränkt.

»Könnte man meinen«, sagte Säntimäntl, »wäre aber doch barer Unsinn!«

»Wieso?«

»Was sollen sichtbare Minen? Tritt doch nie jemand drauf!«

Mal abgesehen von den üblichen Schlechtigkeiten, Fehlpässen und anderweitigen Dissonanzen sei dieser Tag geradezu symbolisch für ihre Reise, räsonierte Säntimäntl.

Angefangen bei einer Landschaft, die ihn nicht ansprach. Einfamilienhäuser, wie von Kinderhand mit Legosteinen gebaut, haben ganze Landstriche wie Schuppenflechte befallen. Überall peinlichste Sauberkeit, als lecke allabendlich eine überdimensionale Zunge Straßen, Bürgersteige, Wege, Uferpromenaden, Gärten, Plätze blank, eine Zunge, die lediglich den Hundekot ausspart.

Ein Land, das sich allerorts ähnelt. Die Oberfläche glatt, nirgends Nischen oder Schlupflöcher. Säntimäntl liebt es eher verwinkelter, verschachtelter, und vor allem, hügeliger. Weniger Grün könnte auch nicht schaden.

So flach, daß man sich gar kein Leben unter der Oberfläche mehr vorstellen kann: wie soll es noch weiter nach unten gehen, wenn man schon ganz unten ist? Vielleicht haben sie deshalb oben alles so zusammengestopft, weil unterirdisch nichts mehr geht?

Welch ein Tag! Keine Aussicht wegen schlechten Wetters, kein Blick aufs Meer trotz unmittelbarer Nähe, eine übervölkerte Uferpromenade, Hundedreck unter der Schuhsohle.

»Zwei Genever!«

Eine Imbißklitsche, eine häßliche Stadt, ein langweiliges Land. Allein die giftgrünen Telefonzellen! Säntimäntl fröstelte. Und wenn man mal tatsächlich freie Sicht aufs Meer hat, ist Ebbe.

Nie erwischen wir auf unserer vermaledeiten Tour die Flut!

Säntimäntl goß nach, schüttelte sich. Er griff sich einen Bierdeckel und zerbröselte ihn in tausend kleine Teile. Es war bereits der dritte.

Er saß völlig ruhig da, im steten Bemühen, seiner düsteren Gedanken Herr zu werden. Schließlich stand er auf, beugte sich zum Tisch hinunter, kehrte mit der Rechten die drei Häufchen Bierdeckel in seine Linke und verstaute die Schnipsel in seiner Manteltasche. Er wankte.

»Ich empfehle mich. Begleichen Sie die Rechnung. Ich habe kein Pengö mit! Sie bekommen es morgen wieder!«

»Wo wollen Sie denn hin?«

»Raus. Meinen Schädel entpompejisieren! Außerdem habe ich eine Mission zu erfüllen!« Er griff in die Tasche und zog ein Fitzelchen Bierdeckel heraus, das er unter die Nase hielt. »Ich werde diese Fetzen hier sorgfältigst in der ganzen Stadt verteilen. Dieses Land ist mir zu reinlich!«

Mit einem Lächeln, das bei besserer Feinmotorik verschmitzt gewirkt hätte, steckte er den Schnipsel wieder ein.

Werner tropfte ein Lächeln aus dem Mundwinkel. Pengö, pompejisieren, was waren das überhaupt für Ausdrücke?

»Schade, schade, daß Sie gehen. Eigentlich passen Sie doch ganz gut in dieses Land, agrarisch gesehen.«

»Agrarisch?« fragte Säntimäntl.

»Sie sind ganz käsig im Gesicht! Prösterchen!«

Säntimäntl war zu angeschlagen, um antworten zu können. An Tagen, an denen er nur nach Augenmaß lebt, ist er echt okay, der Boß, dachte Werner. Die Pointe blieb in seiner Hand. Er nahm sie sogar mit ins Hotel, das er erst nach geraumer Zeit – er ging über Bande – wiederfand.

Als Werner die Vorhänge aufzog, wurde es trotzdem nicht heller im Zimmer. Seine inneren Jalousien blieben geschlossen. Sichtweiten unter fünfzig Zentimeter. In seinem Rachen mußte sich irgendein buschiges Tier verkrallt haben. In den Augen knirschte Katzenstreu. Mit der Stabilität eines Gummibärchens butterte er die Marzipantreppen hinunter.

Und Säntimäntl?

Säntimäntl kam an diesem Morgen wesentlich später als gewöhnlich zum Frühstück; da hatte Werner sich schon ein Glas Sekt genehmigt.

»Nachdurst?« fragte Säntimäntl.

»Nein. Vordurst. Prophylaxe.«

»Warum haben Sie mich nicht geweckt?«

»Ihre Tür war nicht abgeschlossen, und da habe ich einen Blick ins Zimmer geworfen, nachdem Sie auf mein Klopfen nicht reagiert haben«, sagte Werner.

»Und?«

»Sie lagen da und waren ganz grün im Gesicht!«

»Ich grün? Das glaube ich nicht. Ausgeschlossen. Ich verabscheue Grün!«

»Giftgrün sogar! Wie die Telefonzellen! Deshalb habe ich Sie nicht geweckt! Sie hätten sich vielleicht zu Tode erschreckt und dann so ausgesehen, wie Sie aussahen. Hans-Christian Andersen, der Märchenerzähler, wenn der krank war, legte er immer einen Zettel auf den Nachttisch: ›Ich sehe nur tot aus!‹ Wäre vielleicht empfehlenswert für die Zukunft.«

»Märchenerzähler!«

Säntimäntl hatte ganz vergessen, welch unselige Allianz Alkohol und Tabak miteinander eingehen konnten. Er rauchte erst seit einigen Wochen wieder, eher defensiv, nur Mentholzigaretten, aber immerhin. Er müsse seine Giftzufuhr endlich wieder selbst in die Hand nehmen, hatte er ein ums andere Mal geäußert, man könne das nicht allein der Umwelt überlassen. Außerdem, und da wich der schelmische Gesichtsausdruck einer gewissen Bitterkeit, habe er als Nichtraucher empfindliche gesellschaftliche Nachteile hinnehmen müssen, gerade in Sachen Geselligkeit.

Säntimäntls plötzliches Bedürfnis nach Geselligkeit überraschte Werner.

Der Frühstücksraum war keinesfalls geeignet, Säntimäntls Lebensgeister zu wecken. Als Inneres einer Kuckucksuhr – in Ordnung. Aber als Gastzimmer? Sarottifarben getäfelte Wände, heruntergezogene Decke, heruntergekommene Ölschinken, rot-weißkarierte Tischdeckchen. Allerdings auch keine grellen Farben, von Säntimäntls Gesicht einmal abgesehen. Küchensmog zog durch alle Ritzen, es roch nach Fett oder altem Bohnerwachs, weitere großartige Beiträge aus der Welt der Geruchsbelästigung.

»Ekelhaft!« befand Säntimäntl. »Manchmal ist es schade, daß noch niemand Bänder erfunden hat, die Gerüche aufzeichnen. Das hier hätte ich gerne aufgenommen!«

»Tja, menschliche Nasen nach durchzechten Nächten ...«

»Was Sie nicht sagen!«

»Ich hatte sogar eine Art Déjà senti, als ich hier reinkam.«

»Eine Art was?« fragte Säntimäntl.

»Déjà senti, gleiches Prinzip wie beim déjà vu, also wenn man glaubt, eine bestimmte Situation in allen Einzelheiten schon mal erlebt, also vu, äh, gesehen zu haben. Déjà senti, das ist dasselbe in Geruch, und mir kam dieser Geruch gleich bekannt vor: Fett,

Reinigungsmittel, Krankenhaustee, das Fehlen des Aromas bestimmter Gewürze ...«

»Der Ausdruck ist französisch, nicht wahr?«

»Bien sûr.«

Säntimäntl schnaubte ärgerlich. Descha wo? Er warf das morsche Brötchen wieder in den Korb zurück.

Ein Kater ist eine Serie von Vulkanausbrüchen im Schädel. Die Tropfen, die dem Trinker am Vorabend zu Kopf gestiegen sind, haben sich über Nacht zu dickflüssiger Lava verdichtet. Die Gehirnzellen sind überflutet. Der Körper ist einem enormen inneren Druck ausgesetzt und muß sich durch den Austritt fester, flüssiger und gasförmiger Stoffe Luft verschaffen.

Schon das Heben eines einzigen Augenlides kann heftige Implosionen zur Folge haben. Dem Mund entsteigen dabei giftige Dämpfe, die Zunge verkrustet durch erkaltende Lava, der Rachen wird zum feuerroten Krater.

»Keine Weiterreise«, erklärte Säntimäntl kategorisch.

»Wieso?« fragte Werner. »Ich bin fit!«

»Aber ich nicht! Mein Kopf tanzt Tango!«

»Darf ich bitten? In Frankreich sagt man dazu übrigens ›mal aux cheveux‹, Schmerzen an den Haaren!«

»Ist mir egal wo!« Säntimäntl starrte finster vor sich hin. Mit etwas gutem Willen konnte man es als Grübeln auslegen. Aber ein ausgewachsener Haarspitzenkatarrh läßt weder einen guten Willen noch Grübeln zu. Das Gehirn ist blank wie ein ungedeckter Tisch, auf dem schon ein simples rot-weiß-kariertes Deckchen eine unerhörte Belastung darstellt.

Große Gedanken nehmen zuviel Platz weg im Kopf. Manchmal ist es erholsam, sich nur auf Oberflächen zu bewegen, nur mit Symptomen in Berührung zu kommen, nichts hinterfragen zu müssen und etwaige bedeutende, tiefgreifende Wahrheiten zu ignorieren.

Säntimäntls Gehirn war nackt. Er war nicht traurig darüber, er wußte nichts davon. Ein Tag im Off. Irgendwer mußte die Kulissen verkehrt herum aufgehängt haben.

Da beide im übrigen im Verlauf ihrer Reise nicht selten in diesem Zustand anzutreffen waren, soll diese Beschreibung stellvertretend für all die anderen Male stehen.

Tiefe, Tiefgang. Fast das halbe Leben spielt sich in der Tiefe ab. Mike Nelson. Fast in jeder dritten Stadt mußten sie sich wie Maulwürfe unter die Erde wühlen, weil freie Parkplätze nicht unter das Artenschutzabkommen fielen und sich daher bevorzugt im Schutze von Tiefgaragen ansiedelten. Sogar Isettas konnten mit diesen Problemen konfrontiert werden.

Der Mensch ist geradezu besessen von der Tiefe: gigantische Bauvorhaben allerorten. Tunnels, Unterführungen, Untergrundbahnen. Giftige Abfälle werden in die Erde versenkt. Ganze Ladenstraßen verlaufen unter Tage, mit Menschen darin, die ein richtiges Schattendasein führen. Und obwohl alles nach unten strebt, gibt es oben nicht mehr Platz.

Ständig wird im Boden herumgestochert: da ein dringend benötigter Bunker, hier irgendwelche lebenswichtigen Verkabelungen. Reisen zum Mittelpunkt der Erde. Bürgermeister erwerben Anteile an Parkhausgesellschaften und vernichten dann systematisch wildlebende Parkplätze.

Selbst unberührten Landstrichen darf man nicht trauen: unter der Erde ist der Teufel los, es strotzt von Waffensystemen, Soldaten springen in den Gängen umher wie Popcorn in der Pfanne.

Oben und unten platzt alles aus den Nähten. Oben wird die Luft immer schlechter, als würden Abwässerkanäle überirdisch verlegt, weil unten kein Platz mehr für sie ist.

Unterirdisch, Tiefgang, warum auch nicht? Der »Dritte Mann« hat ja auch vorwiegend unterirdisch gespielt und ist trotzdem ein Welterfolg geworden.

Zurück in die Höhlen!

Werner hatte natürlich davon angefangen. Werner, der Schaufelradbagger; dabei haßte Säntimäntl auf Reisen nichts so sehr wie tiefschürfende Gespräche. Nicht mal zu Hause mochte er sie sonderlich. Eigentlich mochte er sie überhaupt nicht. Unterwegs brauchte er einen klaren Kopf, trotz gelegentlicher hochprozentiger, aber einkalkulierbarer Rückschläge. Er fand ohnehin kaum Zeit, den großen Fragen der Menschheit hinterherzurennen. Alle rannten, das große Rattenrennen, und er haßte Massenbetrieb nicht minder als Werner. Wenn alles in der Welt Tiefgang hätte, gnadenlos und immerzu, kämen die Menschen noch mehr ins Strudeln. Er war froh, daß ihm das Wasser nur bis zu den Knien ging anstatt bis zum Halse. Zuviel Tiefgang machte ihn seekrank.

Ein Ereignistarzan, dachte Werner, der sich von einer Begebenheit zur anderen hangelt ohne Bodenberührung, im Gegensatz zu normalen Menschen. Und er meinte sich damit: einen normal tiefgründigen Menschen, vielleicht Sternzeichen Erdmännchen, jedenfalls etwas in der Art.

Tiefe, Tiefgang.

Säntimäntl hatte seine Antenne längst wieder eingezogen.

Erst am nächsten Morgen stellte sich der Hunger wieder ein, leider nach dem Frühstück. Da befanden sie sich schon auf dem Weg zum Flughafen.

»Haben wir noch von dem Kuchen von neulich?« fragte Säntimäntl.

»Nein. Das einzige, was wir haben, sind Äpfel.«

»Rote?«

»Nein, grüne.«

»Dann rauch ich lieber!«

»Sind Sie richtig hungrig? Dann haben Sie das Schlimmste überstanden!«

»Ob ich richtig hungrig bin, weiß ich nicht. Aber es ist immerhin bald zwölf.«

Mit halbwegs wiederaufbereiteten Gesichtern fuhren sie dem Flughafen entgegen. Wagen abstellen, einchecken, einsteigen, anschnallen, Rauchen einstellen.

VII.
TROUBLE IN PARADISE

Ein Grab ist doch was Schönes, wenn man keinen eigenen Garten hat.
– Herbert Achternbusch

Monoton wie ein Langstreckenläufer drehte der Ventilator an der Zimmerdecke seine Runden. Eine Jalousie wie in einem dieser modernen Videos, aber wenigstens ließ sie die Sonne draußen. Mit Daumen und Zeigefinger spreizte er zwei Rippen des Rouleaus auseinander.

Zu sehen gab es draußen nichts, zwei Rollkragenpullover auf der Leine verdeckten die Aussicht auf das Stilleben aus der Zeit der Fremdenlegion. Säntimäntls Rollkragenpulloververbrauch war enorm. Aber wie sollten sie trocknen in diesem vermaledeiten Klima, bei einer Luftfeuchtigkeit von mindestens 102 Prozent.

Ein Wasserwerfer wäre eine willkommene Abwechslung gewesen. Werner hatte es gut mit seinen T-Shirts – und dem Haarfächer!

Säntimäntl ging zum Tisch zurück und schrieb: Der Sommer verharmlost alles. Die Menschen sind zwar offener, aber auch leichtfertiger. Nur für Straßencafés taugt er, und selbst dafür ist es zu heiß. Jetzt vermisse ich den Schnee. Im Winter muß man nicht groß übers Wetter reden, es liegt überall deutlich sichtbar herum. Bestimmte Farben fehlen, vor allem die grellen. Immerhin habe ich hier noch keinen einzigen Lodenmantel sehen müssen. Alles ist feucht, ein Land im Schnellrostverfahren. Meine Schuhe sind mit einer weißen Schicht überzogen, ich kann ihnen beim Verrotten zuschauen.

Ihr Aufenthalt in dieser Stadt war durchaus unfreiwillig. Fast hatte es so ausgesehen, als wäre diese Zwischen- schon ihre Endstation.

Werner hätte das nichts ausgemacht: was sollte er hier?

Ihm war überhaupt nicht klar, warum Säntimäntl diese weite Reise auf sich genommen und ihn überhaupt mitgenommen hatte – bloß als Pufferzone zum Leben? Sehr kostspielig. Die Isetta hatten sie am Flughafen zurückgelassen, es gab nichts für ihn zu tun. Zunächst. Während des Fluges mußte er lediglich als Beschwichtiger und Tröster bei Turbulenzen und Luftlöchern herhalten.

Auf dem Flughafen war alles ganz anders gekommen. Die Fluggesellschaft weigerte sich, den Bestimmungsort anzufliegen, weil von dort heftige Unruhen gemeldet wurden. Demonstrationen, Straßenkämpfe, Massaker. Soldaten versuchten, das Problem der Überbevölkerung auf ihre Weise zu lösen.

Einen halben Tag hatten sie auf dem Flughafen zubringen müssen. Dann war es Werner gelungen, eine Chartermaschine aufzutun, die zwar nicht die Hauptstadt, aber immerhin einen kleineren Flughafen im Süden der Insel ansteuerte.

»Für den Rest der Strecke müssen wir uns einen Mietwagen nehmen!« hatte Werner gesagt. »Mittenmang durch den Urwald, da bin ich aber gespannt. Wie in ›Lohn der Angst‹. Was ist – wollen Sie immer noch zu diesem Festival? Würde ich mir überlegen!«

»Jetzt sind wir eh schon hier. Nennen wir es einen Sachzwang«, sagte Säntimäntl.

Abends sahen sie sich in einem riesigen Kino-Palast einen Action-Film mit sechs verschiedensprachigen Untertiteln an: zwei chinesische Schriftreihen, Malaiisch, Thai, Tamil, und ganz unten, selten im Bild, weil sie immer aus dem Rahmen fiel, eine Zeile in englisch. Der Handlung konnten sie kaum folgen, weil die agierenden Personen in der Buchstabenflut geradezu ertranken.

Lauter noch als der Belüftungspropeller war der quirlige junge Mann gewesen, der sich während der Vorstellung die Seele aus dem Leib schrie und dabei die Handlung des Filmes offensichtlich kommentierte und das Publikum zu Reaktionen anfeuerte, ohne Untertitel, so laut, als würde man im Theater den Souffleur mit

Mikrofon und Gesangsanlage ausrüsten. Rein akustisch, wie Werner es ausdrückte, war der Film also auch kaum zu verstehen.

»Ich habe mal im Fernsehen einen Breitwandfilm gesehen, in einem ganz kleinen Fernseher, der Film war so was von breit, daß der Ausschnitt auf dem Bildschirm nicht größer war als ein Streifen Tesafilm!« sagte Werner später.

»Und?«

»Na ja, da war so viel Platz auf der Mattscheibe übrig, daß man oben und unten bequem noch weitere Filme hätte zeigen können. Wäre das nicht überhaupt eine Idee?«

»Kommt alles noch. Aber dann wird man die freien Stellen sicherlich für Werbung nutzen.«

Der Flughafen war in etwa so exotisch gewesen wie Ananas in Dosen, und ihr Hotel hätte auch in Lüdenscheid an der Autobahn stehen können.

Aber dies hier war jetzt Exotik in der Familienpackung. Hunderte von Körpern, die Säntimäntls Horizont einengten. Halb nackt, in bunte Seidentücher gehüllt, in Uniformen oder orangefarbenen Stoffbahnen. Er folgte Werner, der sie zielstrebig wie ein Kreuzfahrer mit hochgeklapptem Visier in Gestalt einer Sonnenbrille durch die Menschenmassen lavierte.

Gespräche waren unmöglich: inmitten des infernalischen Lärms von Marktschreiern, Kassettenrecordern und kreischenden Tieren verstand man nicht mal die eigenen Gedanken. Ein akustisches Durcheinander wie auf einem Kongreß von Tierstimmenimitatoren.

Säntimäntl schwitzte unablässig. Es wird wohl besser sein, wenn ich heute abend nicht dabei bin, wenn ich mir die Schuhe ausziehe, dachte er. Aber selbst dieser, seiner Meinung nach gelungene Scherz vermochte nicht, seine Anspannung zu lockern.

Einheimische. Hechelnde Touristen auf der Suche nach etwas, was ihres Sehens würdig war, ohne Aussicht auf Aussicht. Was sich hinter diesen Fleischmassen auf den Tischen, in den Regalen, Kisten und Körben verbarg, wurden sie nur selten gewahr.

Möglicherweise dieses: süße Ananas, ganz ohne Dosen drum herum, grüne Papayas, Zitrusfrüchte in abenteuerlicher farblicher Ausstattung; Kampffische in großen Glasbehältern, ineinanderverbissen; Enten, Hühner, Schildkröten, Schlangen, gefärbte Mäuse oder Vögel, deren Farben man allerdings nach starken Regengüssen auch als kleine Rinnsale auf dem Boden bewundern konnte – wenn man den Boden sah.

Es roch nach Holzkohlenfeuer, es duftete nach Süßspeisen, nach Suppen und Gewürzen, es stank nach Alkohol und süßlichem Rauch, wenigstens seine Nase kam auf ihre Kosten. Jamais sentis für Werner.

Als er endlich mal einen Stand in seiner ganzen Pracht überblikken konnte, dachte er: Schwarzhandel im Farbenrausch. Dunkle Kanäle im Sonnenlicht. Laut Werner sollte es ja sogar einen Diebesmarkt geben. Der hieß tatsächlich so, ernsthaft.

Alle drei Minuten überprüfte er das Versteck seiner Brieftasche.

Werner hatte ihm im Hotel schon mehrere Male eingeschärft, bei etwaigen Kaufgelüsten prinzipiell erst um den Preis zu feilschen; die ganze Litanei von traditionellen Umgangsformen hatte er hinuntergebetet, von Höflichkeitsformeln, Riten, etcetera, die ihn – Säntimäntl – doch einigermaßen verärgert hatten: schließlich befand er sich doch nicht das erste Mal auf einem Markt! Die Konventionen heimatlicher Flohmärkte waren gewiß nicht minder streng.

Ihre Eile war durch den Massenbetrieb fremdbestimmt. Plötzlich stoppte Werner und faßte Säntimäntl am Arm.

»Sehen Sie diese Vogelkäfige?« fragte er.

»Natürlich. Ich bin doch nicht taub.«

Werner lächelte wohlwollend. »Hier werden über dreihundert verschiedene Arten verkauft. Und das Verrückteste ist: die Vögel werden meist von Buddhisten gekauft, aus dem einen Grund: sie gleich wieder freizulassen. Denen ist nämlich die Freiheit der Vögel heilig!«

»Kunststück!« sagte Säntimäntl.

Er trat zum Stand und begann, auf den Händler einzureden. Als er seine Brieftasche umständlich aus seinem Versteck holte und dem Händler ein Bündel Banknoten vor die Nase hielt, schwante Werner nichts Gutes. Säntimäntl deutete wild gestikulierend auf die Käfige und ruderte mit dem Bündel herum. Komisch, daß sich die beiden überhaupt verständigen konnten – vielleicht war ihr Englisch ähnlich rudimentär. Mit einem Mal wurde der Händler laut und nahm eine drohende Haltung ein. Säntimäntl beeilte sich, sein Geld wegzustecken, machte auf dem Absatz kehrt und drängte sich so schnell an Werner vorbei, daß dieser Mühe hatte, ihm zu folgen.

»Was war denn los?« fragte er wenig später.

»Was weiß ich?« schnaubte Säntimäntl. Die Erregung stand ihm noch deutlich ins Gesicht geschrieben. »Ich habe ihm das Geld gezeigt und gesagt, das könne er haben. Er wollte wissen, wofür. Na, für die Vögel, habe ich ihm gesagt.«

»Für welche Vögel?« fragte Werner.

»Das wollte er auch wissen.«

»Ja, wollten Sie denn Vögel kaufen?«

»Hören Sie«, sagte Säntimäntl patzig, »ich habe versucht, ihm zu erklären, daß mich das beeindrucke, was die Buddhisten mit den Vögeln machen, Sie wissen schon, was Sie mir da vorhin erzählt haben. Na, und ich wollte das gerne unterstützen. Aber was soll ich mit Vögeln, wir sind doch nur auf der Durchreise. Die ganze Prozedur kostet viel zuviel Zeit.«

»Und was sollte das alles?«

»Nun, ich habe ihm gesagt, ich würde Vögel im Werte von, äh, wie nennen die ihr Geld hier? Ist ja auch egal, jedenfalls habe ich ihm einen bestimmten Betrag gezeigt und gesagt, das Geld könne er behalten und die Vögel ebenfalls. Denn, habe ich mir überlegt, wenn die Buddhisten die Viecher freilassen, fängt sie der nächstbeste Vogelhändler, möglicherweise gar derselbe, wieder ein. Und da ist es doch praktischer, wenn er sie gleich behält, oder?«

Werner blickte Säntimäntl lange an.

»Das hätte ich nicht besser machen können!« sagte er schließlich.

»Davon bin ich überzeugt.«

»Sie haben ein phantastisches Einfühlungsvermögen in eine fremde Kultur bewiesen.«

Der Wagen plantschte im Matsch wie ein übermütiges Kind. Er hob und senkte sich, schaukelte und ruckelte, streckte die Schnauze empor, um gleich darauf mit voller Wucht in ein Wasserloch zu knallen. Schlammfontänen spritzten hoch und verdunkelten die Windschutzscheibe.

Die Insassen wurden hin und her geschleudert. Säntimäntls Gesichtsfarbe pendelte zwischen Grau und – sic! – Grün.

Eine Landschaft bei starkem Geländegang, eine Rutschpartie mit heftigem Aufschlag auf der nach oben hin offenen Richterskala; eine Fahrt, die bei höchsten Anforderungen an Mensch und Material selbst die hartgesottensten Animateure diverser Survival-Stoßtrupps in helle Begeisterung versetzt hätte.

Der Wagen schlitterte seitlich eine Böschung hinauf, drohte einen Moment lang umzukippen, fing sich wieder. Die Räder drehten gut eine Minute lang durch. In solchen Situationen pflegte sich der schnurrbärtige Mann in der Kinowerbung lächelnd eine Zigarette anzustecken. Werner drehte nicht durch. Er lachte und blieb Nichtraucher. »Ausgezeichnete Idee, so eine Nuckelpinne zu mieten. Da habe ich wenigstens alle Hände voll zu tun. Ich danke Ihnen!«

»Wollen Sie mich auf den Arm nehmen?«

»Ach was. Nach dem Müßiggang der letzten Tage ist das hier die reinste Beschäftigungstherapie. Echt.«

Säntimäntl brachte kein Grinsen zustanden. »Ich habe den Wagen genommen, weil er mir am verträglichsten erschien. Ich hasse schnelle Autos. Und was tut man nicht alles, um das Personal bei Laune zu halten!«

»Schon okay so«, sagte Werner. »Von Stunts stand zwar nichts im Vertrag, aber die Sache ist hundertprozentig nach meinem Geschmack.«

»Nach meinem weniger. Meine Traumrolle sieht anders aus.«

Die Geier hatten umschulen müssen, waren Autowracks doch an die Stelle von Skeletten getreten. Umgekippte LKWs als Elefantenfriedhöfe der Neuzeit. Hier im Busch wäre die Isetta vielleicht als exotisches Wesen durchgegangen, von Professor Grzimeks Handlangern eingefangen und nach Frankfurt in den Zoo transportiert worden. Eine Orang-Utan-Herde hätte sie womöglich als Spielball begrüßt. In der kleinen Kapsel wären sie schnell unter Dampf gesetzt worden, wasserdurchtränkt wie in einem schwimmunfähigen Amphibienfahrzeug – ihr Mietwagen hatte Gott sei Dank keine Fenster, so daß sie wenigstens ein bißchen Fahrtwind und von Zeit zu Zeit eine Gratis-Schlammkur genießen konnten. Auch mit der vielgestaltigen Insektenwelt konnten sie unproblematische Freundschaft schließen.

Werner war entspannt und konzentriert zugleich und baedekerte munter vor sich hin, erzählte von Volksstämmen, die man gerade erst der Steinzeit entrissen hatte, von multinationalen Konzernen, die den Urwald wegen seiner Bodenschätze mit üblen Tricks in ihren Besitz brachten, von Bauern, die gegen ihren Willen mitten im Dschungel in Wehrdörfern zusammengepfercht wurden, um so unter staatlicher Aufsicht Rebellen und Eingeborenen paroli zu bieten. Und all das.

Säntimäntl hatte jedoch sein drittes Gehör eingeschaltet, das alle für ihn unwesentlichen Geräusche – zum Beispiel Werners Dialoge – wegfilterte. Nur einmal glänzte er mit der Bemerkung, daß es auf dieser Welt ohnehin keine Paradiese mehr gäbe.

»Nehmen Sie nur mal die Südsee!« pflichtete ihm Werner eifrig bei. »Da gibt es mehr Surfbretter als Haie. Die Franzosen machen ihre Atomversuche, das Bikini-Atoll ist von den Amerikanern dermaßen versaut, daß man es nur mit dem Geigerzähler betreten kann – wenn überhaupt! Und dann der Krieg zwischen den Amis und den Japanern – noch heute irren ja versprengte Japaner durch den Busch, die noch nicht gecheckt haben, daß der Krieg längst vorbei ist. Die Strände hat man in Badezonen unterteilt, und den Himmel an Kodakolor vermietet. Auf Tasmanien gibt es seit vierzig Jahren keine Eingeborenen mehr, und die Maoris haben das Wort ›Einsamkeit‹ erst von den Weißen gelernt. Nein, nein, von Idyllen darf man sich nicht einseifen lassen, Paradiese gibt es schon lange nicht mehr.«

»Lubitsch hat vor -zig Jahren schon einen Film gedreht, der ›Trouble in Paradise‹ hieß.«

»Wissen Sie übrigens, wie die Japaner das Atom nennen?«

Säntimäntl verneinte.

»Grüner Drache! Das Atom ist der Grüne Drache!«

»Ich mag kein Grün!« sagte Säntimäntl mit manischer Unduldsamkeit.

Für jemanden, der kein Grün mochte, lag das Paradies gewiß nicht hier: Grün dominierte die Umgebung so uneingeschränkt wie einen Fahrzeugpark der Bereitschaftspolizei. Von der eigentlichen Welt fühlte sich Säntimäntl Lichtjahre entfernt.

Nach einer kleinen Ewigkeit machten sie Rast an einer Lodge, die sich zusammen mit einer Tankstelle wie ein Parasit zu Füßen eines überdimensionalen Kriegerdenkmals niedergelassen hatte. Es stellte einen Soldaten dar, der die Arme hochgerissen hatte und mit einknickenden Knien gerade im Begriff schien, niederzustürzen, um das Ansehen unter sich zu begraben. Das Schönste daran war jedoch der stolze Vogel, der auf seinem Helm saß und dessen langgeschwungener, leuchtendroter Schnabel von weitem aussah wie ein Feuerlöscher im Anschlag.

Sie staunten nicht schlecht, als sie auf den Stufen unterhalb der steinernen Geschmacksverirrung einen Jungen – weder Steinzeitmenschen noch Japaner – entdeckten. Nicht der Junge überraschte sie, sondern sein T-Shirt. In großen Lettern stand darauf:

ZENTRALORGAN

Der Junge verschwand mit einsetzendem Regen – exaktes Timing für die Rast! – in Richtung einiger abseits gelegener Hütten. In der Ferne, über den Palmen, die noch echter aussahen als die eines modernen Cafés, der Kegel eines mächtigen Berges, der seine Nase in die Wolken gesteckt hatte.

»Unsere sozialistischen Schwestern und Brüder dringen allmählich bis in den letzten Winkel der Welt vor«, sagte Säntimäntl, nachdem das T-Shirt in den Echtblattplamenhain entschwunden war. Werner schüttelte heftig den Kopf.

»Irrtum!« sagte er. »Hier geht es um eine Band!«

»Eine Bänd?« echote Säntimäntl.

»Eine Combo, eine Musikgruppe. Es gibt eine deutsche Rockgruppe, die so heißt.«

»Aha.«

»Ziemlich mies übrigens, unterstes Level. Ich kenne mich da aus!«

Werner kannte sich da tatsächlich aus.

»Erstaunlich, daß jemand hier ein Hemd von denen spazierenträgt«, stellte Säntimäntl fest.

»Die Welt wird eben immer kleiner!« meinte Werner. »Alles rückt näher zusammen. ›Zentralorgan‹ dürfte dem kleinen Kerl nichts sagen, das sind halt die Segnungen der Altkleidersammlungen! Aber das kann ihm auch egal sein.«

»Was kann ihm egal sein?«

»Na ja – daß er das Logo einer relativ unbekannten Gruppe trägt, die noch dazu erbärmliche Musik macht.«

»Davon weiß er doch nichts.«

»Sag ich doch.«

Säntimäntl fuhr sich mit der Hand durch die Haare. Klatschnaß war er, hätte wohl doch besser auf den Rollkragenpullover verzichtet.

»Die werden hier eh nie auftreten«, sagte Werner. »Und lieber Werbung für Zentralorgan als für irgend so eine Burgerdings-Kette, die eh schon jeder kennt. Die würde es hier überhaupt nicht bringen!«

»Wieso?« fragte Säntimäntl. »Das wäre doch immerhin etwas international Bekanntes, geradezu völkerverbindend!«

»Ja, schon«, erwiderte Werner. »Aber dann wäre der Junge eher ein wandelndes Motiv für ein gesellschaftskritisches Fotobuch, so ausgemergelt wie er ist.«

»Gesellschaftskritisch? Sagt man das noch?«

Irgendwann hatte es zu regnen aufgehört. Es schüttete jetzt. Die Kraterlandschaft aus Schlaglöchern verdiente nicht einmal mehr die Bezeichnung Gelände. Ihre Blech-Arche hangelte sich von Loch zu Loch, behutsam wie ein Golfspieler, während der Tacho zitterte wie ein Kreislaufkranker. Die Scheibenwischer kamen ins Schwimmen und ein Vergleich zum Innern einer Autowaschanlage bot sich an. Auch ein Kalauer zum Thema Regenwald drängte sich auf, aber keiner sprach ihn aus. Die Stimmung war auf dem Nullpunkt. Windschutzscheiben wie schlecht sitzende Kontaktlinsen.

Sie mußten sich sputen. Hinter Säntimäntls Stirn tobte ein Gewitter, in seinem Kopf polterte es nicht minder als draußen im Wald, seine Augen feuerten zornige Blitze zum Himmel, der sie postwendend retournierte. Ein Schlaraffenland der Trostlosigkeit. Der Bambusvorhang zu beiden Seiten der Piste war undurchdringlich, wie ein mit Landschaft bemalter Baustellenzaun. Descha wo?

Es hätte so schön sein können! Der Bambusvorhang verbarg: Kiefern, Mahagoni, weiteren Bambus, Orchideen, die in ihren unzähligen Variationen ohne weiteres einen botanischen Garten beschämen konnten. Türkisvögel und Pitpits. Mangos, Mangroven, Mungos. Schlangen und Schlangenfresser. Und Affen, Tausende von Affen. Ein Lärm, lauter noch als tags zuvor auf dem Markt.

Die Farben der Vögel waren echt, sie trotzten dem Regen. Aber selbst bei freier Sicht auf das Idyll hätte Säntimäntl wohl kein Auge dafür gehabt. Ihn beschäftigte das Festival, mehr noch die logistischen Probleme. Das Festival war nicht so berühmt, aber er interessierte sich ohnehin nur für einen ganz speziellen Gast.

Er wußte soviel: starrer Blick aufs Kommerzielle, noch kommerzieller als das vorherige Festival. Ein Land, in dem Kino das zweitbilligste Vergnügen war, mit Filmen von frühmorgens bis weit nach Mitternacht. Über einhundertfünfzig Kinos in der Hauptstadt!

Werner hatte in der Zeitung gelesen, daß die Regierung für die Dauer des Festivals die strenge Zensur aufgehoben und die Eintrittspreise um einhundert Prozent erhöht hatte; der Reingewinn war für Körperbehinderte bestimmt. Softpornos für einen guten Zweck.

Im Dschungel hatte Werner noch nie einen Stau erlebt! Kaum, daß die Verkehrsdichte zunahm, kamen sie ins Stocken. Im Gegensatz zum Regen tröpfelte der Verkehr zunächst, bis schließlich gar nichts mehr ging, more stop than go.

Wenn Säntimäntl sich überhaupt je in Geduld übte, pflegte er diese Übungen meist vorzeitig abzubrechen. Nach zehn Minuten untätigen Wartens sagte er zu Werner: »Einer von uns beiden sieht jetzt da vorne nach, was los ist, und ich warte derweil im Wagen.«

Es dauerte nicht lange, bis Werner im gestreckten Galopp zurückkam und sich prustend auf den Sitz fallen ließ, durchnäßt bis auf die Knochen.

»Sie sind ja bis auf die Knochen naß!« stellte Säntimäntl mitfühlend fest. »Was ist los? Was soll dieser Stau? Hochwasser? Erdrutsch?«

Werner schüttelte den Kopf. Auf diese Weise wurden Säntimäntl wenigstens auch ein paar Wassertropfen zuteil.

»Null«, sagte Werner. »Nichts von alledem. Weder noch!«

»Machen Sie es nicht so spannend!« sagte Säntimäntl.

»Ein Vulkan!«

»Ein Vulkan?«

»Ein Vulkan.«

»Ja, und weiter? Was hat es mit diesem Vulkan auf sich?«

»Der geht bald in die Luft! Ein bißchen gespuckt soll er schon haben.«

»Wer hier bald in die Luft geht, weiß ich schon! Das werde nämlich ich sein! Was bilden die sich ein, wir müssen weiter! Was bauen diese Dilettanten auch Straßen über Vulkane!«

»Die Straße führt nicht über einen Vulkan, sondern knapp dran vorbei. Und außerdem lebte er die dreihundert Jahre im Ruhestand. Sagte jedenfalls der Polizist vorne an der Sperre. Die Schlange ist übrigens gut zwei Kilometer lang.«

»Ein Stau mitten im Busch! So ein Unfug! Haben die vielleicht so etwas wie Dschungel-Berufsverkehr?«

Werner streifte das durchnäßte T-Shirt über den Kopf und griff zu einem Badetuch, das er eigentlich zum Trocknen abgelegt hatte.

»Die warten eben schon seit Stunden«, erklärte er.

Säntimäntl kniff die Augenbrauen zusammen und starrte mit jenem stirnbetonten Blick, der sonst eher Jack Nicholsons Domäne war, auf das gebremste Inferno.

Die können nicht genug kriegen hier. Hier ein Gewitter, da ein Vulkanausbruch, jetzt stehen sich schon die Naturereignisse gegenseitig im Weg. Knalleffekt gegen Knalleffekt, reinste Verschwendung. Woanders wäre man froh, wenn man nur eines davon hätte, allein wegen der Touristen. Was wirkt wohl lächerlicher, was kommt beim direkten Vergleich Vulkan gegen Orkan wohl schlechter weg: der Orkan natürlich, da kann er noch so pusten, schon wegen mangelnder Seltenheit wird er den kürzeren ziehen!

Nach einer Weile sagte Säntimäntl: »Ein Vulkanausbruch, das ist so eine Art Feuerwerk für Arme. Ich habe mich schon oft gefragt, schon in der Schule, was Menschen dazu bewegt, sich direkt an einem Vulkan niederzulassen. Der gute Boden allein macht es doch wohl nicht. Vielleicht sind es Leute, die sich an Silvester kein eigenes Feuerwerk leisten können.«

»Sehr witzig!« bemerkte Werner.

»Hm«, sagte Säntimäntl. »Ich wollte damit lediglich zum Ausdruck gebracht haben, daß die Natur allmählich ersetzt wird. Silvesterfeuerwerk statt Vulkanausbrüchen.«

Werner räusperte sich vernehmlich und ließ eine Veilchenpastille geräuschvoll gegen die Zähne schlagen. »So wie beispielsweise Landschaftstapeten oder Lärmschutzmauern mit Baummotiven drauf.«

Das Donnergrollen hatte nachgelassen. Der Regen wurde von gelegentlichem Wetterleuchten illuminiert, als hätte man einem Gewitter den Ton abgedreht; nur Blitze arbeiteten, grell und hektisch wie defekte Neonröhren.

»Ein Vulkanausbruch kann schon ein gewaltiges Naturereignis sein, das einem guten Film in nichts nachsteht. Am liebsten wäre mir allerdings ein exzellent verfilmter Vulkanausbruch, da stinkt es dann nicht nach Schwefel im Kino und der Pelz wird einem auch nicht versengt«, sagte Säntimäntl.

»Wenn es nach Ihnen ginge, müßte die Welt aus dramaturgischen Gründen in Zimmerlautstärke untergehen!«

»Sagen wir: aus ästhetischen Gründen. Über die Dramaturgie habe ich nicht zu entscheiden.«

»Vielleicht wohnen die Menschen auch in der Nähe des Vulkans, weil sie Heizkosten sparen wollen.«

»Wie bitte?«

»Na, am Rande des Kraters ist es wunderbar warm!«

Während dieses Gesprächs, einem eher fehlgeschlagenen Ablenkungsmanöver, waren sie höchstens einen halben Meter vorangekommen. Der Lavastrom war sicher nicht so zäh wie diese Art Verkehrsfluß. Säntimäntls Stirn warf immer wildere Falten. Er sah aus, als hätte ihn Charles Laughtons Maskenbildner persönlich bearbeitet.

Sie warteten. Sie warteten lange. Sehr, sehr lange. Es ging nicht voran. Binnen dreier Stunden legten sie einen Meter zu.

Säntimäntl behielt seine Uhr im Auge. Der Sekundenzeiger legte an diesem Tag das schnellste Tempo vor.

»Cut, Cut! Wir kehren um! Schluß aus!« schrie er nach einer weiteren Stunde. »Das schaffen wir nie und nimmer! Nie und nimmer! Zwei Tage Verspätung haben wir eh schon! Nie und nimmer! Heute ist der letzte Tag. Und Mittsalänen wartet nie den letzten Tag ab. Er ist ein Mann der schnellen Entschlüsse!«

Allerdings, dachte Werner.

Säntimäntl zündete sich eine Menthol an.

»In diesem ganzen Tohuwabohu habe ich wieder ganz vergessen zu rauchen. So was, zu ärgerlich!« Und dann sagte er noch ganz leise: »Nun drehen Sie schon um!«

»Und damit wäre alles umsonst gewesen? Die ganze Reise, alles umsonst?«

»Umsonst war sie natürlich nicht! Aber das mache ich mit dem Finanzamt aus. Und immerhin haben wir Heizkosten gespart. Daheim ist schließlich Winter! Ich habe es satt, satt, satt!«

Winter! Schnee bestimmt alles, Tempo und Rhythmus. Er nimmt Entscheidungen ab, regelt die Geschäfte, verlegt Termine und nennt sich höhere Gewalt. Alte Menschen freuen sich über das Schneeschippen, und wenn sie erst einmal den Weg freigeschaufelt haben, kommt der Schneepflug und das ganze Vergnügen geht von vorne los. Winter! Der Arzneimittelschnelldienst bleibt in einer Schneewehe stecken. Menschen in Not rücken näher zusammen, die Welt ist ein heimischer Kuhstall. Die Kiefern sehen aus wie Broccoli in Béchamel. Die Hände sind so kalt, als trügen sie ständig eine Tiefkühlpackung Erbsen mit sich. Winter! Bitte!

Der Winter bietet selten Schlamm und wenig Insekten, aber dafür kleben einem die Klamotten nicht so am Körper. Säntimäntl hatte sich noch nie so nach eisigen Temperaturen gesehnt wie auf dem tropischen Flughafen. Die strahlenden Gesichter der Neuankömmlinge ignorierte er.

Das war nun nicht gerade mein schönstes Ferienerlebnis. Aber wenn ich schon hinter den Kulissen agieren muß, dann will ich wenigstens schöne Kulissen haben, selbst wenn ich nur ihre Kehrseite sehe. Regisseure und Drehbuchautoren wissen schon, warum sie die Schauplätze ihrer Handlungen so freigebig auf dem Globus verteilen - da springt immer eine schöne Reise für sie raus. Wenn man viel Zeit im Schatten, in Schneideräumen und Vorführsälen zubringen muß, sollte man sich an Originalschauplätzen schadlos halten. Wie Hinterbänkler aus dem Bundestag, die Beziehungen zu Tonga oder Dominica knüpfen, wo sie dann alle paar Jahre hinreisen müssen, als Volksvertreter sozusagen: das Volk fährt nicht selbst, sondern läßt sich vertreten, haha. Und auch wenn solch eine Reise völlig mißglückt: man lernt immer. Und bringt hübsche Spesenrechnungen für's Finanzamt mit. Vielleicht hätte Säntimäntl ein Skriptgirl mitnehmen sollen: Nie stimmen die Anschlüsse.

VIII. AUFKLEBER LÜGEN WIE GEDRUCKT

...making all his nowhere plans for nobody.
– John Lennon

Erster Blick: Das Auto wirkt niedriger als gewöhnlich. Hoch ist die Isetta ohnehin nicht. Basketballspielern reicht sie bis zum Bauchnabel. Aber so?

Zweiter Blick: Die Isetta steht auf den Felgen. Dritter Blick: Keine Luft mehr in den Reifen. Vierter Blick, argwöhnisch: Nein, aufgeschlitzt sind sie nicht. Fünfter Blick: Jemand hat die Ventile aufgedreht. Sechster Blick: Sogar mitgenommen. Siebter und achter Blick: Vorne und hinten.

»Vielleicht ist Mittsalänen jetzt hinter uns her!«

Letzter Blick, die Windschutzscheibe: Ein Stück Papier, zusammengefaltet. Ein Brief. Ein amtlicher Brief:

In diesem Gebiet halten NATO-Streitkräfte z. Zt. wichtige Manöver ab. Wir haben Grund zu der Annahme, daß Sie diese Manöver behindern wollen. Wir haben uns erlaubt, alle in diesem Bezirk auffälligen bzw. verdächtigen Fahrzeuge für eine Weile aus dem Verkehr zu ziehen. Bitte haben Sie Verständnis für diese Maßnahme, die uns effektiver und humaner erscheint als eine Beschlagnahmung des Fahrzeuges, wozu rechtliche Voraussetzungen vorlägen. Gegen Vorlage der Fahrzeugpapiere und des Führerscheins sowie Angabe von Gründen für Ihren Aufenthalt in diesem Gebiet erhalten Sie Ihre Ventile zurück.

Unterschrift. Stempel.

Zeitverlust inklusive Wartezeit: sechs Stunden.

Es war merkwürdig und unheimlich zugleich: als wäre einem Riesen der Rasierapparat ausgerutscht, durchzog ein breiter, kahler Streifen die Landschaft und trennte sie in zwei Hälften. Die Isetta war von diesem Streifen nicht mehr weit entfernt. Vor ihr verpestete ein Laster die Luft mit volkseigenem Heizöl, der vielleicht gerade von einem dieser unmöglichen schwedischen Möbelhäuser zurückkehrte, die er mit volkseigenem, verarbeitetem Naturholz beliefert hatte. Er nahm Werner und Säntimäntl die Sicht; das machte nichts, denn irgendwo war ja dieser Streifen, und auf dem stand eine Mauer aus Beton. Nicht, daß jenseits dieser Mauer der Garten Eden gelegen hätte – dahinter setzte sich die Landschaft so trostlos fort, als wäre nichts geschehen. Es mußte andere Gründe geben.

Werner hatte sich seiner Anekdoten über die Transitstrecke schon entledigt: Polizisten, die den Reisenden für improvisierte Verkehrsvergehen Unsummen abknöpften, oder ideenreiche Werbetafeln, die die Autobahnbrücken zierten, wie zum Beispiel VEB Kleinzerstäuber Schwarzenberg.

Da war Säntimäntl aufgeschreckt: »Sind Sie in Schwarzenberg geboren?«

»Was kommt denn nun wieder?«

»Weil Sie Ihre Weisheiten manchmal so dezent verstreuen wie ein Kleinzerstäuber.«

Werner lächelte souverän, er hatte noch mehr in petto: die grellen Farben der einheimischen Kleinwagen, die einen davon abhielten, während der Fahrt einzuschlafen. Zusammenhanglos kam er dann auf sein gelegentliches Lieblingsthema – Elche – zu sprechen, die sich schon mal vom Osten her in dieses Land verirren, was angesichts des dichten Schutzwalls, mit dem sich das Land nach allen Seiten hin geradezu aromaversiegelt hat, an ein Wunder grenzt.

Weg mit dem Lächeln!

Düstere Farben; finstere Gesichter standen Spalier, mit Maschinenpistolen zwischen den Zähnen, mit Pelzmützen auf kahlrasierten Schädeln. Umbra, Grau, Schwarz.

Noch nie hatte Säntimäntl den bevorstehenden Festivalschauplatz auf dem Landweg angesteuert. Fliegen war ja nur unwesentlich teurer. Es war also seine Grenzpremiere.

Ob es wohl irgendwo eine Vorschrift gibt, derzufolge Menschen bei Grenzübertritten nervös zu sein haben? Säntimäntl ärgerte sich über sich, über diesen Restposten Obrigkeitsdenken, aber er tröstete sich: den anderen Gefangenen im Bauch der Riesenschlange vor der Abfertigung mochte es ähnlich gehen.

»Völliger Mumpitz, diese Grenze!« hatte er mehrfach geschimpft. »Wozu soll die gut sein?«

»Na, das weiß doch jedes Kind! Die mißtrauen sich selbst! Interessieren Sie sich eigentlich überhaupt nicht für Politik?«

»Schon. Aber die Politik interessiert sich nicht für mich!«

Die eine Seite der Grenze hatten sie nach kurzer Paßkontrolle und diversen mitleidigen Blicken bald passiert. Nun schlichen sie mit den anderen Fahrzeugen auf das Bollwerk zu – Sioux beim Anpirschen an Fort Somewhere, Boxer in »55 Tage in Peking« –, Bedrohung auf Gegenseitigkeit, ein dumpfer Rhythmus auf Fitzcarraldo-Trommeln hätte dem Bild gut angestanden und die Spannung gesteigert: würde es ihnen gelingen, ins Land der Fremden einzudringen?

Werners Routine auf dieser Strecke bewahrte ihn nicht vor Beklemmungen. Säntimäntl pfiff leise vor sich hin, dieses Pfeifen war jedoch nichts anderes als akustischer Angstschweiß.

Werner bremste. Pfffff, machte der traumhafte schwarze Citroën älteren Baujahrs vor ihnen und senkte sich, Wunder der Hydraulik.

Klirr, machte der Spiegel, den zwei Uniformierte unter den Wagen geschoben hatten, und zersprang.

»Sind Sie wahnsinnig?« schrie der eine.

»Sie haben gesagt: Motor ausschalten. Dabei senkt sich der Wagen halt automatisch. Kann ich auch nichts für«, sagte der Fahrer des Wagens.

»Na, Mahlzeit, steigen Sie mal aus. Sie werden sich wegen Zerstörung von Volkseigentum zu verantworten haben!«

Der eine Beamte ruderte mit den Armen. Er erinnerte an Moses, als dieser dafür übte, das Rote Meer zu teilen. Sicher verschlechterte auch der schlechte Sitz der Uniform seine Laune.

Padam, Padam, schlugen die Urwaldtrommeln. Und die Herzen.

»Mahlzeit!« sagte Werner freundlich, der aus der Isetta gekrabbelt war, um sich das Ereignis von nahem zu betrachten. Leider gelang es ihm nicht ganz, sein Grinsen zu unterdrücken. Der andere Beamte marschierte um die Isetta herum.

»Mit dem Ding kommen SIE hier gar nicht erst rein!« bellte er mit ausgestrecktem Zeigefinger und verschwand in seinem Verschlag. Mit einem dicken Ordner trat er wieder ins Freie. Er durchfledderte die Seiten wie ein Berserker. Irgendwann verhakte sich sein Zeigefinger in einem Paragraphen. Er runzelte die Stirn.

»Das ist eine Isetta!« sagte Werner hilfreich.

»Weiß ich. Nicht übel, ganz gut in Schuß, wie? Baujahr 58, würde ich mal sagen.«

»1957.«

»Na, ist auch egal. Mit dem Ding jedenfalls nicht!«

»Mahlzeit!« stöhnte Werner.

»Mahlzeit!« sagte der Beamte. »Kinder haben Sie keene dobee?«

Pfffffftttt, machte Säntimäntl, im Wagen. Er schwieg Klartext.

Der Beamte umrundete die Isetta erneut, mit sichtlich leuchtenden Augen. Zweimal. Er tätschelte liebevoll die Karosserie, schwelgte in Blech, warf hinten einen Blick auf das Nummernschild und ging dann wieder nach vorne. »Es gibt Bestimmungen. Aufkleber mit politischer Aussage darf ich nicht passieren lassen. Unerlaubte Einflußnahme, verstehen Sie?«

Säntimäntl riß die Augen auf.

»WAS?« brüllte er aus der Kabine.

»Ich, äh, ich hatte mir erlaubt ...« Werner stotterte.

»Sie haben doch nicht etwa ...?«

Säntimäntl war schon aus dem Wagen gehüpft und nach hinten gelaufen. Tatsächlich! Gleich neben dem Kennzeichen D prangte ein kleines, weißes Dreieck mit schwarzen Lettern:

VATER STAAT BRINGT UNS NOCH
UNTER MUTTER ERDE.

»Unglaublich! Ich fasse es nicht! Was haben Sie sich dabei gedacht? Ich dachte, Sie seien Grenzprofi!«

»Das ist keine Grenze, das ist ein antifaschistischer Schutzwall!« sagte der Beamte höflich und verschwand wieder in seinem Häuschen, um gleich darauf mit einem Fotoapparat wiederzukommen. Säntimäntl bemühte sich vergebens, den Aufkleber zu entfernen.

»Klebt wie der Teufel!« rief Werner.

»Merke ich selbst. Ihre Ratschläge brauche ich nicht!« keuchte Säntimäntl und eilte zur Tür, neben der sich der Beamte aufgebaut hatte.

»Wir kehren um!« sagte Säntimäntl und starrte den Grenzer an. »Was wollen *Sie* noch?«

»Tut mir ja leid, grade so'n schönes Stück! Aber wenn ich Sie jetzt fahren lassen würde, dann würde Sie der erste Polizist gleich wieder retour schicken und mich hätten sie dann auch gleich am Kanthaken. Ordnung muß sein!«

»Ja ja, schon gut. Guten Tag dann. Oder wollen Sie mir vielleicht noch die Schimpfwörtertabelle geben, damit ich mir was Passendes und nicht allzu Teures für Sie aussuchen kann?«

Werner hüstelte.

Der Beamte trat von einem Bein auf das andere. Hinter der Isetta hatte sich schon eine lange Schlange gebildet, aber anders als sonst kam niemand auf die Idee, zu hupen.

»Es ist nur so, daß ich den Wagen gerne für meine Sammlung fotografieren möchte!«

In Säntimäntls Ohren klang das Zuschlagen der Tür wütend, aber das war wohl seiner Verfassung zuzuschreiben. Er wandte sich an Werner: »Sie geben Fehler nie zu!«

»Das ist überhaupt nicht wahr!«

»Diese Filmfestspiele können wir jedenfalls abhaken! Und Mittsalänen gleich mit!«

Werner fühlte sich so klein, daß er erstmals ohne größere Schwierigkeiten in der Isetta Platz fand.

»Und wenn Sie fliegen würden?«

»Nein. Ich habe auch meinen Stolz! Und bis wir den nächsten Flughafen erreichen, können Jahre vergehen!«

»Tja, über die grüne Grenze kommen wir hier jedenfalls nicht!«

Säntimäntl warf ihm einen vernichtenden Blick zu.

IX.
ONE HOUR WITH YOU

Rosemonde: Wenn du mit einer was hast, bist du dann ehrlich oder machst du Tricks?
Paul: Ich? Ich mache nur Tricks!

– Alain Tanner,
La Salamandre

Spule zurück. Wenige Wochen zuvor in einem Zimmer in der Hauptstadt.

Als Gefängniszelle wäre das Zimmer luxuriös, aber leider handelt es sich um ein Hotel. Den Koffer mußte man auf dem Flur öffnen. Was bleibt einem übrig, wenn eine Stadt hoffnungslos überbelegt ist?

Die blaßgrüne Tapete stammt aus den 50ern und liegt mit den Vorhängen in jahrzehntealter farblicher Fehde. Die Muster sind zwischendurch immer mal wieder zeitgemäß, was ihnen nichts von ihrer Scheußlichkeit nimmt. Die Möbel sind zeitlos unmodern und reichlich abgewohnt. Zwei Betten stehen einander gegenüber, durch einen schmalen Gang getrennt. Das rechte ist leer. In dem anderen liegen ein Mann und eine Frau. Es steht nicht zu vermuten, daß sie bekleidet unter die Decke geschlupft sind. Über ihnen hängt eine mickrige Reproduktion der berühmten Kaufhaus-Zigeunerin. Vielleicht wurde das Bett deshalb dort aufgestellt, um diejenigen aufzufangen, die bei Betrachtung des Bildes in Ohnmacht fallen.

»Ein Mann und eine Frau in einem Hotelzimmer – erfinden Sie mal was Besseres«, flüstert der Mann.

»Das kenn ich. Groucho Marx«, sagt die Frau. »Aber bitte kein Remake von ›Eine Nacht in Casablanca!‹«

Er pfuscht, denkt sie. Arrangieren, heißt es richtig. Arrangieren Sie mal was Besseres. Von einem Hotelzimmer hat Groucho auch nichts gesagt. Nur von einem Zimmer.

Sie rauchen beide. Die Liebe davor war auch nicht übel, es geht nichts über eine geregelte Ekstase. Halb zerfetzt liegen sie eine Weile ineinander, keiner will lockerlassen. Währenddessen ist unten auf der Straße das Leben weitergegangen: Abschleppdienste schleppen ihre Beute Raubkatzen gleich durch die engen Straßen; Pommes frites fallen aus proppenvollen Tüten zu Boden, wo sie zu Brei getreten werden, und die Hunde kacken um die Wette. Der Feierabendlärm schafft es gerade bis zu ihrem Fenster im fünften Stock. Deutlich heben sich nur die unentwegten Sirenen ab. Die Bettdecke wirft Falten. Auf dem Nachttisch steht eine angebrochene Packung Kleenex.

Vor zehn Jahren wäre mir das Herz stillgestanden, denkt der Mann. Damals habe ich sie bedingungslos geliebt, ihre Haare, ihre Augen, ich kannte alles, ich hab sie unablässig angestarrt. Wer zum Teufel hat eigentlich den Rothaarigen eingeredet, daß grüne Augen zu ihren Haaren am besten passen?

Sie kennen sich gut, aus der Zeit in Wien, wo Zsuzsa ihren Bruder Attila mehrere Male während seines Studiums besucht hat. Sie hatte Ungarn schon in jungen Jahren den Rücken gekehrt und studierte in Paris an der Filmhochschule. Und jedesmal, wenn sie nach Wien kam: unsterbliche Liebe nannte man das wohl. Aber ihre jetzige Begegnung, abgesehen von einer übergeordneten Zielsetzung, hat eher was von einem Wiederbelebungsversuch.

»Wir sind einige Jahre zu spät dran, nicht wahr?« sagt sie.

»Hhm.«

»Weißt du, daß ich damals in Wien sehr verliebt in dich war?«

Um Himmels willen! Das sagt sie jetzt! Eine Frechheit! Er schluckt.

»Dann haben wir anscheinend nicht dieselbe Sprache gesprochen. Vielleicht eine Art verbales Königskindersyndrom à la ›sie konnten einander nicht finden, der Graben war viel zu tief‹.«

Sie springt auf. Ihre Brüste blicken ihm geradewegs in die Augen. Das massige Kissen knallt in sein Gesicht und wirbelt einigen Staub auf.

»Ein lausiger Rezitator«, sagt sie lachend. »Damit hättest du vor Jahren keinen Eindruck auf mich gemacht. Damals warst du besser, geschickter.«

»Aber doch nicht geschickt genug. Ich werde älter. Ich habe wirklich früher ein Auge auf dich geworfen.«

»Anscheinend daneben.« Sie lehnt sich an die Wand, sitzt keinen halben Meter unter der Zigeunerin. Sie zieht die Decke hoch.

»Aber es ist doch nicht unangenehm, jetzt? Es kommt mir vor wie eine Art Nachsitzen.«

»Nachliegen«, sagt er. »Ich kann diesen Anblick einfach nicht ertragen. Komm an meine kalte Schulter!«

Wieder saust das Kissen auf ihn nieder, während grüne Blitze aus ihren Augen zucken und dem Neongeflimmer von draußen Konkurrenz machen.

»Meinen Anblick?«

»Die Zigeunerin.«

»Ach so. Dabei ist sie bestimmt als Stimulans gedacht«, sagt sie rasch und taucht unter.

Die Bettdecke spannt und zieht sich zusammen. Landschaftsbildung im Zeitraffer, auch bei ihm spannt und zieht es sich, und irgendwann, als ihr roter Schopf vor seinem Mund erscheint, segeln sie längst wieder den alten Kurs.

»Weißt du, daß die Gottesanbeterinnen ihren Mann während des Koitus auffressen?«

»Wenigstens nennen sie ihn Gott.«

»Bist du sicher, daß damit das Männchen gemeint ist?«

»Natürlich.«

»Warte einen Moment auf mich, du hast schon zuviel Vorsprung.«

Sie hätten ihre Dialoge aufzeichnen sollen. Sie sind besser als das Drehbuch, dieses verdammte grüne Drehbuch. Er hat es durchgelesen, mehrmals. Es taugt nichts. Es kann unmöglich aus Lubitsch Feder stammen. Es sei denn ein Fehlversuch, ein gnadenloses Scheitern. Natürlich handelt es von Männern und Frauen. Meistens eine üble Geschichte.

Es war kinderleicht, sie zu finden, denkt er. Sie konnte nur auf diesem einen Festival sein; dort fand die Uraufführung des Films statt, bei dem sie die Regieassistenz gemacht hatte. Tanner. Ein Langweiler, ein typisch langweiliger Schweizer. Den würde er sich gar nicht erst ansehen.

Es ist nicht mal schlecht hier mit uns beiden, selbst wenn es Jahre zu spät kommt. Vielleicht hat ja der liebe Gott – oder wer auch immer – bei der Erschaffung der Welt Schwierigkeiten mit dem Projektor gehabt: entweder eilen die Bilder dem Ton davon oder sie hecheln ihm nach. Immer das leidige Synchronisationsproblem.

»Oh Gott!« stöhnt sie.

Finger werden mit zunehmendem Alter unempfindlicher. Sie können geradezu mißtrauisch werden. Und was früher der Entdeckung der Welt gleichkam, ist jetzt eher Landvermessung. Quatsch! Er sollte sich besser konzentrieren, er ist schließlich nicht nur zum Vergnügen hier! Er muß unbedingt wissen, was das Skript nun tatsächlich wert ist.

»Es ist der Stolz der Familie. Attila hat es von Mutter geerbt«, sagt sie in die nächste Zigarette hinein. Weiter!

»Es ist unser Schatz gewesen, immer, auch wenn es praktisch nichts wert ist.«

Sie haben die Seiten gewechselt. Jetzt ist er es, der von ihren eher unbekümmerten Worten hochgeschreckt, kerzengerade an der Wand lehnt, unterhalb der Zigeunerin.

»Nichts wert?« fragt er leichthin und drängt seine Emotionen unter die Matratze.

»Absolut nichts wert, aber trotzdem – irgendwie waren wir alle stolz drauf. Man kann ja auf die seltsamsten Dinge stolz sein, auf sein Auto oder irgendeinen Fußballer. Bei uns war es diese unscheinbare grüne Kladde. Kannst du dich erinnern, wie sie Attila bei jeder Gelegenheit herumgezeigt und genießerisch ›Mein Lubitsch‹ gesagt hat?«

»Und ob! Das hat er immer gesagt. Und es war kein Lubitsch?« Achtzigtausend Ameisen krabbeln seine Beine hoch.

»Natürlich nicht. Aber irgendwas brauchte er zum Angeben. Einen teuren Wagen konnte er sich nicht leisten damals. Lubitsch, wenn du dich erinnern möchtest, hat doch nie Drehbücher geschrieben, schon gar nicht in den 40ern, da konnte er froh sein, wenn er zwischen seinen Herzgeschichten überhaupt noch zum Drehen kam. Gib mir eine Zigarette.«

Die Neonreklamen klatschen jetzt grelle Muster an die Wände, draußen ist es dunkel geworden. Die Tapeten gewinnen dadurch. Es ist kalt. Der Besitzer spart nicht nur an der Einrichtung – Stilrichtung »Neue Schäbigkeit«. Jetzt muß der Barrack her, der wird Wunder wirken. Hoffentlich. Er hat die Flasche in Pest gekauft, am Tag der Beisetzung. Damit kann er sich weitere Feldvorteile schaffen, denn Zsuzsa liebt Barrack über alles. Er steigt aus dem Bett und balanciert auf dem Weg zu seiner Tasche an zahllosen zerknüllten Kleenextüchern vorbei.

Der Barrack ist ein Treffer.

»Mutter arbeitete damals als schlechtbezahlte Komparsin bei der - war es die Centfox? MGM? Keine Ahnung ...«

»Erzähl jetzt bloß keine Geschichten von armen Flüchtlingskindern.« Dieser Satz ist ihm herausgerutscht, dabei will er doch keinesfalls ihren Redefluß unterbrechen!

»1947 erhielt sie dann den Auftrag einer kleinen Produktionsfirma, die der Ansicht war, daß sie noch ein Revanchefoul an Lubitsch ausstehen hatte. Frag mich nicht, welche Company das war – sie hat es nie erzählt. Bon. Meine Mutter sollte ihm die Unterlagen für sein neuestes Projekt abluchsen. Ich weiß nicht, was sie damit vorhatten, sie konnten ja schlecht einen Film draus machen. Wahrscheinlich wollten sie ihn piesacken. Bon. Lubitsch wurde allerdings gewarnt! Er traf seine Vorkehrungen, um meine Mutter zu täuschen. Er legte also einfach ein Manuskript als Köder aus, das ihm ein Nachwuchsautor wenige Tage vorher zugeschickt hatte, und behauptete dann steif und fest, er habe sich erstmals an ein Drehbuch gewagt. Meine Mutter war erfolgreich, frag mich nicht, wie sie das machte. Auch das hat sie nie erzählt. Aber es braucht nicht viel Fantasie dazu, wenn man ›Hollywood Babylon‹ gelesen hat. Für die Firma hatte die Sache allerdings einen doppelten Haken, weil sie sich mit meiner Mutter die Falsche ausgesucht hatte, denn sie hatten bei ihr noch eine Rechnung offen. Kurz, sie setzte sich mit dem Buch ab. Natürlich waren gleich eine Menge Leute hinter ihr hier, aber da sie ohnehin zurück nach Europa wollte, konnte ihr das egal sein. Unter anderem folgte ihr ein Mann namens Schrader, den Lubitsch auf sie angesetzt hatte. Zu seinem großen Schrecken mußte er nämlich feststellen, daß dieser dämliche Nachwuchsmann ihm sein Original geschickt hatte und nicht mal eine Kopie davon besaß ...«

»Damals gab es halt nicht an jeder Ecke einen Copy-Shop!«

»Aber, ich bitte dich, so dumm darf doch wohl niemand sein. Ein Original! Wo war ich?«

»Bei Schrader.«

»Bon. Das muß Lubitsch eine hübsche Stange Geld gekostet haben, denn Schrader folgte meiner Mutter nach Europa. Die Sache endete damit, daß die beiden 1948 in Budapest heirateten. Da war Lubitsch eh schon tot.«

»Das habe ich noch nie gehört! Hört sich verdammt nach einem Drehbuch an. Und der arme Autor, hat der sein Skript zurückbekommen?«

»Meine Mutter ließ ihm eine Kopie zukommen. Sie hatte zwar von Schrader erfahren, daß das Original kaum etwas wert war, aber es war ihr ans Herz gewachsen, es war sozusagen der Ehestifter, auch wenn die Ehe nicht lange dauerte.«

»Männer und Frauen«, sagt der Mann zu der Frau, »eine ganz üble Geschichte. Und wo ist das Skript jetzt?«

Zsuzsa sieht ihn lange an, sie verzieht keine Miene.

Tu nicht so scheinheilig, denkt sie. Ich weiß zwar nicht, was du von mir willst, aber daß du das Skript in deiner Tasche hast, das weiß ich genau. Vielleicht willst du die Geschichte des Buches, vielleicht willst du daraus ein eigenes Drehbuch machen. Oder du willst eine Art letzter Gewißheit von mir. Gib dir keine Mühe.

»Woran denkst du?«

»Mach dich nicht lächerlich. Ich hasse solche Fragen.«

Der Busch ist nur klein, die Trommeln sind laut. Gyöngyver hat mir alles erzählt. Das werde ich dir natürlich nicht auf die Nase binden. Ich habe wegen dieser Mist-Dreharbeit Attilas Begräbnis verpaßt, das werde ich mir nie verzeihen, aber vielleicht einiges wieder gutmachen, daß ich das Buch in den Familienbesitz zurückführe.

»Ich habe darüber nachgedacht, wer das Skript haben könnte. In Attilas Nachlaß war es jedenfalls nicht. Da muß es ja drunter und drüber gegangen sein in Budapest.«

»Mir fällt nur einer ein: Säntimäntl! Er war immer scharf drauf gewesen. Stielaugen hat er gemacht.«

»Säntimäntl? O je, den habe ich ganz vergessen!« sagt sie langsam. »Was das jetzt für ein Mensch sein mag?«

Mittsalänen nimmt einen Schluck Barrack und wischt sich mit dem Handrücken über den Mund. Er hält ihr die Flasche hin.

»Korrekt, würde ich sagen«, sagt er schmatzend, »er war damals schon ein absoluter Korrektling. Nadelstreifenanzug, Weste, Fliege, etwas in der Richtung.«

Zsuzsa nippt nur kurz. Betrunken machst du mich nicht. Höchstens dich selbst. Aber Finnen vertragen viel, wie Ungarn. Es muß so etwas wie eine finnisch-ugrische Leber geben. Dann muß ich dich halt systematisch müde machen, das geht auch. Das Zimmer ist mit rotem Neon überflutet, das paßt, also an die Arbeit, Zsuzsa. Du wirst schwitzen wie in einer Sauna deiner Heimat, und ich werde anfangen, schwerfälliger zu sprechen, damit du sorglos wirst. Ich werde mit sanfter Beinarbeit beginnen.

»Korrekt?« sagt sie holprig. »Würdichnichsagn.«

»Er war immer ein komischer Kauz. Und seltsamerweise immer viel freundlicher zu mir als ich zu ihm. Und dann hat er jahrelang nichts anderes geschrieben als Kritiken für seine Lokalzeitung, als wenn wir ihn dafür auf die Hochschule geschickt hätten.«

»Hat er nicht das Filmprogramm für eine Hochschule zusammengestellt?«

»Für eine Volkshochschule. Aber was ist das schon Großartiges? Na, immerhin hat er jetzt ja diese Erbschaft gemacht. He, warte! Willst du die ganzen zehn Jahre in einer Nacht nachholen?«

»Sprich nur weiter. Ich kann mich auch auf zwei Dinge gleichzeitig konzentrieren«, sagt sie aufmunternd und schickt ihre Hände auf Reisen.

»Ich nehme an-han, daß er das Skript an sich genommen hat. Das wäre der richtige Coup, um irgendwas in der Branche aufzuziehen. Ich bin fast sicher. Zieh mir nicht immer die Decke weg!«

»Ich halte nichts von Tuchfühlung. Tuch stört nur.«

Sie hat oft genug drittklassige Liebesfilme gesehen, um zu wissen, welche Stimmlage in solchen Situationen die geeignetste ist, eine Mischung aus Tiger und Taube.

»Und dein Ohrring kitzelt. Du solltest dir mal von deinem Ohrenarzt ein paar neue verschreiben lassen!«

Idiot! Aber ich krieg dich! Und unangenehm ist dieser Job auch nicht unbedingt. Wahrscheinlich beste Familientradition. Ich arbeite meine eigene Geschichte auf. Geschichten wiederholen sich jedenfalls immer.

»Sie kühlen«, schnurrt sie. »Dann bleibst du länger bei der Sache.«

»Ich bin müde.«

Wunderbar, aber längst noch nicht müde genug. Nur diese Runde noch. Es sind schließlich noch Kleenex übrig. Und danach zwei Stunden bis zum Tiefschlag abwarten, im Rhythmus seiner Atemzüge und des Neons.

Und wenn er schläft: Viszontlátásra! So sparen wir uns auch etwaige Peinlichkeiten beim Frühstück. Kennt man ja: Jeanne Moreau liegt auf dem Bett, Gauloises in der Hand. Yves Montand lehnt im Unterhemd am Fenster, mit dem Rücken zum Hafen, Gitanes im Mundwinkel. Ringsum wird der Kaffee kalt, sie haben keine Streichhölzer und beide das Gefühl, einen Fehler begangen zu haben, wissen aber nicht genau, welchen. Dann tutet die Schiffssirene – wie komme ich auf Sirene?

Sie beschließt, das Tempo zu forcieren. Sie hat ihn gut im Griff. Das Buch müßte in der Tasche sein. Oder ich finde einen Schließfachschlüssel, dann wird es spannend: welche Station? Ein Krimi! Ob es draußen wohl neblig ist?

»Hhhmmm.«

Ich werde ihm einen Zettel hinterlassen. Kußmund drauf. Und den Satz: Ein Mann und eine Frau in einem Hotelzimmer. Erfinde du erst mal einen besseren Schluß für diese Episode. Die Kleenex kannst du behalten.

X.
NOMADEN
IM KAFFEEHAUS

But it's not boring!
– Loudon Wainwright III.

»Ich liebe es, Filme an ihren Originalschauplätzen zu sehen. Stellen Sie sich vor, Werner, Sie gehen auf dem Weg zum Kino eine Straße entlang, die dann wenig später im Film wiederauftaucht, und kommen dann später wieder auf die Straße zurück und die Leute sehen alle so aus wie im Film. Wunderbar, nicht wahr?«

»Aber Originalschauplätze abzugrasen ist doch wohl nicht der Sinn unserer Reise?«

»Nein.«

»Da bin ich beruhigt. Ich hatte schon befürchtet, Sie hätten Mittsalänen aufgegeben!«

Dies war ein Monat ohne Festivals, folglich auch ohne Mittsalänen. Ein paar Tage Heimarbeit mit Büroarbeiten für Säntimäntl und Basteleien bei Werner. Ein paar Stangen Mentholzigaretten, ein paar Dosen Veilchenpastillen und Tage, die so zäh vergingen wie ein Samstagnachmittag im Krankenhaus.

Nach einer Woche hielt es Säntimäntl nicht mehr aus. Er wollte an die frische Luft, weil er sich zu Hause nicht entschieden genug gegen die Grübelanfälle zur Wehr setzen konnte, die ihn hin und wieder heimsuchten.

Unterwegs kritzelte er solche Grübeleien auf Briefpapier, das jedes mittelklassige Hotel den Gästen in geschmacklosen Kunstledermappen zur Verfügung stellt: eine blendende Idee, Gedanken loszuwerden.

Langeweile überkam ihn selten, jetzt war es weniger als das. Er interessierte sich anders als Werner nicht für Sehenswürdigkeiten; lieber in Lokalen herumlungern und die Anti-Vereinsamungsautomaten mit Kleingeld füttern. Er trieb seine Spielchen in den Cafés: sich alle Besucher als Heiratsschwindler oder Erbschleicher vorstellen, alle Mimiken und Gesten mit seiner eigenen Interpretation versehen – Geheimagenten waren auch nicht schlecht. Ach, unterwegs...

Oder aufs Hotelzimmer zurückziehen und die Alltagsblessuren lecken, bei der Kinoauskunft anrufen und zwischen geleierten Ansagen dämliche Liedchen hören, dabei Gardinen betrachten oder Tapetenmuster oder die müden Beine mit Franzbranntwein einreiben und den oft überstrapazierten Halswirbel mit Murmeltierfett.

Er konnte sein Köfferchen aufräumen und gleichzeitig Ordnung in seine Gedanken bringen und diese wieder auf das Briefpapier abwälzen, wie zum Beispiel diese: Ausgeglichenheit, innere Ruhe, Stabilität, irgendwas muß ein Mensch haben, um sich festzuhalten, vor allem in den Kurven. Ich orientiere mich an Unruhe, Unausgeglichenheit, Instabilität – Faktoren, auf die ich mich verlassen kann. Damit lebe ich. Die tägliche Jagd, Unrast, die Hetze, die Suche nach was-weiß-ich, der ständige Durst: alles konstant.

Ich kann mich an meine Haltlosigkeit anlehnen, an meinen Schwankungen orientieren. Mein Hemd flattert im Wind und ich halte mich an den Knöpfen fest.

Nicht das Reisen strengt an, sondern das Verweilen. Wenn man viel unterwegs ist, können sich die Menschen nicht bei einem einnisten. Man wird nur von Äußerlichkeiten abgelenkt, seelische Reize gibt es nicht. Den heftigsten Böen, den stärksten Erschütterungen standhalten – brenzlig wird es nur bei Windstille. Und manchmal weiß ich gar nicht: ist das schon der Sturm oder noch die Ruhe davor?

Ausgeglichenheit – Schnick-Schnack! Was ist denn schon eine ausgewogene Fernsehdiskussion, taugt die vielleicht was? Beim Fußball sind ja auch nicht die Unentschieden unbedingt die interessantesten Spiele.

Manchmal habe ich das Gefühl: Ich reise, um zu vergessen. Aber was?

Welch bahnbrechende Einsicht in die Dinge! Wären diese Zeilen ein Brief gewesen, er hätte ihn gleich zum Briefkasten getragen. Aber wem schicken? Mit Briefen platzte man nur ungefragt in das Leben anderer Leute hinein.

Säntimäntl machte solche Notizen häufig, um sie gleich nach der Niederschrift zu vernichten und fluchtartig das Zimmer zu verlassen.

Unterwegs. Beim geringsten Anflug von Parkplatzproblemen ließ sich Säntimäntl gleich vor dem nächstbesten Café absetzen. Parkplätze waren Werners Ressort.

Er bevorzugte die altehrwürdigen Kaffeehäuser mit Thonet-Stühlen, Marmortischchen und Kaffeehausmusik; letztere durfte auch schon mal etwas moderner sein, er war nicht wählerisch, was Musik anging: Air-condition mit Noten genügte. Als erstes pflegte er diese Kaffeehäuser auf ihren »Lubitsch-Gehalt« zu überprüfen. Er liebte: ein bunt durcheinandergewürfeltes Publikum, nicht auf einen bestimmten Typus oder eine bestimmte Schicht beschränkt, abwechslungsreich, sprudelnd. Er liebte vornehme Zurückhaltung mit vielen Umwegen, Paradebeispiele des Indirekten, Diskretion Ehrensache, indirekt wie gedämpfte Beleuchtung, verschwiegene Beredsamkeit. Lange Tischdecken, die gelegentliche Anbandeleien, das sogenannte »Fußeln« oder auch dezente Schienbeintritte verbargen. Hohe Türen, mit enormen Klinken, die die Menschen schrumpfen liessen.

Angebot um Angebot, mehrere Handlungen gleichzeitig und gleichberechtigt, tausend Variationen mit tausend Interpretationsmöglichkeiten; das Gewöhnliche der besseren, das Besondere der mittleren Kreise. All das liebte Säntimäntl, die Möglichkeit, Geschichten in die Besucher hineinzugeheimnissen, Spielereien in einer überdirekten Zeit.

Auf Lubitsch ließ er nichts kommen.

In einem dieser Cafés saß er nun schon eine ganze Weile. Die Gespräche der Ausländer am Nachbartisch konnte er deutlich hören, aber nicht verstehen. Er beobachtete die Lippenbewegungen des Liebespaares am Fenster und konnte sich gut vorstellen, worüber die beiden sprachen. Am Telefon hinter der Bar stand eine südländisch aussehende Frau mit halblangen, dunklen Haaren: wie in einem Fernsehfilm war sie nur bis in Nabelhöhe zu sehen, aber Säntimäntl stellte sich vor, wie sie mit ihrem rechten oder linken Fuß kleine Kreise auf dem Boden beschrieb. Sie rauchte genießerisch, die Zigarette verschwand fast in der Breite ihres Lächelns.

Gespräche sehen, aber nicht hören. Hören, aber nicht genau wissen, woher die Laute kommen, weil die Sprechenden nicht im Bild sind. Hören und nichts verstehen. Die Fantasie hat alle Augen und Ohren voll zu tun. Jede Menge Lubitsch.

Die größte Aufmerksamkeit aber zog der Tisch in der Ecke auf sich, anscheinend hatten sich dort einige Leute zum Essen verabredet. Manche saßen bereits geraume Zeit und vertilgten Kuchen, Ragout-Fins oder Rebhuhnpasteten. Nach und nach trudelten Nachzügler ein, und die bereits Speisenden mußten ihr Mahl unterbrechen, um sie zu begrüßen. Die Erstgekommenen waren natürlich eher fertig und trafen Anstalten zu gehen, jetzt waren die Nachzügler an der Reihe aufzustehen, ihr Besteck fallen zu lassen, sich mit der Serviette den Mund abzuwischen, um sie zu verabschieden. Das ging eine ganze Weile so, ein Essen mit eingebauter Gymnastik.

Säntimäntl sah diesem Schauspiel amüsiert zu und bemerkte nicht, wie Werner neben ihm Platz nahm. Erst als die Schlüssel auf den Marmor knallten, sah er Werner an.

»Erstklassiger Lubitsch-Laden ist das hier!« sagte er.

»Sie immer mit Ihrem Lubitsch!« brummelte Werner mißmutig. »Fragen Sie mich lieber, wo ich einen Parkplatz gefunden habe.«

»Der Tisch dort drüben! Ein ständiges Kommen und Gehen. Die, die jetzt gerade aufstehen, sind schon richtig wütend, weil sich schon wieder jemand verabschieden will. Keiner kommt richtig zum Essen, und keiner darf sich etwas anmerken lassen, denn schließlich hat man Stil!«

»Ich weiß nicht, warum Sie sich für dieses dezente Zeugs begeistern«, meinte Werner müde. »Diese ganzen versteckten Attacken kommen mir immer so vor, als wolle man jemanden mit einem Zahnstocher abstechen!«

Alle Cafés ihrer Route mußten sich erst einmal einen Vergleich mit Säntimäntls Stammcafé zu Hause gefallen lassen, auch wenn er dort in den letzten Wochen oft unentschuldigt gefehlt hatte. Das Maß seiner Dinge. Frauen, Männer, Bedienungen, Accessoires, Gespräche, Nahrungsaufnahmen. Muße. Musik. Sein Kaffeehaus.

Frauen: der Gang zur Toilette als Laufsteg; nachts vorsichtig schlafen, um die Frisur nicht zu zerstören; Berufsblonde und solche, die frühzeitig erblonden; die morgens daran denken, das Feuerzeug zu Hause liegen zu lassen, damit sie sich den ganzen Tag über Feuer geben lassen können; Oberschülerinnen in Mohair, die ihre Schulschläfrigkeit in den Nachmittag gerettet haben; alte Tanten, die sich durch Sahneberge baggern: ein Stück Schwarzwälder Kirsch, ein Stück Haselnußtorte, ein Stück Königskuchen und ein Kännchen Schokolade – und haben Sie Süßstoff dafür?; Mädels mit drei, vier Lagen Hemden und Pullover übereinander, so getragen, daß das nächste Kleidungsstück unter dem vorherigen hervorlugt. Und andere.

Männer: die sich ärgern, ihr Auto nicht mit reinnehmen zu können, wo es doch so sagenhaft aussieht und so viel gekostet hat, und die statt dessen laut mit den Schlüsseln klimpern; Leser deutscher, englischer, italienischer und türkischer Zeitungen; vorverlegte Nachtschwärmer; schlichte Langweiler und langweilige Schlichter; Heiratsschwindler Taschenrechner Mittagspäusler Wiederkäuer Kaffeehausrevoluzzer; intellektuelle Hahnenkämpfer am Extremistenstammtisch, Schriftsteller mit imaginären Stechuhren; sogar normale Menschen im Maßstab 1:1. Und andere.

Accessoires: Taschen, Täschchen, Plastiktüten, zu vergessende Schirme. Mickey-Mouse-Koffer mit Euroschecks. Hunde, von ihren Besitzern vorgeführt; Hunde, die ihre Besitzer vorführten. Kontaktknüpfer unter vertrockneten Palmen. Und andere.

Lubitsch hoch drei. Untreuen anbandeln, Geschäfte aushandeln, Nichtigkeiten ausbrüten.

Verhandlungstische, Spieltische, Schreibtische, grüne Tische – Gott sei Dank nur im übertragenen Sinn, Nachttische, Eßtische, Ablagen für Ellenbogen oder einfach nur Kaffeehaustische. Nicht zu vergessen der Personaltisch, in dessen Nähe sich mit Vorliebe junge Kerls herumlümmeln, voller inbrünstiger, sehnsüchtiger oder siegessicherer Blicke; Verehrer und/oder Liebhaber der zahlreichen weiblichen Bedienungen, oder auch nur demütige Bittsteller. Sehr unübersichtlich und daher ein ideales Terrain für graue Eminenzen: Über einen längeren Zeitraum hinweg kam ein Bursche mit wichtiger Miene, als gehöre ihm der Laden – der stolze Ausdruck des Gebieters über unzählige Ländereien, hier ein Wort, da ein knappes Lächeln, dort ein Händedruck; trank einen Kaffee am Personaltisch und ging, ohne zu zahlen. Keiner wußte, wer er war, jeder ordnete ihn einer anderen Person zu und er trat bedeutend genug auf.

Das Café ist nicht überperfektioniert, nicht leblos, dafür sorgen schon die Fehler im System wie zum Beispiel der buntgewandete Späthippie, der als sein eigener Souffleur ununterbrochen Selbstgespräche führt, oder das stets abwesend wirkende junge Mädchen, das fortwährend vor sich hin lächelt – oder grinst sie? Oder der desolate Nomade – ein Schrecken jeder Bedienung –, der innerhalb einer Stunde zehnmal den Tisch wechselt und jedem Gast ein Gespräch aufzwingt. Und andere.

Musik: stets im Hintergrund, nie zu laut oder zu leise, wohltemperiert cooler Jazz, zartgedünstet oder Latino, volleyballartig über die Köpfe des Publikums hinweg. Keine antiquierte »Vierzig-Original-Wiener-Kaffeehausstühle-umständehalber-preisgünstig-zu-verkaufen«-Muzak.

Säntimäntl blüht in diesem Ambiente auf, genauso wie er die Lounges großer Hotels oder die Abfertigungshallen internationaler Flughäfen liebt, inklusive dem ziellosen Herumirren unter den Piktogrammen – die internationalen, weitgehend neutralen Territorien. Jeder hat nur den interessantesten Teil seiner Biographie bei sich.

»Always prepared«, in Abwandlung der alten Pfadfindertradition, Zahnbürste im Jackett.

»Ich wollte Ihnen noch was erzählen«, sagte Werner, »da werden Sie aber vor Neid zerplatzen!«

»Da bin ich aber gespannt!«

»Meine Großeltern hatten ja früher ein riesiges Hotel, mit allen Schikanen, so eines, auf das Sie bestimmt drauf abgefahren wären!«

»Äh... ja. Und?«

»Na, Lubitsch war da häufiger Gast. Meine Großmutter hat ihn persönlich gekannt!«

»Was? Und das sagen Sie erst jetzt? Na, raus mit der Sprache: Wie war er? Was hat Ihre Großmutter erzählt?«

»Soll ich Ihnen Wort für Wort wiederholen, was sie über Lubitsch sagte?«

»Ich bitte darum!«

»Sie sagte: ›Ich persönlich fand ihn ja ein bißchen albern.‹ Das waren ihre Worte.«

»Was? Und sonst sagte sie nichts???«

»Nein. Sonst sagte sie nichts.«

Mittsalänen: schwarze Lederjacke, üblicher 2-Tage-Bart, Stiefel, rote Brille? Besucht er Cafés, immer mit Drehbuch oder Filmrolle unter dem Arm? Allzeit bereit mit Polaroid? Wenn ja – welche Cafés bevorzugt er?

Manchmal wurde Säntimäntl in Kaffeehäusern schon von erschreckend neuen Eindrücken behelligt – gerade in den letzten beiden Jahren hatte sich eine neue Generation von Cafés auf die gastronomische Landkarte gesprenkelt. Und wer wußte schon, ob nicht gerade diese »Bistro-Cafés« Mittsalänens bevorzugtes Revier waren? Auch wenn er in Säntimäntls Alter war und in der gleichen Branche arbeitete, mußte er nicht unbedingt in schwarzen Cordanzügen und Baskenmütze herumlaufen, Fliegen auf weißen Hemden oder Halstücher nach Boulevardschauspielerart tragen, er mußte keineswegs in derben Schuhen herumlaufen und mit Mentholzigaretten die Umwelt belästigen. Er konnte ganz anders sein.

Mittsalänen zieht die Jalousie hoch, blickt von seinem Loft auf das Dach der alten Fabrikhalle hinunter, mit der endlich mal was passieren muß. Unten, im Fenster des ehemaligen Pförtnerhäuschens, gleich unter der Wendeltreppe, sieht er durch die Blätter der Zimmerpalme hindurch den schwarzen Al mit seinem Saxophon. Er nimmt den Kopfhörer ab und lauscht eine Weile. Dann geht er zum Mickey-Mouse-Telefon hinüber und wählt die Nummer der Zeitansage.

Halb sechs. Morgens. Um sechs Uhr macht das Cosmopolitan auf. Dort kann er noch einen Espresso trinken und sich dann aufs Ohr legen. Verdammt harte Nacht.

Der Himmel schimmert metallisch grau wie die Zahnspange eines Teenagers. Er öffnet das Fenster und wirft einen pinkfarbenen Springball auf das Vordach. Mit einem gigantischen Hüpfer verschwindet der Ball in den Häuserschluchten und trifft die Windschutzscheibe eines verlassenen Taxis, die mit dem Krachen eines Synthesizergewitters zerbirst. Ein Urknall, dessen Echo Mittsalänen als Querschläger streift.

Er schließt das Fenster, läßt die Jalousie wieder runter. Er nimmt die speckige Lederjacke aus dem Spind, die Schlüssel vom Blechregal. Er wirft einen letzten Blick auf den Liegestuhl unter der Echtblattpalme und der Tupperware-Schüssel mit dem erkalteten Fußbad davor. Dann knipst er das Licht aus.

Um ins Cosmopolitan hineinzukommen, muß man sich durch den Schwarm abgestellter Vespas vor dem Eingang kämpfen, auch frühmorgens um sechs, das Leben der Großstadt pulsiert. Sonst müßte man sich für das Cosmo einen neuen Namen einfallen lassen.

Drinnen ein Mix aus Casablanca-Requisite, italienischer Eisdiele und Wartesaal Bruxelles-Midi, nicht wesentlich gemütlicher als eine Tiefkühltruhe oder Fioruccis Abstellkammer. Wände weiß wie Rohmilchbrie, Neon und frischgefönte Palmen fehlen auch hier nicht. Glimmer-Glamour.

Stilisierte Campari-Gläser als Beleuchtung, stilisierte Campari-Gläser als Campari-Gläser. Aus beiden Arten stechen Strohhalme hervor, lang und spitz wie die Fingernägel der zahllosen Kokser. Musik zittert durch den Raum, vom Propeller an der Decke gleichmäßig verteilt: bizarre Klänge, bei denen einem die Asche von selbst von der Zigarette kippt.

Kerle mit ananasartigen Frisuren und Amateurmannequins sitzen einander schön und eiswürfelhaft gegenüber, mit reglosen Bushaltestellengesichtern. Die Frauen schön wie Gummibäume, einmal die Woche besuchen sie den Unnahbarkeitskursus der Volkshochschule. Die sportlichen unter den Männern gehören zur Surfer-Kampfbrigade, die letzten freilebenden Krokodile haben Zuflucht auf ihren Hemden gesucht; durchgehende Schnurrbärte als Gesichtsäquatoren. Die künstlerischen Typen sind bleich wie ungetoastetes Toastbrot. Auch ein paar alterslose Männer gibt es, die pausenlos okzitanischen Rotwein bestellen und die versuchen, die Bannmeilen junger Frauen mit ihren Oldtimer-Cabriolets zu durchbrechen, von denen sie immer wieder gezielt beiläufig erzählen.

Rigoros durchgestylt schnöselt man so ganze Tage durch das coole Ambiente. Zuckerwürfel gibt es keine, der Zucker ist in kleinen Säckchen gefangen.

In einigen Cafés dieser Sorte gibt es Ausstellungen und Veranstaltungen, die Kunst wird gnadenlos »Art« genannt, Avantgarde am Laufmeter, akustische Environments; an den Wänden hängen keine Fotografien, sondern mindestens fotografische Modulationen.

Wieso hat Werner Säntimäntl nie nach Mittsalänen gefragt, wieso hat er nie auf einer detaillierten Personenbeschreibung, Phantombild inclusive, bestanden? Er könnte durchaus ein bißchen behilflich sein bei der Suche, wo doch Mittsalänen allmählich zum Sport wird.

»Sehen Sie die Frau dort hinten mit dem ganzen Berg Illustrierten?«

»So was wie die finden Sie überall. In meinem Stammlokal saß eine ganze Zeit lang eine ältere Dame, die war immer allein da. Der einzige, der mit ihr sprach, war der Kellner. Sie saß bloß da und löste Kreuzworträtsel und aß, wahrscheinlich Abo. Dazu ein Glas Rotwein und fertig. Sie machte nie Anstalten, jemanden anzusprechen. Man hätte meinen können, sie wolle ins Guinness-Buch der Rekorde mit einem neuen Weltrekord in Vereinsamung.«

»Mitunter sind Sie ganz schön zynisch, Werner!«

»Wenn schon zynisch, dann so!«

»Und was geschah mit der Dame?«

»Weiß nicht. Nahm ja keiner Notiz von ihr.«

So ging es Café um Café, Zuckerstück um Zuckerstück, Tag für Tag. Keiner nahm Notiz von ihnen.

XI. NEBEL VOR DER LEINWAND

But the trouble with normal is
it always gets worse.
– Bruce Cockburn

Das war nun nichts Neues. Aber was war passiert?

Zweifellos ein Festival. Wie immer ohne den gewünschten Erfolg. Ein Erfolg wäre beispielsweise schon gewesen, überhaupt dort anzukommen.

War es der Streik des Fährpersonals, der die Reise verzögert hatte, oder war es schon vorher der Schwächeanfall der Isetta-Batterie, hervorgerufen durch eine tückische, mysteriöse Krankheit, die den Regler befallen hatte?

Wieso waren die Straßen permanent verstopft? Werner hatte sich darüber gewundert, daß es in einem Land mit so vielen Arbeitslosen einen derart dichten Berufsverkehr gab. Säntimäntl konnte nicht lachen. Waren andere Gründe an den Staus schuld – Straßenschlachten rivalisierender Fußballfans? Marathonläufe, die gerade in Mode kamen – als Mount Everest des kleinen Mannes, die Bezwingung des Mount Average? Paraden heimkehrender Soldaten? Von wo? Und wie konnte man überhaupt Straßenkämpfer, Marathonläufer und Soldaten auseinanderhalten?

Oder lag es daran, daß sie trotz heftigen Insistierens keine Einladungskarten mehr bekommen hatten, so ganz ohne Beziehungen?

»Pah!« sagte Säntimäntl. »Was ist schon so ein Festival?« Ein Festival ist eine Buchmesse ist eine Biennale ist eine Automobilausstellung ist ein Folklore-Treff ist eine Balletwoche ist was weiß denn ich und das alles mindestens international und auf hohem Niveau. Für Insider ein mehrtägiges Besäufnis mit Austausch standesamtlicher Bekanntmachungen, mit dem Erfinden von Intrigen und dem gezielten Inszenieren von Skandälchen. Für Ortsansässige ein gesellschaftliches Muß, das man ja noch ertragen könne, müsse man sich nicht fortgesetzt irgendwelche unsäglichen Filme anschauen.

Was bedeute ihm, Säntimäntl, schon ein Festival? Der Sinn ihrer Reise lag doch lediglich darin, eine deutlich sichtbare Spur in der Welt zu hinterlassen. Einzig darum ging es. Und, nicht zu vergessen, die grüne Kladde.

Immerhin, sagte er sich und später auch Werner, komme keine Langeweile auf, dauernd sei etwas anderes los. Action, das war es! Die olympische Idee: nicht der Sieg ist entscheidend, sondern die Teilnahme. Keine Türen, die sich von selbst öffnen, sondern mächtige Steine im Weg, so gewaltig wie die Erhebungen in Filmen von Russ Meyer. Ein Spiel. Das gebündelte Nichts!

Und Mittsalänen? hatte Werner gefragt.

Jaja, hatte Säntimäntl geantwortet.

Auch die Frühstücksvergiftung hätte ausreichende Gründe für ihr Scheitern geliefert. Vom morgendlichen Verzehr gebratener Blutwurst ist eigentlich dringend abzuraten. Kein Stein im Weg, wohl aber im Magen. Sowieso: wiederholte gastronomische Scharmützel hatten den Wunsch nach rascher Abreise eher beschleunigt.

In einem schmucklosen Restaurant, Katzentisch neben Katzentisch, ließ sie der Kellner zwanzig Minuten warten, ehe er sich dazu bequemte, ihnen eine Karte zu überlassen. Bis zur Bestellung verstrich eine weitere Viertelstunde. Kurz angebunden beschied ihnen der Kellner, daß alle von ihnen gewünschten Gerichte von der Karte gestrichen waren. Mit leichtem Mißmut hatten sie umdisponiert. Bei den Getränken brachte der Kellner alles durcheinander, wobei er Säntimäntls aufflackernden Unwillen mit barschen Blicken konterte.

Schließlich das Essen – an die großzügig bemessene Wartezeit hatten sie sich ja inzwischen gewöhnen können. Dann aber knallte der Kellner die Fleischplatte derart heftig auf den Tisch, daß sich ein Tropfen Soße aus seinem Zellverband löste und auf Säntimäntls blütenweißem Hemd Zuflucht suchte.

Da platzte diesem der Kragen!

»Gilt bei Ihnen nicht der Grundsatz, wonach der Kunde König ist?« fuhr er den Kellner an.

»Selbstverständlich.«

»Und wie erklären Sie sich Ihr Benehmen?«

»Ganz einfach, mein Herr. Wir leben in einer konstitutionellen Monarchie, da hat der König nichts zu sagen.«

Dem Reiz dieser Logik vermochte Säntimäntl sich nicht zu verschließen. Er versuchte, den Kellner mit einem üppigen Trinkgeld zu beschämen, aber diese Runde hatte eindeutig er verloren.

Werner bot aus seinem reichhaltigen Fundus eine Geschichte als Überbrückungshilfe an: »Das Schärfste, was ich je bei einem Kellner erlebt habe, passierte irgendwo im Norden. Die haben es da eh nicht so mit guten Restaurants und guter Küche, da muß man Knoblauch ja schon im Delikatessengeschäft kaufen. Jedenfalls war das ein kleines Restaurant, nicht mal ein besonders tighter Laden. Aber der Kellner war auf eine Galavorstellung aus, als er das Fleisch vorlegte, und er hatte das echt drauf, obercool, muß man sagen. Nicht nur die Technik, sondern auch die Grandezza. Erst das Steak, dann die Pilze, das Gemüse, die Kroketten, die Soße, alles sicher im Griff, fantastisch, und einen Schwung dabei!«

»Hhm.«

»Ich habe zuerst gar nicht gemerkt, was abging - aber irgend etwas stimmte nicht. Einer von uns fing an zu grunzen, ein anderer biß in die Serviette. Und dann: ZACK! Das war's: vor lauter Selbstverliebtheit hatte er den Teller vergessen. Einfach keinen hingestellt, gleich das ganze Gericht einfach so auf die Tischdecke, zack.«

»Und?«

»Na ja, er murmelte unverständliches Zeugs mit hochrotem Kopf und packte das Tuch vorsichtig an allen vier Enden und verschwand damit hastunichtgesehn in der Küche.«

In einem anderen Lokal hatte Säntimäntl einmal ein Motiv auf einem Zuckerwürfel besonders gut gefallen. Als er die Serviererin fragte, ob er sich ein paar davon mitnehmen dürfe, hatte die bloß schnippisch zurückgefragt: »Wieso? Haben Sie ein Pferd?«

Er hätte ein Königreich für eine schlagfertige Antwort gegeben.

Ein modernes Hotel mit eigener Tiefgarage, so modern, daß nicht eine gewöhnliche Einfahrt zur Garage führt, sondern ein Aufzug, in dem man im Auto sitzend nach unten gleitet.

An diesem Aufzug hängt ein Schild: Aufzug kaputt. Reparatur Montag.

Es ist Samstagvormittag, und das Treppenhaus ist zu eng, als daß man eine Isetta hinauftragen könnte.

Auch eine Methode, zu Dauergästen zu kommen.

Säntimäntl steht angewurzelt vor einem Denkmal – nicht weniger regungslos. Das Denkmal zeigt einen Mann, dessen angewinkelte Beine ein O andeuten. Der Eindruck wird dadurch verstärkt, daß der Mann mit spitzen Fingern seine Hosenbeine nach außen zieht. Er trägt einen Bowler. Sein steinernes Gesicht ziert ein Schnauz. Charlie Chaplin.

Säntimäntl achtet nicht auf die Menschen, die ihn pausenlos anrempeln, weil er ihnen im Wege steht. Sein offener Mund deutet ein O an. Die Menschen bewegen sich rasend schnell wie in einem Slapstick. Manche tragen Bowler, manche haben O-Beine.

Nächste Szene.

Säntimäntl über ein Blatt Papier gebeugt.

Seltsam, schreibt er, einem schon zu Lebzeiten wandelnden Denkmal ein Denkmal zu setzen. Idiotische Idee, die höchstens dazu taugt, den eingebildeten Nachfahren bedenkmalter Persönlichkeiten einen kleinen Stüber zu versetzen: da ein siegreicher Kriegsheld, dort ein bedeutender Staatsmann, hier ein verdienter Nobelpreisträger und dann – ein Komiker.

Kein Kunststück, Stars zu verewigen. Ein Mahnmal für gescheiterte Starlets, das wäre was!

Aber Charlie Chaplin ohne Bewegung?

Wenn Gebäude sich so nach und nach von selbst zu Denkmälern mausern – nichts dagegen. *Grauman's Theatre* zum Beispiel ... Aber Menschen?

Ich stelle mir ein Denkmal vor, schreibt Säntimäntl, das der Unscheinbarkeit gewidmet ist. Ein kleines Denkmalchen, das keinem auffällt. Nur den Leuten mit der gewissen Optik. Und damit es sich nicht so allein fühlt, ein zweites, noch kleineres Denkmal mit einer Menschengruppe direkt gegenüber, in Blickrichtung auf das erste. Die Unscheinbarkeit dürfte übrigens nicht größer sein als ein Zuckerwürfel. Und unter der Menschengruppe müßte eine Tafel hängen: in Betrachtung der Unscheinbarkeit.

Aber wer garantiert mir, daß ich aufmerksam genug bin, dieses Denkmal zu entdecken?

Nächste Szene. Schnitt – Gegenschnitt.

Säntimäntl hat zirka dreißig Zuckerwürfel auf dem Tisch verteilt. Wie Schachfiguren bewegt er sie hin und her. Werner tritt zum Tisch.

Säntimäntl: Haben Sie einen Parkplatz gefunden?

Werner: Selbstverständlich.

Säntimäntl: Haben Sie auch an die Trauben gedacht?

Werner: Freilich. Was machen Sie da eigentlich?

Säntimäntl: Ich ordne.

Werner legt eine Tüte auf den Tisch: Aha.

Säntimäntl: Sammeln strukturiert die Reise, das gibt ihr einen übergeordneten Sinn. Sammler sind gleichzeitig Jäger, verstehen Sie?

Werner: Aha. Jaja, Sammler und Jäger, das kenn ich.

Säntimäntl: Sie brauchen sich gar nicht über mich lustig zu machen! Wenn ich nach einer Reise meine Zuckerstücke ordne, fällt mir gleich wieder ein, wo ich überall gewesen bin.

Er nimmt einen Zuckerwürfel zwischen Daumen und Zeigefinger und hält ihn in die Höhe: Diese Dingerchen hier sind so etwas wie Anhaltspunkte, Beweise, sie sind unbestechlicher als Fotos! Außerdem...

Werner: Außerdem?

Säntimäntl: Außerdem ist Zucker gut gegen Übersäuerung.

Er öffnet die Tüte; Werner hat *grüne* Trauben gekauft!

Nächste Szene.

Säntimäntl fotografiert nur alte Autos, nichts anderes, weder Denkmäler noch Gebäude, weder Mäuse noch Menschen, weder unterwegs noch zu Hause.

»Die Fotoindustrie ist reich genug, die kommen gut ohne mein Geld aus. Wußten Sie zum Beispiel, daß die Einkünfte von Kodak doppelt so hoch sind wie die der Filmindustrie?«

Am allerwenigsten mochte er Urlaubsfotos leiden. Die haßte er nachgerade.

Fotos waren miserable Beweisstücke, falsche Gefährten. Ansichtskarten dienten der Beschwichtigung, weil sie meist die falschen Ausschnitte zeigten, nur Kleinod neben Kleinod, nur Kukkucksuhrensammlungen.

Warum gab es keinen Verein zur Wiederherstellung der Realität, der sich darum kümmerte, alle schwülstigen Ansichtskarten dieser Welt dem aktuellen Stand anzugleichen? Ein Verein, der – wenn es sein mußte – auf pittoreske Motive gnadenlos Hochhäuser, Industrieanlagen, Schnellstraßen eindruckte, Schilder mit der Aufschrift »Smog-Alarm« und so weiter, und der sich auch der Touristikprospekte annahm, die derlei in ihren Druckwerken unterschlugen.

Ein Urlaub war ja nie »wie im Prospekt«.

In diesem Land war Säntimäntl nur einmal zum Schuß gekommen. Parkende Autos waren noch verhältnismäßig leicht zur Strekke zu bringen, bei vorbeifahrenden Autos war immer »High Noon«: wer war schneller – das Auto oder die Kamera?

Er war über und über mit schmutzigbraunen Flecken von der Größe San Marinos bekleckert zum verabredeten Treffpunkt erschienen: ein Wunder, daß er überhaupt hineingelassen wurde.

»Ach, du Kacke: Wie sehen Sie denn aus!?« rief Werner.

Trench, Hosen, alles wie aus einem Moorbad gezogen. In den Schuhen quietschten die Socken. Säntimäntls breites Lächeln paßte nicht dazu.

»Wo kommen Sie denn her? Von einem Truppenübungsplatz?«

»Ach was«, sagte Säntimäntl. »Da ist ein Wagen an mir vorbeigerast, mittenmang durch eine Pfütze, voller Matsch und Öl, und der hat mich von oben bis unten vollgespritzt. Ulkig, nicht?«

»Und was macht Sie so an?«

»Wieso regen *Sie* sich darüber auf? Das war kein gewöhnlicher Wagen. Das war ein Bentley Continental, Jahrgang 53, blendend in Schuß. Ich habe ihn sozusagen in freier Wildbahn erwischt!«

Erfolgserlebnisse sollten sich bei dieser Etappe auf dieses eine beschränken. Ansonsten spielten die beiden Nebenrollen in ihrem eigenen Film, Hitchcock ließ grüßen.

Werner flüchtete sich in seine Zeitungen und zog Erlebnisse aus der Rubrik »Vermischtes«. Da kam schon vor, daß er unvermittelt zu glucksen anhob.

»Lesen Sie schon vor, was Sie so begeistert. Sie können es ja ohnehin nicht für sich behalten.«

Werner kicherte.

»Hören Sie sich das an! Ein Leserbrief! Da schreibt ein Ehepaar aus Manderscheidt: ›Die Tatsache, daß Reinhold Messner in 4.500 Metern Höhe keinen einzigen Weißen zu Gesicht bekommen hat, vermag uns nicht zu beeindrucken. Wir leben in der Eifel in 450 Metern Höhe und haben noch nie einen Tibeter gesehen.‹ Ist das nicht toll?«

»Ja.«

»Waren Sie eigentlich je in Tibet?«

Säntimäntl dachte einen Augenblick nach. Dann sagte er: »Würde mich nicht wundern!«

Die Frage, warum sie das Land vorzeitig und ohne greifbares Ergebnis verließen, warum sie ein weiteres Festival drangaben, ließ sich nicht schlüssig beantworten. Die Chronik der laufenden Ereignislosigkeiten. Vielleicht war einer der entscheidenden Gründe der Nebel. Ein Wunder, daß sie überhaupt zum Zoll zurückgefunden hatten – sie hätten ebensogut woanders ankommen können. Nebel senkte sich jeden Tag über das Leben wie ein Vorhang im Theater. Eigentlich verschwand er nie richtig. Es gab Konturen, Umrisse, Schemen, Skylines wie mit einem Eyeliner gezeichnet. Mittsalänen hätte zwei Meter an Säntimäntl vorbeigehen können. Eine Suppe, die unmöglich auszulöffeln war. Reine Klischeemalerei, wie Säntimäntl meckerte.

Vorletzte Szene.

Der Schrankenwärter eines kleinen, aber nicht unbedeutenden Bahnübergangs sieht kaum die Hand vor Augen, geschweige denn seine Armbanduhr, auf die er sich heute besonders verlassen muß; denn als hätte das miserable Wetter seine Arbeit nicht schon genug beeinträchtigt, ist zu allem Überfluß auch noch die Telefonverbindung unterbrochen. Vom Verkehr draußen bekommt er gar nichts mit. Er wartet.

Draußen fährt Werner. Die Fahrt ist eine mühselige Plackerei, er kann kaum den Mittelstreifen erkennen. Mit einem Mal hebt die Isetta leicht vom Boden ab, landet sofort wieder mit einem kurzen, harten Aufschlag. In hohem Bogen fliegen ein paar Zuckerstückchen aus Säntimäntls Koffer, der aufgeklappt im Fond liegt. Der Schlag rüttelt Säntimäntl wach.

»Was war das?« fragte er.

»Wird ein Schlagloch gewesen sein.«

Den Rest verschluckt der Nebel. Es ist kein Schlagloch, es ist der Bahnübergang. Der Bahnwärter sieht gar nichts, Werner nimmt den Bahnübergang als solchen nicht wahr, und der Lokomotivführer des herannahenden Zuges fährt viel zu langsam; so geschieht es, daß nichts geschieht, wovon auch niemand etwas mitbekommt.

Letzte Szene.

Die Uniformen der Zollbeamten sind nicht grün. Wenigstens etwas.

XII.
HEAVEN CAN WAIT

Man muß ein bewegliches Ziel darstellen. Wenn man lange genug stillhält, schnappt einen jemand.
– Woody Allen

Innerhalb Europas gab es nur wenige Autobahnen, auf denen Werner nicht sein Revier markiert hatte. Er kannte zwar nicht jeden Kilometerstein persönlich, aber er kannte sich aus. Die Autobahn war sein zweiter Wohnsitz.

Autoreifen. Bremsspuren. Fuchsreste. Liegengebliebene LKWs. Randstreifen, nicht befahrbar. Spurrillen. Igelreste. Glassplitter. Ölspuren. Rehreste. Raststätten. Anhalter. Brummis mit und ohne Herz für Kinder. Gehäkelte Toilettenpapierschoner. Autobahnfinken. Hirschreste. Parkplätze. Leitplanken. Nummernschildkissen. Wildwechsel. Überholverbote. Grünstreifen. Teststrecken. Baustellen. Militärkonvois. Stock und Stein.

Der Autobahn kam dabei keine magische Bedeutung zu, sie war kein Symbol für die Freiheit oder ähnliches Zeugs, sondern lediglich Gebrauchsgegenstand. Randstreifenglorifizierer waren ihm ein Greuel. Manchmal wurde er von Sonnenuntergängen überholt, die auf Heckfenster geklebt waren. Manchmal war der Blick durch die Heckfenster frei und offenbarte die Mahnmale geistiger Notdurft auf der hinteren Ablage.

Bevorzugte Opfer des Freiheitswahnes waren, wie Werner sie nannte, »Porschlöcher« und Ford-Capri-Piloten, in seinen Augen nichts weiter als überdachte Rocker, die ihre Triebe spätestens in der Rush-Hour zügeln mußten.

Wie Säntimäntl in den Kaffeehäusern, hatte auch Werner Methoden entwickelt, Anflüge von Langeweile oder Müdigkeit von der

Landebahn zu scheuchen. Er kannte alle Autokennzeichen auswendig. Seine bevorzugte Kombination:

EL-CH

Er liebte das Risiko, Tanks bis zur Neige zu fahren und sich dabei auf seine Kenntnisse der Tankstellendichte zu verlassen. Bei der Isetta mit ihrem Winz-Tank konnte er dieses Risiko häufig auskosten und Säntimäntl nicht selten damit in Unruhe versetzen.

Er fand Spaß daran, neue Autotypen zu kreieren: Opel Mantra. Ford Feuerstuhl. Renault Robesspierre. Mercedes-Bonz. Alfa Potenzo.

Er kannte die Autobahn. Er hatte Freizeitcowboys über Autobahnbrücken preschen sehen, in gestrecktem Galopp. Winkende Kinder, Mofa-Rocker. Die Brücke als Familientreffpunkt, vor allem sonntags, immer wegen dem bißchen Unendlichkeit.

Er kannte die Segnungen der schnellen Abfütterung in den gülldenen Tempeln der Gastronomie. Er schätzte die Überraschungen der WC-Automaten, zuverlässig wie einarmige Banditen, den Fernfahrer-Wickelraum und vor allem die gescheiten Sprüche an den Wänden.

Seine Lieblingsoase war ein Rastplatz mit dem Namen »Hetzerath«. Sein zweiter Lieblingsplatz befand sich in einem arg zerzausten Waldrest inmitten einer zerfressenen Industrielandschaft, mit mehr Schornsteinen als Bäumen. Giftige Dämpfe stiegen zum Himmel. Dazu ein Schild als Untertitel: »Grillparties schaden dem Wald.«

Er hatte nahezu alles gesehen. Ein Bild allerdings geisterte in seinem Kopf herum, auf dessen Verwirklichung er schon lange wartete: Ein Einsatzwagen des ADAC mit einer Panne auf dem Randstreifen, dahinter ein Wagen vom AvD, dessen rettender Engel dem gestrandeten Engel Hilfe leistet.

Säntimäntl hatte ihm bestätigt: »Ein schönes Bild, zugegeben. Hätte Lubitsch gefallen.«

Diesen Wochentag konnten sie mit Leichtigkeit bestimmen, wegen seiner typischen Fahrzeugbesetzungen; die Keimzelle des Staates, die Familie, keimte an diesem Tag immer ganz gewaltig; außerdem fehlten die Lastwagen.

An Sonntagen durfte sogar die Isetta auf die Überholspur. Bei jedem Überholvorgang verstohlene Seitenblicke: da gab es die klassische Besetzung, auch »Einer mit Steuermann« genannt, meist der Mann am Steuer, die Frau den Blick zur Seite gewandt, selbst wenn es nichts zu sehen gab. Wurden sie von einem »Einer« überholt, so trafen Werner diese gefriergetrockneten Blicke aus gepflegten Gesichtern, das heißt: eigentlich trafen sie nicht, denn sie hatten kein Ziel.

Beliebt auch die Konstellation Vater, Mutter, erwachsener Nachwuchs, letzterer am Steuer; wozu hatte man den Bub oder das Mädel den Führerschein machen lassen? Stolz bis zum Anschlag, der Vater zusammengesunken und stark transpirierend auf dem Beifahrersitz.

Oder Ehepaare: Zwei Männer vorne, Gespräche über Fußball oder Geschäfte, zwei Frauen hinten, Kochtöpfe, Nähmaschine. Rollende Klischees. Möglich, daß beide Parteien insgeheim die Trennscheiben englischer Taxis herbeisehnten.

Eine Trennscheibe, dachte Werner einmal, wäre manchmal gar nicht übel, nur sollte sie Fahrer und Beifahrer voneinander trennen. Dieser Gedanke wurde unterbrochen vom langgezogenen Klagen einer Sirene, die langsam und nervtötend anschwoll.

»Allein der Lärm in so einem Krankenwagen würde mich krank machen, wäre ich es nicht sowieso schon, läge ich erst mal in einem!« sagte Säntimäntl. »Und immer gaffen die Leute! Was gibt es da schon zu sehen außer einem schnell vorbeifahrenden Auto?«

Irgendwann hatte Säntimäntl einen Freund – war es nicht Dobos? – im Krankenhaus besucht. Der hatte in seinem Bett immer einen Bilderrahmen vor Augen gehabt, welcher gleich neben dem unvermeidlichen Holzkreuz hing, in dem einen der frohe Sinnspruch tröstete:

In der schwersten Stunde
steht Jesus Christus neben
dir und wartet auf dich.

An solchen Tagen überholten sie ganze Kolonnen schleichender Keimzellen, deren Bordbesatzungen in völliger Bewegungslosigkeit verharrten. Bewegung ging nur gelegentlich von den Kunststoffdackeln aus, die auf der Ablage ihr Dasein fristeten und mit ihren mobilen Schädeln hin und her wackelten.

Ordnung drinnen, Ordnung draußen. Tage, aus denen die Erlebnisse herausgefiltert zu sein schienen, die Abenteuer herausgesiebt – bis auf eines, von dem sie allerdings noch nichts ahnen konnten. Laut Säntimäntl ging es ja auch gut ohne Abenteuer. Nullwachstum an Ereignissen. Alltag.

Sie kamen durch Dörfer, deren schmucke Häuser sorgfältig angeordnet lagen wie Pralinen in einer Schachtel, oder besser noch wie Weinbrandbohnen, da sind die Unterschiede geringer.

»Laut Prospekt befinden wir uns in einem Musterland. Habe ich heute morgen gelesen«, sagte Werner.

»Muster wofür?«

»Was weiß ich? Musterland eben... keine Ahnung!«

»Ja, aber Muster steht doch immer für etwas!« Säntimäntl ließ nicht locker. »Vielleicht für ein besseres Leben?«

»Und das soll so aussehen wie hier?«

Die Häuser standen dicht bei dicht, die Brutstätten der Keimzellen des Staates. Da gab es Baggerseen und Zuckerrübenfelder, dann wieder enge Täler mit Winnetou-Felsen, und überall hockten diese Häuser. Das Tal, das sie gerade durchfuhren, war so schmal, daß es nur der Straße und zwei Häuserreihen Platz bot. Über der oberen Straße stand Weinstock neben Weinstock.

»So, wie die Rebstöcke hier, werden in einigen Jahren unsere Bäume aussehen!« sagte Werner.

»Hören Sie schon auf mit Ihrer Themenhuberei!« schnaubte Säntimäntl. »Sie scheinen zu den Menschen gehören, die so naturlieb sind, daß sie im Herbst in die Bäume klettern, um die Blätter einzeln abzupflücken, damit ihnen der Aufprall auf den Boden erspart bleibt.«

Die Gipfel der Winnetou-Felsen wurden ausnahmslos von Burgen und Schlössern besetzt, oft so dicht beieinander wie drunten im Tal die Straßenlaternen. »Das nimmt ja überhaupt kein Ende mit der Historie«, seufzte Säntimäntl. »Und alles so dicht aufeinander. Die Geschichte ist so hautnah aufeinandergepreßt, daß man gar nicht mehr in sie eindringen kann.«

»Fast so dicht wie Polizisten auf Demonstrationen.«

»Und Demonstranten!«

»Und Demonstranten.«

Werner konnte mit diesem Landschaftsleporello absolut nichts anfangen. Die Weinnamen, die mit weißer Farbe in großen Lettern auf die Felsen gemalt worden waren, waren auch als Bildunterschriften oder Kataloghinweise zu verstehen, nur die Preisangaben fehlten. Auch entlang der Uferbefestigungen prangten solche Buchstaben. Säntimäntl erinnerte sich, an ähnlicher Stelle einmal einen Ortsnamen gelesen zu haben, von dem wegen Hochwasser nur

NEUENKIRCHEN

übriggeblieben war.

»Mir kommt's vor, als führen wir durch einen Katalog«, ließ sich Werner vernehmen, wobei er eine Veilchenpastille in seinem Mund klickern ließ. »Auch die paar Leute, die wir bisher gesehen haben: total Katalog. Musterknaben. Alles total aufgeräumt. Alles in Ordnung, alles prima. Hier sollten Sie mal Ihre Papierschnipsel rumstreuen, da müssen wir nicht extra ins Ausland für.«

»Vielleicht hat hier ja der liebe Gott einen neuen Prototyp Paradies ausprobiert?«

»Na, ich danke!« Werner hob die rechte Hand. »Burgen zum Beispiel ziehen mich runter. Höchstens auf Banknoten sind sie zu ertragen.«

»Was haben Sie bloß? Ist doch alles ganz nett. Das einzige, was mich stört: warum tischen die einem alles gleich reihenweise auf? Häuser, Burgen, Schlösser, Weinstöcke und so weiter? Eine Nummer kleiner hätte es auch getan.«

Wenn ich bloß nicht anhalten muß, dachte Werner. Das wäre der völlige Abturn. Muster ist wirklich ein Wahnsinns-Thema. Da sollte Säntimäntl mal einen Film von machen ... lassen. Gartenzwerge privat. Hochglanz, tipptopp! Langnese-Fahne im Wind! Muster. Muster wofür? Säntimäntl hatte recht mit seiner Frage. Als ob »Musterland« eine schmeichelhafte Bezeichnung wäre. Und da machen die auch noch Werbung mit! Muster vielleicht deshalb, weil alles nicht echt war, nicht ganz echt – er merkte gar nicht, daß er plötzlich laut nachdachte, mit Ton –, »ein verdammtes Muster ohne Wert«!

»Dachte ich mir schon, daß Sie das irgendwann noch sagen würden«, sagte Säntimäntl. »Da vorne ist übrigens ein Parkplatz, und zu dem Parkplatz gehört ein Hotel. Für heute ist es genug!«

Na Servus!

Einige Tage später entdeckte Werner in einer Illustrierten den Slogan einer Fertighaus-Firma. Er lautete:

»Wir haben dieses Land zur größten Muster-Fertighaus-Ausstellung gemacht.«

Angewandte Prophylaxe: sich einmal nicht auf der Nase herumtanzen lassen, sondern einfach den Spieß umdrehen. Auf dieser Etappe hatte Säntimäntl alle Pannen von der Teilnahme ausgeschlossen: die Achten Internationalen Filmtage ließ er von sich aus ausfallen. Da genügte schon ein Anruf bei der Festivalleitung: im Westen nichts Neues. Uninteressante Retrospektiven, Filme, die schon auf anderen Festivals gelaufen waren und die er dort schon versäumt hatte, doch da hatte er seinen Stolz, schließlich unter dem Buchstaben M keine erhellenden Namen auf der Besucherliste. Also höchst zweitklassig, den Machern war wohl das Geld zusammengestrichen worden. Schade, denn gerade solche Provinzfestivals entbehrten nicht eines gewissen Reizes, vor allem durch die Nähe zwischen Künstlern und Publikum.

Also ein Festival weniger – was aber keinesfalls bedeutete: weniger Kino. Säntimäntl wollte die Gelegenheit nutzen, die kleinen Provinzkinos »vor Ort« kennenzulernen, um sich »aus erster Hand« zu informieren. Er schwadronierte wie ein Politiker. Dabei konnte er gleichzeitig Werbung für seinen neuen Verleih machen, denn der sollte ja in den nächsten Jahren »für neue Impulse auf dem Filmmarkt« sorgen.

Die Isetta war seine rollende Litfaßsäule: »Isetta-Kino. Der kleine, bewegliche Verleih.«

»Wenn die Isetta schon Werbeträger sein soll, könnte man sie mal ordentlich saubermachen, habe ich mir überlegt«, sagte Werner.

»Ist mir eigentlich gleichgültig!«

»Ja, das habe ich mir dann auch gesagt.«

»Kommt mir bekannt vor, dieser Dialog«, sagte Säntimäntl und dachte an wen wohl?

Ein Winz-Kino, überfüllt wie eine Brücke über einem Hochwasser führenden Fluß. Werner, dem diese Tage wenig behagten, versuchte sich Luft zu verschaffen: wenn das ganze Leben für Säntimäntl sowieso nur Kino war – woher sonst diese permanente Vergleichswut? –, dann war es eigentlich überflüssig, sich noch irgendwelche Filme anzusehen. Säntimäntl wolle sich doch nur wieder neue Vergleichsmöglichkeiten schaffen.

»Zum Hauptfilm kommt es meist nicht, nur immer Werbung, Werbung, man wartet sein Leben lang auf den Hauptdarsteller und kriegt nur die Langnesefrau!«

»Religionslehrerlogik aus der Realschule«, flüsterte Säntimäntl. »Metaphorisches Zeug, nach dem Motto: Ist nicht das ganze Leben ein Werbespot und so weiter.«

Nicht, daß ihn Werners philosophische Ausflüge in die Niederungen der Materie langweilten, sie ärgerten ihn. Und Werner?

Werner haßte Säntimäntls monolithische Tage, wenn wieder einmal »Underacting« angesagt war, um im Jargon zu bleiben. Wenn man ganze Tage in zweitklassigen Lichtspielhäusern abhing, konnte man natürlich auch keine Zufälle provozieren. Wenn sie diesen Kerl tatsächlich erwischen wollten, dann mußten potentielle Schauplätze her, mußte man dem Zufall auf die Sprünge helfen. Säntimäntl war durch die vielen Fehlschläge negativ programmiert. Auf das Unerwartete war er nie vorbereitet, seine soziale Intelligenz – mit den richtigen Ideen zum rechten Zeitpunkt am richtigen Ort zu sein – verkümmerte.

Aber wie meist unterschlug er das Kleingedruckte seiner Gedanken und verlegte sich auf Scheingemetzel.

»Wenn Sie so viel über Film wissen, warum drehen Sie dann nicht selbst einen?«

»Hatten wir schon, nächste Frage. Oder warten Sie: Wenn Sie so viel Auto fahren, warum konstruieren Sie nicht selbst eins?«

»Warum gehen Sie so häufig ins Kino? Ist Kino für Sie Lebensersatz?«

»Ich will Filme sehen.«

»Echt?«

»Nein. Eigentlich will ich nur überprüfen, ob mein Taschenlampenkuli noch funktioniert.«

Werner sollte auf seinen Schleichpfaden, auf denen er mich zu überrumpeln versucht, etwas weniger laut dahertrampeln. Wie war das noch mit der Tiefe? Wenn man dauernd nach ihr forscht, sieht es so aus, als stecke man den Kopf in den Sand? Wer hatte das noch gesagt? Am Ende er selbst?

»Manchmal«, sagte er, »will ich auch einfach nur entspannen im Kino. Es kommt sogar vor, daß ich bei Filmen einschlafe.«

»Ich schlafe im Kino nie ein«, sagte Werner trotzig.

»Purer Geiz.«

Bevor Werner noch etwas sagen konnte, ging das Saallicht aus, und einen Augenblick lang blieb es still, bis auf das Fiepsen einer Quarzuhr.

Ein langweiliger Film. Säntimäntl entschlummerte augenblicklich und blinzelte nur selten. Hinterher wußte er daher nicht mehr genau, ob Werner die Dame vor sich nun wirklich gefragt hatte, ob es ihr etwas ausmache, wenn er ihr eine Sehschneise durch die Hochfrisur schneide, oder ob er das nur geträumt hatte.

Sie verbrachten viel Zeit in den Höhlen des zwanzigsten Jahrhunderts, in denen es schon lange keine Drachen mehr gab – die Platzanweiserinnen waren lange ausgerottet.

Zurück ins Musterhotel im Musterland.

Nach langem Hinausschieben entschloß sich Säntimäntl, die Augen zu öffnen. Er war nicht unbedingt bester Laune, im Gegenteil. Ein Land von Radaubrüdern! Warum mußte es in diesem Lande immer so laut hergehen? Es war ja nicht das erste Mal, daß man ihm in einem Hotel die Schlafläuse vorzeitig vertrieb. Lärmempfindlich war er ohnehin. Zu Hause hatte er seinem Nachbarn einmal gedroht: Lassen Sie Ihr Klavier endlich stimmen, oder Sie kriegen eine Anzeige wegen ruhestörendem Lärm!

Immer knobelbecherte irgendwer zu nachtschlafender Zeit die Stiegen hinunter, oder es verständigten sich schwerhörige Frühaufsteher mit gutturalen Lauten, rufend oder schreiend. Spätestens um sieben machte die erste Kirche durch ohrenbetäubendes Getöse auf sich aufmerksam. Wenn ungefähr eine halbe Stunde davor jemand an die Türe gewummert hätte, um ihm zu sagen, er müsse sich sputen, um noch pünktlich zur Messe zu kommen, hätte es ihn nicht gewundert. Fromme Landstriche waren immer besonders laut, und ihm fielen immer gleich noch eine ganze Menge Sünden ein, die zu begehen er vergessen hatte.

Säntimäntl hielt sich die Ohren und wälzte sich im Bett. Grübeleien hielten ihn fest im Griff. Was wollte man von einer Gegend erwarten, in der einfache Hosen schon »Krachlederne« hießen und deren Blechmusik an sich den Tatbestand der Lärmbelästigung erfüllte? Oder probte man in diesem Hotel die Geräuschkulisse zum neuesten Bud-Spencer-Film?

Die erste Toilettenspülung rauschte. Morgengrauen im wahrsten Sinne des Wortes, dachte er. Wenn die Wände schon so dünn sind, hätte man wenigstens schalldichte Tapeten verwenden können.

Säntimäntl konnte nicht wissen, was auf ihn zukam, als er auf dem Weg von der Toilette zurück zum Frühstückszimmer die Lesezirkelromantik des verlassenen Schankraumes durchschritt.

Es ging alles sehr schnell. Nicht mal Zeit, zu erschrecken, geschweige denn, sich aufzuregen.

»HALT!« Eine Stimme zischte durch den Raum, hart und schnell wie ein Faustschlag auf eine Sensortaste.

Die Verbindungstüre von der Theke zur Küche wurde blitzartig aufgeschoben, ein Mann trat heraus, war in wenigen Schritten bei ihm, drängte ihn an die nächstgelegene Wand, zog dabei eine Pistole aus dem Schulterhalfter.

»Umdrehen, Hände an die Wand, Beine auseinander!«

Im Hintergrund hörte Säntimäntl weitere hastige Schritte, die sich in Richtung Frühstückszimmer entfernten. Unterdessen befingerten ihn flinke Hände, kitzelten ihn, so daß er endlich aus seiner Erstarrung erwachte. »Was erlauben Sie sich?«

»Das wird Ihnen schon noch erklärt. Papiere?«

»In meinem Koffer im Frühstücksraum. Ich kann ...«

»Das wird erledigt. Sie bleiben hier stehen. Bronski?« Wieder eilige Schritte.

»Kann ich mich umdrehen?«

»Ja.«

»Die Papiere finden Sie gleich unter den Kronjuwelen, neben der Maschinenpistole!« rief Säntimäntl Bronski nach. Jetzt hatte er endlich Zeit, sich den Revolverhelden anzusehen.

Ein Mann mit vergilbten Haaren und der Gesichtsfarbe eines Tiefgaragenwächters, trotzdem sehr fleischig, mit dicken Lippen, über denen hilflos wie ein Pudel in der Eiger-Nordwand ein Schnauz hing. Weniger hilflos die Augen: starr, scharf, mit einem Anflug von Feindseligkeit.

Bronski kam aus dem Frühstücksraum zurück, den Paß in der Linken, ein Sprechfunkgerät in der Rechten.

»Ich werde es hier bald am nötigen Respekt fehlen lassen, wenn ich nicht augenblicklich erfahre ...?«

»Gleich!« Die Pistole richtete sich wieder auf.

Bronski rumorte einstweilen in der Küche und kehrte nach einer Weile achselzuckend wieder zurück.

»Papiere stimmen. Negativ.«

Bronskis Stimme klang nach Plattenspieler mit stark verschmutzter Nadel. Sein Haupt war kahl wie eine Pizza ohne Belag. In dieser seltsamen Situation fielen ihm reihenweise Chandlerismen ein. Was war mit Werner?

Der Pudel im Gesicht seines Gegenübers begann zu zucken. Feindseligkeit und Pistole verschwanden beinahe zeitgleich, Unsicherheit und fahrige Bewegungen traten an ihre Stelle.

»Tschuldigung«, sagte der Mann, es klang nach Befehl. Er händigte Säntimäntl den Paß aus. Dem fiel ein, an wen ihn dieser Mann die ganze Zeit erinnerte hatte: Konzentrationslager-Ehrhardt aus Lubitschs »Sein oder Nichtsein«. Auch bloß ein Klischee?

Er verkniff sich ein Lächeln und bemühte sich um ein Gesicht wie jemand, der in einer Buchhandlung die »Gebrauchsanleitung zum Selbstmord« ersteht und der Verkäuferin sagt: Packen Sie es als Geschenk ein. Laut sagte er: »Was geht hier vor? Sind Ihre Energiebazillen ansteckend?«

»Wir wurden verständig, daß sich hier ein gesuchter Terrorist aufhalten soll.«

»Wer hat Sie verständigt?«

»Das tut nichts zur Sache!«

Jetzt mußte Säntimäntl doch lachen. »Na, großartig, so komme ich auch mal zu einer Hauptrolle!«

»Es ging wohl um Ihren Freund.«

»Er ist nicht mein Freund, er ist mein Fahrer. Und wenn es um ihn ging, warum haben Sie dann mit mir so einen Zirkus veranstaltet?«

»Ein bedauerlicher Irrtum. Wir mußten in diesem Fall natürlich davon ausgehen, daß Sie sein Komplize sind!«

»Natürlich!«

Währenddessen war Werner mit erhobenen Händen und feixendem Grinsen aus dem Frühstückszimmer gekommen.

»Zwar nur B-Film ohne Werbung und Programmvorschau, aber mit Power inszeniert, muß ich sagen«, sagte er.

»Sie können die Hände wieder runternehmen. Das habe ich Ihnen schon vorhin gesagt«, sagte Bronski zu Werner.

Hinter Werner traten zwei weitere Männer in den Schankraum. Unter dem Quartett grassierte eine Weile das Schweigen, das Konzentrationslager-Ehrhardt II., der offensichtlich das Kommando führte, beendete.

»Wir haben natürlich allen Grund, uns zu entschuldigen, wir tun auch nur unsere Pflicht und sind gehalten, allen Hinweisen nachzugehen. Sie verstehen.«

»Geschenkt«, antwortete Säntimäntl großzügig.

Der Mann nickte seinen Kollegen zu.

Gemeinsam und erheblich leiser trugen sie die Atmosphäre wieder aus dem Raum.

»Terroristenfahndung, daß es so etwas noch gibt! Ist doch völlig außer Mode!« sagte Werner, nachdem die vier Herren unter angedeuteten Verbeugungen das Hotel verlassen hatten.

»Da haben Sie recht! Ein schierer Anachronismus! Aber richtig böse sein kann ich denen auch nicht. Stellen Sie sich das doch mal vor, das ganze Leben auf den großen Tag warten zu müssen, das ist ja wie Lotto. Und dann so ein Reinfall.«

»Na, so ganz ohne war das aber nicht, gell«, meinte Werner. »Das waren doch mehr als diese vier Hanseln, draußen haben sich bestimmt die Mannschaften der Bereitschaftspolizei gestapelt. Wie bei Grasratten. Da können durchaus 32.000 auf einem Quadratkilometer sein.«

Säntimäntl schüttelte energisch den Kopf. »So drastisch können Sie das aber nicht sagen. Wir haben doch auch ein bißchen Spaß dabei gehabt, oder nicht? Alles in allem eine Story, die ein übereifriger Produzent seinem Autor noch ins Drehbuch nötigt, um die Spannung zu erhöhen.«

»Trotzdem, was die sich so alles rausnehmen heutzutage. Abteilung ›Die Würde des Menschen ist abtastbar‹. So ganz ohne Abenteuer scheint das nun doch nicht abzugehen. Wissen Sie was?«

»Nein.«

»Die sollten wir auf Mittsalänen ansetzen. Die finden ihn bestimmt gleich. Rein in den Computer und ab dafür!«

»Wenn das so weitergeht, verkommt unsere Reise noch zu einer Serie von Anekdoten«, sagte Säntimäntl.

»Wenigstens was für Ihren Lubitsch-Pegel!«

»Keineswegs«, sagte Säntimäntl, aber eigentlich hörte er schon längst nicht mehr zu. Er wuselte über den Frühstückstisch, hob Teller hoch und Zeitungen, schob Körbe beiseite, stellte Salz und Pfeffer weg.

»Suchen Sie etwas?«

»Erinnern Sie sich noch an Ihre Verpackungstheorie bei Frühstücken? Sie haben ausnahmsweise richtig gelegen.«

»Hä?«

»Die haben wahrhaftig die ganzen Tischabfälle mitgenommen!«

Zurück ins wirkliche Leben – in die Fußgängerzonen. Was die anbelangte, teilten Säntimäntl und Werner ihre Vorbehalte. Für Säntimäntl stellten sie nichts anderes dar als die fehlgeschlagenen Wiedergutmachungsversuche rigoroser Stadtsanierer, die jahrelang nichts unversucht gelassen hatten, die letzten Zeugen der Geschichte zu beseitigen.

»Dem Wasser für die Trottoirreinigung mischt man Duftstoffe bei. Aber die Stadtsanierung läßt man zum Himmel stinken!« Dieser Satz war sein Lieblingszitat. Er hatte ihn selbst erfunden.

Werner gewann den Fußgängerzonen immerhin eine positive Seite ab: ihre Uniformität erleichterte Ortsunkundigen die Orientierung – das bewährte Prinzip der Imbißketten einfach hochgerechnet.

Moderne Kriegsschauplätze. Vielleicht bevorzugen Menschen deshalb Mode militärischen Zuschnitts. Wäre er kräftig genug, er würde liebend gerne einmal einen Nahkämpfer im Tarnanzug anrempeln, nur um sich mit den Worten »Pardon, ich habe Sie echt nicht gesehen, die Tarnung ist perfekt!« entschuldigen zu können.

In jeder Stadt müßte es ein kleines Karree geben, stellte sich Säntimäntl vor, mit einem Schutzzaun drumherum und einer kleinen Tafel mit der Aufschrift:

Einzig nicht gewerblich genutzter
Quadratmeter der Innenstadt.

Nur würde sich da sicher bald jemand finden, der für die Besichtigung Eintritt kassiert.

Eine Fußgängerzone. Der Wind weht eine schmutzige Socke von einer Fensterbank und verschlägt sie unter verdutzt dreinblickende Passanten, die gerade ihre Zehnerkarte Altstadt absolvieren. Ein modern eingestellter Straßenmusiker untermalt den Flug auf seinem Casio.

Ein Frisbee räumt das Tablett der Kellnerin eines Straßencafés ab, zur Freude der örtlichen Bukowskis, die am Denkmal Mittagspause machen. Ab vierzehn Uhr gehen sie ihrer Beschäftigung als Randgruppe nach. Unter ihnen übrigens einer, der sich mit dem Schild »Bin Alkoholiker« an der Straßenecke niedergelassen hat, die Flasche Martini im Anschlag. Nicht weit von ihm hat ein Kollege eine Filiale eröffnet. Ein Emailschild weist ihn als elternlosen Waisen aus, der um eine kleine Spende bittet; geschätztes Alter etwa siebzig. Ein dritter betätigt sich als Pflastermaler-Parasit, sitzt neben einem Kreide-Rubens, den ein fahrender Künstler schon Tage zuvor zu Stein gebracht hat. Er hat sich die Finger mit bunter Kreide geschminkt, sie sehen wirklich nach Arbeit aus, und nimmt Ovationen, aber lieber noch Münzgeld in Empfang. Das Geschäft floriert bis zum nächsten Regen. Die Szenerie mißtrauisch, verängstigt beäugt von der zitronesken Jungfer mit ihrer Jute-statt-Plastik-Tasche, auf der steht: »Ich steh nicht auf Drogen!«

Irgendwo tritt ein Blumenstrauß aus einem Hauseingang auf die Straße, dicht gefolgt von einem älteren Herrn. Hunde streunen herum, klein und borstig wie Pfeifenreiniger.

Einer Stampede gleich galoppieren Besucher durch die engen Straßen, getrieben von unsichtbaren Cowboys, Motive-scheuchenden Fotografen und anderen Haberfeldtreibern. Ein neuer Fotoladen macht sein Geschäft mit der Ungeduld: Filme werden binnen einer Stunde entwickelt.

Jetzt rast der Betriebsausflug eines Mittelklassebordells vorbei, verfolgt von einem hechelnden Kegelclub und einem Diakonissenschwarm. Irgendwo kommt jemand mit knallrotem Kopf aus einer Apotheke, und man ahnt, warum.

In der Stadtverwaltung reibt man sich unterdessen die Hände: das Geschäft mit abgebrochenen Absätzen und Sonnenbrillen floriert. Einheitliches Kopfsteinpflaster als natürlicher Feind des Stökkelschuhs, einheitlich weiße Tischplatten als Blender. Rechtzeitig hat man Beraterverträge mit Absatz- und Sonnenbrillenherstellern abgeschlossen.

Der eine Teil der Hauptstraße ist jedermann zugänglich, sogar Einheimischen und Studenten. Ein Sanyassin-Ehepaar schiebt sein Baby im Kinderwagen, ängstlich darauf achtend, daß sich die Mala der Kleinen nicht in den Speichen verfängt. Eine junge Punkerin versucht den Bandsalat ihrer Walkmankassette zu entwirren. Eine zweite hetzt vorüber; wie in dem Witz vom Irren und der Zahnbürste zieht sie an einer Hundeleine einen ramponierten Radiowecker hinter sich her. Sie guckt, ob wer guckt und ob die Message verstanden wird. Die dritte Punkerin innerhalb weniger Meter trägt auf ihrer Schulter eine ausgewachsene Hausratte, epimys rattus, spazieren – nun gut, denkt Werner, aber in England soll es einen Mann geben, der sich zwei ausgewachsene Frettchen in die Unterhose steckt, nur um ins Guinness-Buch der Rekorde zu kommen.

Vor dem zentralsten Altglascontainer der Altstadt treffen sich dynamische Junglehrer und fortschrittliche Handwerker. Beim gemeinsamen, aggressionsabbauenden Flaschenzerdeppern diskutiert man im Kollektiv die zentralen Fragen der Menschheit, beispielsweise: Sind vier Dreikornbrötchen ebenso nahrhaft wie drei Vierkornbrötchen und so weiter.

In mörderischem Tempo prescht schließlich eine Gruppe junger Damen auf lila Frauenbewegungs-Einsatzfahrrädern durch die Menge.

Für diese Menschen ist nur der eine Teil der Stadt vorgesehen. Der andere, der heilige Bezirk, hat die frischesten Altbauten und ist fast ausschließlich auswärtigen Besuchern und dem dazu benötigten Personal vorbehalten.

Straßenmusiker – Berufsamateure – versuchen, sich gegenseitig in Grund und Boden zu spielen. Straßenhändler mit billigem Fummel als Tempelschänder der Moderne. Alles hier ist eine Nuance vornehmer: gäbe es Bettler, sie akzeptierten auch Kreditkarten.

Dieses Kapitel ist als Regieanweisung für Ausstattung und Statisterie des »Archetyps Fußgängerzone« zu verstehen – neben Cafés, Hotels, Kinos und Autobahnen bevorzugtes Revier der beiden. Es steht stellvertretend für alle anderen Fußgängerzonen, die die große Familie bilden, deren Mitglieder überall in der Welt zu Hause sind.

In eine solche Fußgängerzone fädelten sich Säntimäntl und Werner gerade ein: in die »Muster-FGZ« – wie Werner es abzukürzen pflegte – einer Musterstadt im Musterland mit mustergültig beruhigten Fußgängern.

Es war das erste Wetter, um Straßencafés anzutesten, Passanten vorbeiflanieren zu lassen, sie gegebenenfalls zu bewerten wie Punktrichter beim Eiskunstlauf.

Aus dieser Zone waren sie allerdings schneller wieder draußen, als sie schauen konnten, sie steckte noch in ihren Kinderschuhen, und so lag ihr erstes Straßencafé des Jahres in freier Wildbahn. Der Lärm verstummte nicht eine Sekunde. Auspuffe spuckten Blei. Das Café lag im Schatten eines Wolkenkratzers. Trotz der unwirtlichen Umgebung war es bis auf den letzten Platz besetzt. Abwechselnd hoben und senkten Säntimäntl und Werner ihre Tassen.

»Ich genieße es zwar, endlich wieder draußen sitzen zu können, aber einen günstigeren Standort hätten die sich durchaus einfallen lassen können«, sagte Säntimäntl und setzte seine Tasse ab.

»In der Not frißt der Teufel Fliegen. Vielleicht ist das Café hauptsächlich für holländisches Publikum gedacht.« Werner führte seine Tasse zum Mund.

»Wieso das?«

Werner schluckte. »Holländern gefällt es überall!« sagte er.

Manchmal standen in den Straßencafés Stühle und Tische so eng beieinander, daß man beim Platznehmen den berühmten Schuhlöffel/Kleinwagen-Witz bemühen mußte, eine Bemerkung, die übrigens selten ein Tankwart ausließ. Straßencafés – Begegnungen wie Streifschüsse, häufige Szenenwechsel, wie von einem sturzbetrunkenen Cutter aneinandermontiert.

Es tat gut, wieder frische Luft zu schnuppern. Die Tage hatten sich Frühlingsarrangements gesteckt, die Luft war durchsetzt mit Aromastoffen aller Art, und überall funkelten Feuerwerke sprühender Äußerungen, von leichtfüßigen Menschen abgebrannt. Jedermann schöpfte aus einer nie versiegenden Quelle von Sottisen. In Straßencafés konnte man die Zeit bequem totschlagen, mit Zeitungen und Flaschen.

Ein Frischluftfanatiker war Säntimäntl allerdings keineswegs. Er konnte auch bei strahlendem Wetter im Kino sitzen. Man solle sich doch nicht von der Natur auf der Nase herumtanzen lassen, pflegte er zu sagen. Vom Wetter lasse er sich niemals vorschreiben, wo und wie er seinen Tag zu verbringen habe. Nur draußen spazierenzugehen, weil die Sonne scheint – das wäre der Weg des geringsten Widerstandes. Sonne – pah! Ihm waren ja schon Ferien mit eingebautem Sonnenbrand zuwider. Infra-Rothäute wirkten lächerlich. Außerdem machten sie keine Ferien.

Als sie gerade mal wieder aus einem Kino traten, durchleuchtete eine aufdringliche Sonne die Wolken – in einer Mischung aus Apokalypse und Margarinereklame. Säntimäntl rieb sich verwundert die Augen und torkelte wie ein junger Panda. Nach Filmen, die ihm besonders gefallen hatten, fand er sich schwer zurecht in dieser Welt. Einmal hatte ihn ein Film von Tanner derart vereinnahmt, daß er hinterher eine Viertelstunde nicht mehr wußte, in welcher Stadt sie sich gerade befanden. Die Fußgängerzone konnte ihm keine Auskunft geben. Schließlich waren sie in eine Seitengasse eingeschwenkt, wo er an der Häufigkeit eines bestimmten Autokennzeichens seinen Aufenthaltsort festmachen konnte.

Diesmal kratzte er sich am Kopf und sah sich um.

»Was ist?« fragte Werner.

»Völlig verzaubert. Sagenhaft. Den habe ich übrigens zum ersten Mal an dem Ort gesehen, wo er gedreht wurde.«

»Ja, natürlich. Ist ja Ihr Hobby!«

»Obwohl ich ihn kenne, bin ich ganz weg. Ein begnadeter Mensch.«

»Wer?«

»Beaumont.«

»Den kennen Sie?« fragte Werner.

»Quatsch! Den Film kenne ich! Wie er das in Bilder umsetzt, daß sich Menschen nichts mehr zu sagen haben, ohne darüber ein Wort zu verlieren! In Dialogen, schön und gut, das brächte jeder fertig ...«

»Sogar wir.«

»... aber einzig in Bildern! Allein dieser Schwenk von den Köpfen hinüber zu den Billardkugeln, da ist nichts zufällig, das merkt man. Er hat es einfach im Griff. Das war schon toll. Noch besser sind übrigens seine alten Filme, die sind nur leider weitestgehend unbekannt.«

»Seine unbekannten Filme kenne ich nicht«, sagte Werner.

»Ohne Penetranz, ohne Weinerlichkeit, meine Güte, das müßte Sie doch auch gepackt haben, Werner, gerade dieses Thema Kommunikationslosigkeit, da redet doch alle Welt von!«

»Ach«, sagte Werner, »das ist doch nur Kino!«

Säntimäntl wurde bleich wie ein fabrikneuer Weißwandreifen.

»Nur Kino? *Nur* Kino?« rief er erregt. »Das muß man sich einmal vorstellen: nur Kino! Ich dachte, Sie interessieren sich auch ein bißchen dafür!«

»Interessieren – schon. Aber verstehen?«

»Sie müssen sich öffnen!«

»Wissen Sie – ich brauche einfach nicht so viel Kino.«

»Was heißt hier: Sie brauchen nicht so viel Kino?«

»Ich muß nur die Augen aufmachen, dann habe ich genügend Kino um mich herum!«

»Jetzt sind Sie schon wieder bei Ihren Realschulweisheiten! Was wissen Sie schon davon?« Säntimäntl drückte seine Zigarette aus.

Über Filme, über Kino, mochte Werner mit Säntimäntl nicht streiten, dabei zog er erfahrungsgemäß den kürzeren. Obwohl er mehr wußte, als er zugeben wollte. Von Projektoren und Leinwänden verstand er wirklich was, aber das ging Säntimäntl nichts an.

Von Säntimäntls Antriebskräften verstand er gar nichts, bei aller Sympathie für Aussteigertypen. Säntimäntl wirkte keinesfalls wie ein Aussteiger, eher wie das, was er früher mal war: Volkshochschulangestellter. Einer, der nach seinem Studium das große Muffensausen bekommen und einen Beamtenjob der freien Existenz des Künstlers vorgezogen hatte. Ganz anders als seine Freunde Dobos und Mittsalänen. Weswegen er sie wahrscheinlich so hochstilisierte.

Vielleicht ging es weniger um das Drehbuch von Mittsalänen, als darum, sich Mut zu machen – die Bestätigung, daß sein Schritt, der Volkshochschule den Rücken zu kehren, richtig war.

So risikobereit, wie er immer meinte, war er nun doch nicht: Kunststück, einen verhältnismäßig lauen Job aufzugeben mit einer ordentlichen Erbschaft im Nacken. Risiken, die kalkulierbar waren. Ob er überhaupt rechtsgültig gekündigt hatte? Es sähe ihm ähnlich, sich erst mal nur beurlauben zu lassen, probehalber. Der Tod von Dobos hatte ihn merklich verunsichert.

Kino war ein sterbender Zweig. Mit den neuen Medien würde es bald aus dem Alltag verschwinden wie seinerzeit die Isetten. Windmühlenkämpfer! Über dieses Thema hatten sie sich gelegentlich in Rage geredet. Säntimäntl lachte Werner gewöhnlich aus und führte nicht selten den biblischen Vergleich von den sieben fetten und den sieben mageren Jahren an.

»Kino«, dozierte er dann, »Kino ist nicht nur ein Film auf einer Leinwand. Kino ist Atmosphäre. Gerüche. Überraschungen. Kommentare. Rascheln im Dunkeln. Fremde Menschen. Kino ist Höhe, Weite, Tiefe, Größe. Kino ist, wenn der Vorführer in seiner Kajüte oben Geburtstag feiert und stockbesoffen statt der dritten die vierte Rolle einlegt und es im Publikum zum kollektiven Erlebnis in Gestalt eines mittleren Aufstandes kommt. Hat man zu Hause alles nicht. Da wird auch Video nicht gegen ankommen. Im Kino gibt es keine störenden Anrufe und keine unangemeldeten Besuche. Im Kino wird das Leben durch die Dunkelheit begünstigt, in deren Schutz man noch nicht mal häßliche Tapeten sieht. Was sagen Sie jetzt?«

Werner sagte nichts. Er sagte nie etwas in solchen Augenblicken. Er war schon froh, daß sich bei Säntimäntl überhaupt einmal Enthusiasmus regte. Vielleicht hatte er ja sogar recht – vor allem, wenn er kitschig wurde.

»Schnee ist weiß und schmeichelt der Landschaft, nimmt ihr die Direktheit, den Lärm ... die Hektik. Im Kino ist der Schnee schwarz, Schatten ... eine Lawine schwarzen Schnees.«

Warum sollte er versuchen, Säntimäntl in seinen emphatischen Stimmungen zu bremsen? Ebensogut könnte man einen Gartenzwerg mit einem Vorschlaghammer zertrümmern; es wäre einfach unangemessen. Es war ihm ja auch sympathisch, daß Säntimäntl nur im kleinen Rahmen tätig werden wollte. Der große Markt war sowieso dicht. Außerdem schlachtet man nicht die Kuh, die einem die Milch gibt. Sollte Säntimäntl sich weiterhin doch »nur« mit Kino beschäftigen.

Schwarzer Schnee, weißer Schnee. Kalter Kaffee.

Selten bescherte der Job Werner freie Tage – und jetzt lagen tatsächlich gleich drei vor ihm, die er bei Freunden auf dem Land zu verbringen gedachte. Säntimäntl wollte die vor einigen Wochen an jenem unerbittlichen Grenzbeamten gescheiterte Reise per Zug nachholen. Ein Festival gab es diesmal nicht, dafür aber einen Termin mit dem Nachlaßverwalter. Außerdem konnte es nicht schaden, sich ein wenig an der Filmhochschule umzusehen. Ein wenig »Daffke« war auch dabei. Ein paar Tage Abstand voneinander waren nicht verkehrt.

Werner saß an diesem Morgen im üblichen Frühstückszimmer auf glühenden Kohlen. Er mußte Säntimäntl noch am Bahnhof absetzen – und der ließ wieder auf sich warten; das ging alles von seiner Zeit ab.

Säntimäntl benötigte im allgemeinen für seine Morgentoilette wesentlich länger als Werner, nicht etwa, weil der sich mit einer Katzenwäsche zufriedengegeben hätte. Säntimäntl kostete es morgens einfach eine Heidenüberwindung, sich die Zähne zu putzen. Zahnbürsten übten nur einen Reiz auf ihn aus, nämlich Brechreiz. Hatte er erst einmal eine Bürste in seinen Mund hineinbugsiert, so würgte und röchelte er, als hätte ihn der B-Film-Rasiermesserkiller angefallen. Nicht selten mußte er sich sogar übergeben.

Am Morgen nach ihrer Doppelzimmernacht hatte er Werner gefragt: »Wozu in aller Welt verwenden Sie zwei Sorten Zahnpasta?«

»Ganz einfach«, hatte Werner geantwortet, »die eine ist gegen Parodontose und Karies, die andere ist Zahnweiß!«

»Zahnweiß«, hatte Säntimäntl gestöhnt, »als ob es um die Farbe ginge!«

»Natürlich geht es um die Farbe. Meine Zähne müssen nicht unbedingt so aussehen wie Ihre!«

»Quatsch! Ich habe schon Zahnweiß versucht. Bei mir hilft das nicht.«

»Hilft bei jedem. Probieren Sie es doch mal. Ich zeige es Ihnen! Workshop!«

»Nein, nein! Immer, wenn ich mir das Zeug ordentlich auf die Zähne gedrückt habe, hat mein Zahnfleisch zu bluten angefangen!

Die ganze Paste wurde gleich rosa, wie Erdbeermilch. Und von Zahnrosa habe ich nichts. Zähneputzen zählt eh nicht zu meinen Hobbys.« Säntimäntl lehnte dankend ab.

»Mich wundert es ja ehrlich gesagt nicht, daß Sie so schlechte Zähne haben!«

»Wieso?«

»Bei Ihrem Zuckerkonsum! Sie sollten eigentlich wissen, wie schädlich ...«

»Oh, vielen Dank! Stets muß man bestrebt sein, sein Wissen zu erweitern, gell? Leben an sich ist schädlich. Wenn Sie wüßten, mit welchem Wasser Sie sich morgens die Zähne putzen, würde Ihnen der Reinlichkeitstick auch vergehen. Wasser, in dem höchstens noch Spurenelemente von Wasser enthalten sind.«

»Von mir aus können Sie zum Zähneputzen auch eine Tube Tomatenmark verwenden, dann stimmt die Farbe gleich«, schlug Werner vor.

»Ein schönes Bild, doch, muß ich sagen. Hätte sich gut in Polanskis ›Was?‹ gemacht. Oder besser noch in ›Psycho‹. Als Parodie – trotzdem eine Ungehörigkeit!«

Werner hatte seine Zahnweißtube zugeschraubt und etwas Wasser ins Becken laufen lassen. Dann hatte er gesagt: »Solange Sie das Zähneputzen ohne Double schaffen, geht es noch.«

Gleich einem fliegenden Frühwarnsystem flog ein Stück Seife durch die Naßzelle und klatschte auf Werners Brust.

»Es reicht jetzt!« sagte Säntimäntl.

Auf dem Bahnhofsvorplatz hat die Bäckerinnung einen Stand aufgebaut. Einige Menschen nehmen dort Eintopf, belegte Brötchen und Kuchen zu sich. Ein Schild versieht die Szene mit einem passenden Untertitel:

Aktion Brotpfennig
Essen, damit andere nicht hungern.

Komisch, denkt Werner beim Wegfahren, die Leute essen und essen, und andere hungern trotzdem.

Der Platz war umzingelt von hochgeschossigen Gebäuden. Es gab Fußgängerüberführungen, Fußgängerunterführungen, Rolltreppen, Kioske, Bushaltestellen und Taxistände.

Säntimäntl saß auf der Terrasse des Bahnhofsrestaurants. Ein Sonnenschirm drehte sich im Wind; er versuchte, dem Schatten mit seinem Kopf zu folgen. Er hatte noch eine Stunde Zeit.

Vor der Glastür zur Bahnhofshalle stand ein unrasierter Mann in schäbiger Kleidung, nicht minder verlassen wie der Briefkasten daneben. Vor dem Stehausschank in der Nähe der Taxis versuchten die hartgesottenen Magenbittertrinker mit Leichenbittermiene den örtlichen Fußballverein zu sanieren: Hoch die Tassen. Soldaten studierten immer und immer wieder die Abfahrtszeiten, als könnten sie sie nicht glauben. Ausländer holten sich ihre Zeitungen und eine kleine Rate Fernweh.

Isetten sind Säntimäntls Obsession. Dabei rauben ihm Autofahrten an sich eigentlich den letzten Nerv und verursachen häufige Nagelbettentzündungen, weil er sich bei brenzligen Situationen auf dem Beifahrersitz vor Aufregung die Finger beißt. Er hat nie einen Gedanken daran verschwendet, sich zur Fahrstunde anzumelden.

»Ich bin nervös genug!«

Eine 300er Isetta, Baujahr 1957, Farbe: Türkis, mit weißer Aufschrift, Schrifttyp »Flash«, kühn geschwungen; besser gepflegt als ein Schrebergarten. Obenauf das Dachgepäckträgerchen, hinten die Huckepackkiste mit nützlichen Ersatzteilen wie komplettem Schraubensortiment, Kupplungsscheibe, Sicherungen, Splints, Zügen, Zündkerzen, Starterkolben und einem Satz Lampen. Und auf der Kiste noch ein Zehn-Liter-Ersatzkanister.

In der Kabine an Extras: zusätzliche Handgriffe und Fußstützen für den Beifahrer, ein Minimalradio und der gelegentlich klappernde IC-Ascher. Das Reserverad auf der Fronttür befestigt, für Puristen ein Sakrileg, wie eine Kartoffelnase auf einem breiten, eher slawischen Gesicht, das obendrein von einer Sonnenblende und einem Scheibenwischer, aus dem die Isetta auch Tränen vergießen kann, verziert ist.

Für Säntimäntl hatte es bekanntlich viele Gründe für die Isetta gegeben. Sie war ein Erbstück, also gratis. Zudem hatte sie das Format einer größeren Werbetrommel. Sie fiel überall gleich auf, sorgte für großes Hallo und versah das Kürzel UFO mit einer völlig neuen Interpretation: »Unidentifizierbares Fahr-Objekt«. Ein Hochsitz ohne Beine, ein Einkaufswägelchen ohne Griff, ein Seitenwagen ohne Motorrad, ein mobiler Rasiersitz, haarscharf am Leben dran.

Die Isetta kam Säntimäntl keineswegs teuer: »Weniger als ein Großstadtdackel« hatte ein Werbeslogan in den 50er Jahren geprahlt. Auf hundert Kilometer schluckte sie vier, höchstens fünf Liter Sprit im Schnitt, da schluckten Säntimäntl und Werner an schlechten Tagen wesentlich mehr.

Rasereien verboten sich von selbst. Parkplatz war man gleich in Personalunion. In einer oft unüberschaubaren Außenwelt war ihr begrenzter Innenraum ein idealer Kontrapunkt – im zusätzlichen Handgriff hatte Säntimäntl sozusagen ein Geländer für draußen. Was konnte ein Mikrokosmosfanatiker wie er mehr verlangen?

Kein Blatt Papier hätte man da mehr hineinschieben können, so eng war es drinnen. Jeder Quadratzentimeter ausgenutzt, ob nun unter den Sitzen oder im kleinsten Hohlraum. Die Ablage war bis unter den Himmel vollgestopft, so daß Werner zusätzliche Außenspiegel hatte anbringen müssen.

Ohne Frage hatte ein derart betagtes Auto auch seine Eigenheiten und Unpäßlichkeiten. Die Zusammenfassung:

Bei km 789 gab es einen Kurzschluß im elektrischen System mit anschließendem Kabelbrand, ausgelöst durch einen kaputten Kondensator an der Zündspule: »Verdammt!«

Bei km 1.261 streikte die Bremsleitung.

Bei km 1.987 litt der Vergaser an Schluckauf: »Na servus!«

Bei km ? war der Kilometeranzeiger defekt.

Bei km 2.112 ging er plötzlich wieder, aber da fehlten dann halt einige.

Bei km 2.845 brach der Auspuff ab. Als man ihm daraufhin fast eine Anzeige wegen unerlaubten Tiefflugs aufgebrummt hätte, brach Werner vor Wut in Tränen aus.

Bei km 3.133 leckte die Ölleitung: »Himmel ...«; es dauerte seine Zeit, bis sie eine neue fanden. Zwischenzeitlich orderte Werner an jeder Tankstelle: »Öltank voll und Benzin nachsehen!«

Bei km 4.517 brach die Blattfeder. Werner brach der Schweiß aus. Eineinhalb Tage Aufenthalt, Hochkonjunktur für die Post, der Einheitenzähler des Hotels stand kurz vor der Implosion.

Bei km 5.288 riß der Gaszug. Werner riß der Geduldsfaden. Einem Beichtvater wäre angesichts der Flut von Lästerungen kein angemessenes Bußmaß mehr eingefallen.

Und so weiter.

Bei den Kilometern 412, 1.290 und 3.917 gab es Reifenwechsel und Stimmungswechsel. Dazu die häufigen Tankstopps wegen des geringen Tankvolumens. Die wurden dann gleich auch als Streckgymnastik genutzt.

Ein Kleinod. Nur ein Hauch von Umweltverschmutzung, ein Auspuff wie ein Kleinzerstäuber. Obwohl winzig, hinterließ sie die gewünschte Spur in der Welt.

Manchmal war Werner sogar ein kleines bißchen glücklich mit dem Gefährt, stolz auf seine Fähigkeiten, damit umzugehen – auch wenn sie ihn Zeit, Kraft und Nerven kostete.

Plötzlich ein Geräusch, nein, gleich eine ganze Serie von Geräuschen, die sich aus dem Hintergrund lösen, die ihm bekannt vorkommen, die sich vehement in den Vordergrund drängen, Motorengeräusche.

Ist das zu glauben??? Das gibt es doch nicht. Eine Fata Morgana!

Und ausgerechnet in diesem Augenblick war die wunderschöne Isetta nicht da! Ausgerechnet jetzt mußte sie bei irgendeiner dämlichen Wohngemeinschaft auf dem Land herumstehen! Wenn Werner sie nur immer ordentlich abgeschlossen hatte! Man konnte ja nie wissen bei diesen Landkommunen.

Es röhrte und röchelte. Fünfzig, sechzig Isetten mochten es schon sein auf dem Bahnhofsvorplatz, eine schöner als die andere, nur eine fehlte: seine. Ausgerechnet. Jetzt war er der einzige Nichtschwimmer im Meer.

»Das waren bestimmt achtzig, neunzig Isetten«, sagte Säntimäntl später, »noch ein paar 600er, ein Irrsinnsspektakel. Ich nix wie mit dem Taxi hinterher, Isetten zu verfolgen ist ja ein Kinderspiel, wenn sie nicht gerade in einem Schlagloch verschwinden, und sie fuhren alle zu einem Werkstattgelände, wo sie dann wie aufgescheuchte Küken umherschwirrten. Achtzig Knutschkugeln! Das war der Isetta-Club, der da sein Jahrestreffen abhielt. Ich war hin- und hergerissen, habe gleich alle meine Pläne über den Haufen geschmissen und die Zugfahrt drangegeben. So was hat man schließlich nicht alle Tage. Meine Güte, das war wie früher in den 50ern, fehlten nur noch Kakao und Velvetastullen, wie immer samstags nachmittags. Ich habe sogar Cola getrunken und saß auf einem Zaun, ein Wetterchen, um Helden zu zeugen ...«

»Äh ...«

»... und habe auf die Dinger gewartet, die irgendwann zu einer Orientierungsfahrt gestartet waren. Also, ich muß schon sagen, einige sahen richtig doll aus, originalgetreu, andere waren rausgeputzt wie nur was. Eine hatte ein Taxi-Schild obendrauf, eine war zum Cabrio umgebaut, zitronengelb, das sah schon witzig aus.«

»Da wäre diese hier sicher ein Hit gewesen!« meinte Werner und schlug mit der flachen Hand auf den Lenker.

»Das können Sie annehmen! Was müssen Sie auch ausgerechnet an so einem Tag ...«

»Aber das konnte doch keiner ahnen!«

»Jajajaja ... Sie haben ja recht. Aber das hätten Sie sehen müssen, einfach wunderbar, trotz des unglaublichen Tohuwabohus. Eine angenehme Atmosphäre. Geschmacksverirrungen gab es natürlich auch, John-Player-Team und dergleichen. Und einer hatte seine Isetta glatt auf einem Hänger hertransportiert!«

»Manchmal hätte ich da nix dagegen...« warf Werner ein.

»Ach, Quatsch – das ist doch dann kein Veteran mehr, sondern eher ein transportables Wohnzimmer, die gute Stube, die nur sonntags aufgeschlossen wird, wenn Besuch kommt. Der hat sie den ganzen Tag über auf dem Hänger stehenlassen.«

»Aber sonst sind Sie zufrieden?«

»Als Bild – herrlich! Es war natürlich schwierig, Anschluß zu finden, ist ja schon eine ziemliche Klüngelwirtschaft, die kennen sich alle schon jahrelang. Komisch, die ganze Zeit fährt man in so einem Auto als Außenseiter durch die Weltgeschichte, und plötzlich diese Inflation von Außenseitern. In dem Moment war ich selbst einer, ich hatte ja keine Isetta dabei. Zaungast war ich. Und dann zu jemand zu gehen und von dieser hier zu erzählen und womöglich noch Fotos zu zeigen, das wäre doch peinlich geworden.«

Ausgerechnet er mit seinen Kontaktschwierigkeiten beklagt sich über mangelnden Anschluß, dachte Werner, von sich aus macht er doch nie einen Schritt auf Menschen zu, der braucht ja fast zu Hause noch einen Vermittler.

»Die haben halt alle gefachsimpelt und Ersatzteile getauscht, Techniker und Bastler durch die Bank, sind ja nicht so mein Fall, solche Leute.«

Dafür haben Sie ja auch mich, dachte Werner. Laut sagte er: »Was haben Sie denn erwartet? Das müssen Bastler sein, sonst bewegen sie ihr Auto keinen Meter von der Stelle!«

»Tja, aber daß ich so außen vor war, hat mich natürlich nicht glücklich gemacht. Manchmal kamen die mir sowieso ein bißchen gekünstelt vor, diese Art Kuhstallwärme, Sie verstehen.«

Werner fühlte die Unruhe, die er in den vergangenen beiden Tagen hatte abstreifen können, wie einsetzendes Hochwasser ...

»Hat es Ihnen nun gefallen oder nicht?«

»Ja und nein«, sagte Säntimäntl. »Es hat mir schon gefallen, aber irgendwie fehlte mir der rechte Zugang.«

»Da stand Ihnen bestimmt mal wieder Ihr Kino im Weg. Sehen Sie – das war kein Film, den Sie da gesehen haben, das war live, da hätten Sie sich doch kopfüber ins Getümmel stürzen können, selbst was machen.« Werner war gereizt.

»Immerhin, wie soll ich es sagen, ich habe mich etwas unglücklich gefühlt und meinetwegen auch alleine, und trotzdem hat mich das ein bißchen beflügelt, mir ist einiges klargeworden. Ich habe Ihnen sogar etwas mitgebracht!«

Er klappte seinen Aluminiumkoffer auf und zog ein weißes T-Shirt heraus, das er umständlich ausbreitete, soweit es der kleine Innenraum zuließ.

BMW Isetta-Club für Deutschland e.V.

stand darauf, unter einer Isetta.

Werner wußte nicht, wo hinschauen. Der wird doch nicht glauben, daß ich das anziehe. Werksfahrer von Isetta-Kino.

»Sehr schön«, sagte er. »Jetzt fehlt mir nur noch der Werksvertrag.« Wesentlich mehr hätte ihn interessiert, was Säntimäntl nun klargeworden war an diesem Wochenende.

»Ich werde wohl Mitglied in diesem Club«, verkündete Säntimäntl und wirkte etwas verlegen dabei, falls das Nesteln am Jackenrevers Verlegenheit war. »Obwohl Groucho Marx ja mal gesagt hat, er würde nie einem Verein beitreten, der jemanden wie ihn als Mitglied aufnehmen würde.«

Werner wartete noch eine Weile, aber das schien schon alles zu sein.

»Ach, Sie sind nicht Groucho Marx? So was, und wenn Sie dem Club erst mal beigetreten sind, geht alles wie von selbst, ja?«

So wie beim Gilde-Film-Paß – aber eine Eintrittskarte verschaffte einem noch lange nicht den Zugang zu einem Film. Es sollte so etwas geben wie die Euphorie der Depression – bei Menschen, die aus ihrem permanenten Unglück ihre Kraft schöpften; vielleicht war Säntimäntl ja begeisterter Anhänger dieser positiven Wehmut.

»Ist die Isetta in Ordnung?« fragte Säntimäntl scharf.

»Was soll nicht in Ordnung sein?«

Bei Werners Antwort steuerten sie gerade Kilometer 5.288 an. Siehe Checkliste.

»Denken Sie auch immer daran, abzuschließen?«

»Hhm«, brummte Werner.

Säntimäntl zündete eine Menthol an. Er sah aus dem Seitenfenster. Sie fuhren eben an einem Feriendorf vorbei, einer modernen Geisterstadt, nie vollendet, halb verfallen, leergefegt wie nach einer Giftmüllkatastrophe. Aber er registrierte nichts, war abwesend, saß im Bogenlichtpunkt zwischen Freude und Trauer. Was hatte ihm Dobos doch vor Jahren schon geschrieben? Er sei ein früh zum Misanthropen gewordener Boheme, der insofern an der Welt leide, wie sie ihn nicht mehr nötig zu haben scheint. Und manchmal versuche er, ihr das heimzuzahlen, ätzend. Meistens jedoch verkrieche er sich in sein Schneckenhaus.

Die Isetta war tatsächlich ein Schneckenhaus. Ein türkisfarbenes, vollgestopftes Schneckenhaus.

Plötzlich hellte sich seine Miene auf.

»Etwas Wichtiges hat das Wochenende gebracht«, sagte er. »Endlich bin ich mal irgendwo angekommen – selbst wenn ich da gar nicht hingewollt habe!«

Es wurde höchste Zeit für das nächste Festival. Es kam immerhin auf einen Versuch an, mal irgendwo anzukommen. Erfolgreich. Die Isetta rollte auf ihre nächste Grenze zu.

»Sind wir bald da?«

»Wo?«

Werner hatte gut reden. Der tappste immer überall ohne Art hinein, betrat den Kreis des Zielfernrohrs, ohne mit der Wimper zu zucken und wahrscheinlich auch ohne Umgehung des Worts »spontan«. Entweder hat er nicht genug erlebt oder zuviel. Gut, man muß zehn, fünfzehn Jahre Altersunterschied zugute halten. Dann hätte er zuwenig erlebt, aber weiß man's? Schon, wie die reden heutzutage – wer soll denn da noch mitkommen? Sprechblasen, gleich immer alles raus. Und dabei völlig unentschlossen: ein ordentlicher Restbestand Hochsprache, und den aufgeweicht mit moderner Nachlässigkeit. Diese dauernden Abgrenzungsversuche waren kindisch. Vielleicht gibt sich das mit dem Alter. Obwohl – ich war früher nicht so. Noch ein Generationsproblem? Wenn man überlegt – die nächste Vergünstigung, für die ich in Frage komme, wird der Seniorenpaß sein.

XIII. MILCHGLAS IM ZIELFERNROHR

Sie wollten lieber gleich so leben, als spielte sich ihr Leben in einem Film ab. Schnitt auf Antibes. Überblendung auf das Ritz in Paris. Abblende und dann Hollywood.

– Gore Vidal

Säntimäntl sah sich schon seit einer knappen Stunde einem Sperrfeuer von Unleidlichkeiten ausgesetzt. Werner spielte den notorischen Verweigerer.

Das Restaurant war nobel, gediegen und gedämpft. Und teuer selbstverständlich. Ausgesucht ausgesuchtes Interieur mit Stofftapeten, knöchelwärmenden Teppichen, Lüstern mit gedämpftem Licht an der Decke, Diskretion Hauptsache.

Vollendete Gentlemen als Kellner, mit eingebauter Räuspertaste, sehr nobel. Gediegen und gedämpft: gedämpftes Gemüse, gedämpfter Optimismus. Die Gerichte wurden häppchenweise verabreicht und dann nicht einfach verzehrt, sondern goutiert. Auch in der Größe der Portionen übte man vornehme Zurückhaltung. Es war übrigens Säntimäntls Geburtstag, er hatte es aber nicht für nötig befunden, Werner davon in Kenntnis zu setzen.

Er beschäftigte sich lieber mit der Obduktion des Hauptganges. Um der Wahrheit die Ehre zu geben, konnte er all die klangvollen Namen der Delikatessen nicht aussprechen, geschweige denn übersetzen, weswegen er sich zeitlebens noch nie in ein solches Restaurant getraut hatte. Aber vor kurzem war ihm das Restaurant inklusive der idealen Menufolge in dem Herrenmagazin empfohlen worden, das er immer der interessanten Kurzgeschichten wegen kaufte; er hatte die Seite damals kurzerhand herausgerissen und heute dem Ober gereicht. Und zur Not war da ja noch Werner, der Sprachgewandte.

Feuilleté bohèmienne. In Champagner pochierte Austern. Dazu ohne Frage roten Burgunder, der – tatsächlich! – kalt sein mußte. Als Hauptgericht schließlich Taube mit ganzen Knoblauchzehen. Schmecken war das einzige, was Tauben wirklich gut konnten.

Ratten der Luft, ekelte sich Werner, hielt sich aber eingedenk der minimalen Trefferquote der letzten Tage zurück, auch in der Wahl seines Menus übrigens. Mit bewährtem Trotz orderte er eine einfache Gemüseterrine, mit Artischockenherzen, Karotten, viel Sellerie, Spargelspitzen, grünen Bohnen und Trüffeln in Gänselebermousse. »Und hinterher vielleicht ein Champagner-Fußbad.«

Säntimäntl genoß und schwieg wie ein Kavalier. Es war alles nahezu perfekt. Einzig Werner wirkte deplaziert. Wenigstens die Haare hätte er sich waschen können! Und die Manieren! Passiver Widerstand. Drischt auf die Suppe ein. Was denkt er sich eigentlich?

»Mit Ihnen unterwegs zu sein, ist wie in einem Katalog zu blättern. Kaum kommt das nächste Bild, haben Sie schon den passenden Kommentar dazu auf Lager. Das kann unterhaltend sein, muß es aber nicht. Vor allem geht mir die Unweigerlichkeit auf die Nerven, mit der Ihre Statements kommen. Das habe ich Ihnen, glaube ich, schon einmal gesagt. Wir haben ja nun bald alle zentralen Themen der Menschheit durchgenommen, oder sagen wir: Sie haben das! Vielleicht hört das ja nun bald mal auf!«

»Hab ich irgendwas gesagt?«

»Nein. Aber wie Sie nichts sagen ... eine Frechheit. Merken Sie sich eines: die paar Themen, die bisher ausgespart wurden – vergessen Sie die! Ich will nichts hören über Sekten, Psychologie, Minderheiten und so weiter. Betrachten Sie die als weiße Flecken auf der Landkarte! Nehmen Sie sich in acht! Selbst wenn es nur um so banale Dinge wie die ... neue ... Küche ...«

»Nouvelle cuisine«, sagte Werner behutsam.

»... jaja. Ich habe keine Lust mehr, und mich interessiert auch Ihre Meinung nicht, ob das Verspeisen von Tauben nun eine ästhetische Angelegenheit ist oder nicht!«

Schade, dachte Werner, gerade zu Tauben ...

Ein Kellner löste sich von seinen Kollegen, es glich einer Zellteilung, er klapperte auf Werner zu, ein dürrer, alter Herr, dessen Frack reichlich unbewohnt aussah. Sein Haar hatte den matten Glanz eines Fußabstreifers. Mit einer überraschend kräftigen, tiefen Stimme flüsterte er Werner etwas ins Ohr. Säntimäntl sah Werner mit hochgezogenen Augenbrauen an.

»Was hat er gesagt?« wollte er wissen.

»Sie möchten Ihren Ton bitte etwas mäßigen, wegen der anderen Gäste, sagte er.«

»Na bitte!«

Verderben wollte er ihm den Abend ja nicht gerade – Säntimäntl sah irgendwie würdig aus heute. So schlecht gefiel es ihm nun auch wieder nicht hier, nur daß das Leben derart zelebriert wurde, daß das Essen zur heiligen Handlung geriet, Abteilung Tisch als Altar oder so, das ging ihm auf den Zeiger; daß hier alles noch selbst gemacht wurde wie bei Muttern, nötigte ihm schon Respekt ab: selbstgedruckte Speisekarten, Forellen aus eigener Zucht, Kräuter aus eigenem Garten, handverlesene Erbsen: schon gut. Aber das Drumherum – was sollte das? Nicht so wie zu Hause, wo ein Kellner lauthals zu prusten anfing, wenn man den laut Karte »gartenfrischen« Salat bestellte.

All dies hätte er Säntimäntl gerne gesagt, aber dessen vernichtende Blicke hießen ihn schweigen. Dafür entging Säntimäntl leider auch Werners wunderbare Schlußfolgerung:

»Hier wird sogar noch von Mund gegessen!«

Werners Widerwillen gegen gastronomische Großkotzigkeit entsprang durchaus Sachverstand: vierzig Semester Hotelwissenschaften, seine ganze Jugend eben. Ein kleines Revanchefoul an Säntimäntl bereitete ihm daher nicht die mindesten Schwierigkeiten: er orderte ein Getränk, dessen Anblick er seinem Chef jetzt nicht ersparen wollte: eine giftgrüne Flüssigkeit mit Minzgeschmack, die man in jenem Lande nicht nur häufig zu bestellen, sondern sogar auch zu trinken pflegte. Und Säntimäntl empfahl er scheinheilig einen Likör, der auf den exotischen Namen »Pisang Ambon« hörte und in Farbe und Beschaffenheit Fichtennadel-Schaumbad-Extrakt zum Verwechseln ähnlich sah.

Säntimäntl sah die Botschaft wohl und verstand.

Um den Ball zu Werner zurückzuspielen, leerte er das Glas in einem Zug. Als wenn es um die Farbe ginge! Er beschränkte sich auf die Frage, ob Werner den Wagen auch abgeschlossen habe.

Querlandein ging es, wobei sie der Straßencaféader folgten, die sich durch die Provinzen zog. Auf Straßencafés verstand man sich, da gab es nichts zu mäkeln. Meist lagen sie aneinandergereiht im Zentrum der Ortschaften, hielten geräumige Plätze in Schach, auf denen im Schatten mächtiger Bäume erwachsene Männer glänzende Metallkugeln herumwarfen. Die Cafés waren die Tribünen eines durchgehenden Freilufttheaters. Oftmals bestückt mit Sonnenschirmen, die die Garbo als Hut akzeptiert hätte. Bald konnte Säntimäntl ihren jeweiligen Aufenthaltsort nur noch an Hand von Zuckerwürfelpapieren ermitteln. Auf einem kulinarischen Streifzug ohnegleichen zogen sie schmatzend und schmausend durch die Lande – »vielleicht kriegt man auch mal was ohne Olivenöl!« –, durch labyrinthartige Einbahnstraßensysteme von bedrohlicher Enge, vorbei an Mandelbäumen, Zypressen, Platanen, sogar Zedern glaubte Werner gesehen zu haben; vorbei an Olivenhainen – irgendwo mußte das Öl ja herkommen – und ausufernden Gärten, immer üppig, in denen die Ingredienzen der Gewürzmischung »Kräuter des Südens« sprießten, die mittlerweile in jedem aufgeschlossenen Haushalt zu finden waren.

Die Kurven behagten Säntimäntl wenig, und auch der Fahrstil der Einheimischen trieb ihm den Schweiß auf die Stirn: sie befleißigten sich stets eines derart halsbrecherischen Tempos, als gälte es täglich, als erster mit dem Beaujolais Primeur im Norden anzukommen. Es dauerte seine Zeit, bis sie sich endlich auf einer – wie sonst – gewundenen Straße dem Meer entgegenschlängelten.

Es lag einige hundert Meter unter ihnen und funkelte bläulich, ganz so, wie es sich für ein Meer schickte. Dazu ein Licht wie aus einem Beaumont-Film, wie Werner sagte, wofür er sich gleich ein unwirsches »Was wissen Sie davon?« einhandelte.

Dampfer. Möwen. Palmen.

Der Strand wirkte dunkel; ob das nun von den vielen Menschen kam, die sich dort tummelten, oder von deren Bräune, konnte man von oben herab nicht feststellen. Auf alle Fälle war er überfüllt, so proppenvoll, als wäre das Wasser Campari und alle stünden mit Strohhalmen bei Fuß. Aber das Wasser schimmerte ja bläulich, konnte also kein Campari sein. Es war blaßblau, als hätte es sich ein wenig überanstrengt – sofern es überhaupt zu sehen war. Im nahe gelegenen Hafen hätte Jesus bequem übers Meer gehen können, ohne sich die Füße zu benetzen: dank einiger Hundertschaften Yachten war für Flüssigkeit kaum Platz.

»Diese Stadt verlangt nach einer Rasur!« murmelte Säntimäntl und fuhr über seine untere Gesichtspartie. »Sie kriegt aber keine!«

Kurz vor der Abfahrt ins Tal mahnte er Werner mehrere Male zur Behutsamkeit: »Fahren Sie um Gottes willen vorsichtig! Wenn wir hier irgendwo anecken, wenn wir hier einen Blechschaden verursachen bei dieser Rolls-Royce-Dichte, dann gute Nacht! Was denken Sie, was da Reparaturen kosten!«

Werner schwieg.

Die Stadt glich vom Aufbau her jener Hafenstadt, in der sie sich vor einigen Wochen betrunken hatten – nur daß alles luxuriöser war und man auch nicht an Bergen gespart hatte. Luxusausgabe einer Westernkulisse, imposante Fassaden und kaum was dahinter. Vielleicht gab es zuwenig Platz; gleich hinter den Hotels die Hügel mit ein paar Villen darauf, Metastasen des Reichtums, David-Hockney-Kalender, gefolgt von paradiesischer Unwegsamkeit, die Berge senkrecht, im Hinterland Dörfer von pittoresker Armut, die versprengten oder beharrlichen »abseits von allem«-Touristen massenweise begeisterte Ahs und Ohs entlockten. Das Hinterland war sogar derart unzugänglich, daß man die Schafe fast schon per Fallschirm vom Hubschrauber aus auf die Weiden werfen mußte.

Drunten am Meer jedenfalls das donnernde Leben. Während beider Festspielwochen war die Stadt übervölkert wie weiland Dawson City zur Zeit des Goldrauschs.

Eigenartig der unterschwellige englische Touch der Stadt; Kolonie konnte sie kaum gewesen sein – das hätte ihr Selbstbewußtsein nicht zugelassen! Viele Gebäude aus dem letzten Jahrhundert, manche Hotelfront wirkte wie die aufgeblähte Kühlerpartie einer britischen Luxuskarosse.

»Wie es da wohl innen drin aussehen mag?« sinnierte Werner, denn seine Eltern hatten nur kleinere Betriebe bewirtschaftet. »Sieht ja schon ein bißchen so aus, als sei hier Albert Speer mal der Bleistift ausgerutscht!«

»Achten Sie lieber auf die Straße«, befahl Säntimäntl, »sonst bringen Sie noch alle Baustile durcheinander!«

Einen Parkplatz entdeckten sie eine halbe Tagesreise vom Zentrum entfernt; sie mußten einen Bus in die Stadt nehmen.

Im Bistro war alles winzig. Heldenmütig hatte Werner im Handstreich einen freiwerdenden Tisch erobert, einen winzigen Tisch. Da saßen sie nun auf winzigen Höckerchen und tranken Espresso aus winzigen Täßchen, den ihnen ein kleingewachsenes Kellnerchen mit mißtrauischem »Kann-ich-bitte-gleich-kassieren?«-Blick gebracht hatte. Café au lait gab es nicht, die Schalen hätten zuviel Platz weggenommen. In dieser Stadt gibt es bestimmt viele Bistros, in denen man nie etwas trinken konnte, weil man darin so zusammengepfercht wurde, daß es unmöglich war, den Arm so anzuwinkeln, um ein Glas oder eine Tasse zum Mund zu führen.

Alles platzte aus den Nähten – an vierzehn Tagen im Jahr. Dabei eine Stimmung wie in einem Tanzwaggon der Bundesbahn.

Ein Höckerchen war trotzdem noch frei an ihrem Tischchen. Eine junge Dame, die gerade das Bistro betreten hatte, bahnte sich zielstrebig ihren Weg durch das Gedränge. Sie trug ein grüngesprenkeltes Kostüm im Stil der 40er Jahre und eine dunkelblaue

Plastiktüte mit einem Bananensymbol unter dem Arm. Sie sprach Französisch.

»Was will sie? Bananen verkaufen?« fragte Säntimäntl.

»Sie will wissen, ob der Platz frei ist«, sagte Werner.

»Warum? Warum ausgerechnet dieser Platz? Sehen wir vielleicht so aus, als wenn sie von uns nichts zu befürchten hätte? Schicken Sie sie weg. Sagen Sie ihr meinetwegen, mein Schwippschwager käme gleich. Es ist eng genug hier.«

Die junge Dame verzog bei Werners Worten keine Miene, machte auf ihrem hohen Absatz kehrt und stolzierte davon.

Dann hast du eben Pech gehabt, du Trottel, dachte sie. Bananen enthielt ihre Tüte nicht. Ihr Inhalt harmonierte mit der Farbe ihres Kostüms: Grün. Es handelte sich um einen grünen Ordner. Er enthielt das Drehbuch zu einem Film, der nie gedreht worden war. Einige Zeit hatte es in einer mittelprächtigen Villa in Hollywood gelegen, von wo es 1947 auf ungeklärte Art verschwunden war.

Die junge Dame war früher blond gewesen. Früher hatte sie eine Brille getragen und ein paar Pfunde mehr auf die Waage gebracht. Dafür hatte sie weniger Wert auf modische Kleidung gelegt.

Sie hatte den kleinen, dicklichen Mann mit der Nickelbrille schon auf der Straße erkannt. Und nun hatte der den Wiedererkennungstest nicht bestanden. Wirklich Pech für ihn.

Ruhe! Höhe! Breite! Tiefe! Luft! Vor allem Luft! Ohne Tiefe wäre es noch gegangen, aber: Luft! Dafür hätte Säntimäntl jetzt einiges gegeben. Stickige Luft, Gedränge, Wucherpreise und nicht die Spur von Zuckerwürfeln. Auch kein zufälliger Mittsalänen. Das Klimpern der Eiswürfel in zahllosen Gläsern erzeugte ein eintöniges, gleichklingendes Geräusch, tibetanischen Gebetsmühlen nicht unähnlich.

Werner hatte eine neue Ausgabe seiner Lieblingszeitung ergattern können, in der – sic! – die Eröffnungstage des Festivals bereits kommentiert wurden. Um ein Exemplar der Festivalzeitung, die täglich erschien, hatte er sich jedoch vergeblich bemüht. Ebenso um Karten. Es gab keine. Nicht eine einzige. Es gab nicht mal einen Schwarzmarkt dafür.

Säntimäntl: Wie kann ich mich um Karten kümmern, wenn ich dauernd unterwegs bin?

Werner: Manchmal muß ich mich über Sie wundern!

Säntimäntl: Wer hätte auch einen solchen Hexenkessel erwartet?

Werner: Manchmal muß ich mich sogar sehr wundern!

Es war ja nicht der erste Knick in der Logistik.

»... aus dem Festival, im Bewußtsein seiner unbestrittenen Wichtigkeit von je her das arroganteste der Welt, ist jeder Rest von Freizügigkeit vertrieben worden. Kaum hat man seinen Ausweis halbwegs diebstahlsicher verstaut, muß man ihn wieder hervorholen.«

Und: »In nackten Fabrikräumen sitzt man zusammengepfercht auf bandscheibenstützenden Marterinstrumenten.«

Und: »Die Projektion spottet jeder Beschreibung. Der Bildausschnitt stimmt nie, der Ton ist fürchterlich.«

Und: »Das neue Festivalgebäude, von allen Seiten nur der ›Bunker‹ genannt – so niederträchtig ist die Filmkunst noch nie behandelt worden wie in dieser nagelneuen Filmvernichtungsmaschine.«

Werner las diese Lobestiraden gezielt wahllos aus seiner Zeitung vor. Um einen geeigneten Gesichtsausdruck bemühte er sich dabei nicht. Nur das eine oder andere Barthaar drehte er mit seinem Zeigefinger. Vielleicht war das sein Antrieb.

»Wenn das alles wirklich wahr ist ...«, sagte Säntimäntl.

»Ja?«

»Sie sagen doch immer: Na, servus!«

Draußen hatte es zu regnen angefangen. Mehrere Versuche, sich in der Stadt zurechtzufinden, schlugen fehl. Säntimäntl ging das Festival längst auf die Nerven, obwohl er nur über Informationen aus dritter Hand verfügte. Oder: weil. Alles war überladen wie bei neuzeitlichen Tankstellen, wo man wegen des aufgeblähten Warensortiments die Zapfsäule bloß mit Mühe findet.

Es gab nicht nur den Bunker, es gab Kinos überall. Eine Plantage, in der die Filme von den Bäumen hingen. Nur hingen sie leider zu hoch. Es hätte ihn schon gereizt, einen dieser Paläste zu besuchen – unter Palästen, egal zu welchem Zweck, machte man es in dieser Stadt anscheinend nicht. Die langen Menschenschlangen davor schreckten ihn jedoch ab.

»Und wir machen uns über den Ostblock lustig!«

Campari-Trinker, Carlton-Gäste, Cineasten. Kinofanatiker, Kreuzzügler, Kamikazespezialisten. Leser der Wochenzeitschrift »How to be decadent«, die neuesten Trendmeldungen rezitierend. Stadtbekannte Intellektuelle. Möchtegerns mit dem unvermeidlichen »Verzeihung, sind Sie nicht ...?« auf den Lippen. Fotografen im Smoking, selbsternannte Filmpäpste und Film-Gegenpäpste, die Messen und Leviten lasen. Jeder war wichtig, Stars und Stäbe kaum auseinanderzuhalten. Nicht mal die Faustregel, derzufolge die Leute mit dem gewagtesten Outfit in Wirklichkeit nur Windschattenfahrer waren, besaß Gültigkeit. Fast jeder mußte seine ganze Energie darauf verwenden, aufzufallen.

Macher und Gemachte. Diejenigen, die tatsächlich Entscheidungen trafen, wären höchstens an ihrer Durchschnittlichkeit zu erkennen gewesen: herkömmliche Bürogestalten aus x-beliebigen Etagen. Die Zukunft des Kinos wurde von ihnen in smarten Diplomatenköfferchen mit Nummernschlössern herumgetragen. Die Century-Fox gehörte mittlerweile einigen Ölbaronen, Columbia wurde längst von Coca-Cola-Flaschen finanziert.

Niemand achtete jedoch auf die Samsonites und Halliburton Zeros; Zahlen waren leichter als Drehbücher und wogen schwerer, alle rasten umher, mit gezückten Tortenhebern, um irgendwo noch ein Stück vom großen Kuchen zu erwischen.

Mit Ellenbogenschonern ließe sich hier bestimmt kein Vermögen machen, dachte Säntimäntl.

Einmal im Strom der Besucher festgekeilt, war es unmöglich, den eigenen Willen durchzusetzen. In Schwaden von Aigner- und Knoblauchdüften wurden Säntimäntl und Werner die Promenade hinuntergespült, an allen Kinos vorbei. Säntimäntl mußte an Autos in Waschstraßen denken. Irgendwann an der Peripherie ausgespuckt, machten auf dem Absatz kehrt, zurück ins Getümmel, der Ablauf wiederholte sich in entgegengesetzter Richtung, ohne ihnen die Möglichkeit zu geben, sich dieser Automatik zu entziehen. Und anders als Autos, die eine Waschstraße stets poliert und vor allem trocken verließen, waren sie beide am anderen Ende so aufgeweicht wie in Milchkaffee getauchte Butterhörnchen. Der Regen hatte seine Bemühungen intensiviert.

»Das reinste Abenteuer«, wie Werner bemerkte.

»Es ginge auch ohne.«

Ein weiteres Bistro frischte sie wieder auf. Werner hatte im Pulk eine Lücke – es war kein Kino in der Nähe – erkannt und Säntimäntl blitzschnell aus dem Verkehr gezogen. Ein Restaurant gab ihnen nach nur eineinhalbstündiger Wartezeit einen Teil ihrer Kräfte zurück. Trotzdem erwartete Säntimäntls Franzbranntweinflasche am Abend im Hotel ein erheblicher Aderlaß. Moment: Hotel – war da nicht was?

Als sie gegen Abend einen Spaziergang am Strand machten, hatte der Regen nachgelassen.

»Herrlich klarer Sternenhimmel«, schwärmte Säntimäntl, leidlich mit der Welt versöhnt.

»Klar«, sagte Werner.

Mehr Sterne als am Himmel sind, das hat man früher von Hollywood behauptet. Für vierzehn Tage im Jahr traf das wohl auch hier zu.

»Ich möchte wissen«, sagte Säntimäntl und deutete auf einen Lichtstrahl in der Nacht, »warum dieser Felsen hier angestrahlt wird. So viel macht er nun auch nicht her!«

»Vielleicht ist das auch kein gewöhnlicher Felsen«, gab Werner zu bedenken. »Vielleicht ist das ja die Nase der Stadt, und angestrahlt wird sie, damit jeder gleich sieht, wie hoch sie sie trägt.«

Trotz des matschigen Bodens war der Strand zu fortgeschrittener Stunde von Schlafsäcken übersät. Jetzt fiel es Säntimäntl ein:

Hotel! Sie hatten völlig vergessen, Zimmer zu bestellen. Werner, genauer gesagt. Er konnte sich wirklich nicht um alles kümmern. Aber hier um diese Zeit ein Zimmer? Illusorisch!

Sie verließen eilig die Stadt und machten sich im Hinterland – Kurven! – auf die Suche; aber erst im Hinterland des Hinterlandes – der reinsten Sahel-Zone, was Rolls Royces anging – fanden sie mit viel Glück ein Motel. Wieder gab es nur ein Doppelzimmer, aber Säntimäntl war von den zahllosen Kehren dermaßen übel, daß er diesmal ohne Zögern einwilligte. Hauptsache, ein Bett ohne Seegang.

Parkplatz war ein etwas hochtrabender Ausdruck für das Stück Ödland, auf dem die Isetta stand. Es gab ringsum nichts, was das Auge belastet hätte, keinerlei landschaftliche Ablenkungen, Improvisationen über die Kargheit, nackte Felsen und irgendwo weiter vorne einen veritablen Abgrund. Seit ungefähr zwei Stunden standen sie nun hier: ohne Zigaretten, ohne Pastillen, ohne Essen, ohne Trinken; Radio und Mundwerk abgeschaltet. Eine Oase im umgekehrten Sinn, was Säntimäntl als wohltuend empfand. Des Himmels Sprinkleranlage arbeitete unablässig.

»Autowaschanlagenwetter!« war das erste Wort nach langer Zeit. Werner startete den Wagen und drehte eine Runde um den Platz. Bewegung konnte nicht schaden. Er fuhr bis an den Rand des Plateaus. Dort stand das Fernrohr. Sollte dieses Fleckchen Brachland etwa einen Aussichtspunkt darstellen? Er fuhr noch weiter vor, tatsächlich! Ein Sightseeing-Drive-In mit herrlichem Blick auf die alte Stadt und das Meer.

Ein Fernrohr – wunderbar! Von weitem, mit dem nötigen Sicherheitsabstand, sah immer alles schöner aus. Schöne Aussichten! Geradezu anmutig lag die Stadt an die Berge geklatscht und rührte sich nicht. Drunten am Meer schien die Sonne. Freie Sicht auf freizügige Menschen. Freikörperkulturen, irgendwelche Strandläuferinnen, bis auf die Knochen braun, um möglichst viel Aufheben von sich zu machen: mit Tanzschritten, die eine hübsche Stange Geld gekostet hatten, Stelzereien mit international geprüften Gliedmaßen, bestrebt, von irgendeinem Wichtikus aufgelesen zu werden oder zumindest einen Job in irgendeinem Trocadingsbums zu bekommen. Erstaunlich, wie viele Mädels in so einem kleinen Fernrohr Platz hatten.

Ein Schwenk zum Bunker, Feineinstellung, der wie eine Zecke an der Stadt klebte und Menschen schluckte wie ein Staubsauger. Fadenkreuz. Ziel anvisieren und ...!

»Heute wird es besser werden«, sagte Werner und setzte eine entschlossen grimmige Miene auf. »Wir werden die Stadt im Sturzflug niederzwingen. Jetzt wissen wir ja, was da abgeht.«

»Sie glauben wohl nicht im Ernst, daß ich mich noch mal auf diese Serpentinen einlasse? Schnick-Schnack! Mittsalänen werden wir da nie erwischen – selbst wenn wir ihn sehen, kann es uns passieren, daß er viel zu schnell an uns vorbeigeschoben wird. Immerhin waren wir ja da – es kann uns keiner sagen, daß wir nicht alles versucht haben!«

Strafe mußte sein, egal gegen wen!

Und sowieso: dieser elende Bunker! Wenn die schon einen Bunker bauen, hätten sie auch gleich ein unterirdisches Luftschutzkino machen können, abgesichert gegen geistige Höhenflüge. Das hätte dieser Stadt bestimmt gut zu Gesicht gestanden! Pah! Hier kann man wahrscheinlich gar nicht tief bohren, weil man gleich auf Granit stößt. Bei mir stoßen sie auch auf Granit, sollen sie ihr Festival gefälligst ohne mich machen. Werden schon sehen ... Pah!

Werner wäre liebend gerne weitergefahren, er war nur bange, der Regen könne die Isetta den Berg hinunterwaschen. Sie warteten. Säntimäntl drehte am Radio herum – immer wieder diese gräßliche Sprache! Alltag kehrte ein. Bücher lagen an unzugänglicher Stelle im Gepäck. Zeitungen waren zerlesen.

Die Zeit nahm sich mehr Zeit als gewöhnlich, der Regen blieb ihnen treu. Aber lieber Regen als Werners Anekdoten, lieber noch ein bißchen fernsehen. Säntimäntl stöhnte und öffnete die Türe. Sie knarzte wie ein Elch in der Brunft. Er knallte sie zu, nachdem er ausgestiegen war.

Werner beobachtete, wie Säntimäntl zielstrebig das Fernrohr ansteuerte, davor stehenblieb, in seinen Taschen herumfingerte und ebenso schnell zum Wagen zurückkam.

»Kleingeld?«

Werner hatte sein Portemonnaie längst gezückt.

Also noch mal. Säntimäntl warf eine Münze ein, preßte sein linkes Auge auf das Auge des Fernrohrs, dann das rechte, versuchte es wieder mit dem linken und so fort, trat schließlich einen Schritt zurück und verpaßte der Säule einen heftigen Tritt. Mit einer zornigen Handbewegung warf er seine Menthol ins Gestrüpp. Am liebsten hätte er den ganzen Landstrich abgefackelt, aber dazu war es zu feucht. Wenn der kleine Mann sich schon einmal eine Freude machen will ...

»Es funktioniert nicht mehr«, maulte er im Auto, während er in seinem Koffer die Franzbranntweinflasche suchte, um sich seinen schmerzenden Fuß einzureiben.

»Remakes funktionieren nie, alte Regel. Und überhaupt: Haben Sie solche Sehnsucht nach der Stadt?«

»Hab keine. Langeweile hab ich. Und draußen bleibe ich vor Ihren Geschichten verschont. Wenn Sie sich nicht zu fahren trauen ...«

»Schade, daß wir nicht mit einem Mietwagen unterwegs sind!«

»Fängt das schon wieder an?«

»Nein, nein, darum geht es nicht. Aber mit einem Mietwagen auf einem verlassenen Platz wie diesem, da wüßte ich schon, wie ich mir die Zeit vertreiben könnte, selbst bei diesem Wetter würde sich das lohnen!«

»So.«

»Ein Bekannter von mir hat das mal gemacht, das war überhaupt das Schärfste! Der hat sich bei einer großen Firma einen Bus gemietet, mit dem fuhr er nach Hause, wo er eine Werkstatt betrieb, und da hat er dann bei dem nagelneuen Bus den Motor aus- und statt dessen den von seiner alten Karre eingebaut«, sagte Werner.

»Und?«

»Was und? Dann hat er den Wagen wieder zurückgebracht.«

»Würde ich Wert auf Ihre dämlichen Autofahrergeschichten legen, hätte ich das schon zu verstehen gegeben!«

Irgendwann hatte das Wetter schließlich Erbarmen mit Säntimäntl – kurz bevor sich seine Gehörgänge verknoteten, ließ der Regen nach. Die Isetta spritzte durch alle verfügbaren Pfützen – aber es gab nicht mal Menschen, die sie hätte naßspritzen können. Keinen einzigen.

XIV. ABSEITS VOM MENTHOL

Ich habe zehn Gebote.
Die ersten neun heißen:
Du sollst nicht langweilen.
Das zehnte lautet:
Du sollst das Recht auf den Endschnitt haben.
– Billy Wilder

***Jetzt sind wir** schon wieder einen Monat unterwegs und es ist eigentlich wie immer. Die drei Tage bei euch sind mir gut reingelaufen, aber um total zu relaxen, war es natürlich zu wenig. Vor allem die Spaziergänge haben mir gut getan, im letzten halben Jahr bin ich mit Monsieur nur ein einziges Mal spazierengegangen.*

Obwohl sich kaum etwas geändert hat, wird es echt schwieriger, vielleicht bin ich nicht mehr so tolerant wie am Anfang. Wir können uns über kaum was unterhalten, fast jedes Thema erinnert ihn an irgendeinen gescheiterten Aspekt seines Unternehmens, z. B. das Wort »Feuerwerk« kriegt er sofort in den falschen Hals, wegen dieser Geschichte mit dem Vulkanausbruch, von der ich euch erzählt habe. Wenn das so weitergeht, kriege ich noch absolutes Redeverbot. Ich könnte einen Roman über Kommunikationsausbrüche schreiben. Oder einen Film drehen.

Wir zockeln also rum, mehr schlecht als recht, nichts klappt – neulich hat er doch glatt vergessen, Hotelzimmer zu bestellen! Echt! Ich sitze in der eisernen Jungfrau und bin völlig eingenebelt vom Mentholdunst. Sollte mal bei der Gewerkschaft nachfragen, ob das erlaubt ist: so ein Minimal-Arbeitsplatz und dann noch smoken!

Der Typ ist einfach nicht zu krallen, vergibt sich nix und kümmert sich nur halb drum, daß die Sache über die Bühne geht. Ich glaube, der blickt das schon lange nicht mehr, warum wir überhaupt durch die Gegend gondeln. Manchmal kommt er mir vor wie jemand, der in einer Ruine Staub wischt. Ich habe echt den Verdacht, daß er sich selber Hindernisse baut, um sich nicht hinterher vorwerfen zu müssen, den Weg des geringsten Widerstands gegangen zu sein. Er streut sich Dornen auf den Weg, wie ein Pilgervater. Aber wozu? Nur um sich zu beweisen, daß er in der Lage ist, sich gemeine Finessen auszudenken? Nur um über die Widrigkeiten seinen eigenen Stil zu entwickeln? Um was Besonderes darzustellen?

Manchmal denke ich, er meint, wir würden einen Film über die Reise drehen. Als wenn er ein Drehbuch dafür hätte. Trotzdem ärgert er sich über die kleinste Katastrophe, flippt richtig aus. Ich werde insgeheim das Gefühl nicht los, daß er das alles sehr genießt. Er zieht sich enge Grenzen, um zu einem eigenen Weg zu finden. Vielleicht ist das auch die alte Erbschaftsmacke – leicht zu Geld gekommen, also ein bißchen diese Kasteiungsschiene zum Kompensieren. Hauptsache, alles stilecht. Nennt sich selbst »Afficionado der achten Muse«, möchte wissen, wo er das her hat. Es geht ihm wirklich um die Form, und nicht was dabei rauskommt. Er hat einen ziemlichen Sockenschuß weg.

Ich brauche halt die Kohle, denn das, was wir bei meinem Besuch bei euch alles besprochen haben, macht mich schon sehr an. Immer nur allein für sich rumwurschteln bringt es nicht auf die Dauer. Aber ein Haus, in dem man lebt und arbeitet, wo man macht, was man will, zusammen mit Leuten, die man mag – toll! Ich will es noch mal probieren, ich habe ja auch eine Menge dazugelernt in den letzten Jahren. Wie pathetisch das klingt! Wir müssen nur genau wissen, was wir wollen, und uns immer alles gleich sagen.

Ich habe mir auch schon ein paar Dinge durch den Kopf gehen lassen. Es wäre zum Beispiel ganz gut, wenn jeder einzelne für einen speziellen Bereich verantwortlich ist: Küche, Kneipe, Veranstaltungen, Zeitung, Garten usw. Ich würde mich natürlich gerne um die Veranstaltungen kümmern, weil ich da am meisten drauf habe, und ich habe mich auch etwas von der Kinowut anstecken lassen – ich glaube, ein kleines Kino könnte es voll bringen. Ich habe ja damals im Zentrum den Vorführschein gemacht, und in der Kinoszene checke ich langsam einiges. So hat die Reise immerhin ein Gutes.

Das letzte Vierteljahr reiße ich auch noch runter, macht Euch da mal keine Sorgen. Auch wenn er mir manchmal auf den Sender geht, besonders an Tagen, an denen er nichts rafft und ich die reinste Gebrauchsanweisung für sein Leben bin. Ich habe selten einen Typen mit einem dermaßen riesigen Desinteresse an allem möglichen erlebt.

Ich freue mich, Euch bald wiederzusehen, ich bin sicher, daß wir das auf die Reihe kriegen, wir kennen uns schließlich lange genug.

Laßt's Euch gutgehen! Take it easy!

Werner

PS: Ich könnte Wetten darüber abschließen, wie oft er mich heute noch fragen wird, ob ich auch den Wagen abgeschlossen habe. Das war so ziemlich das erste gewesen, nachdem ich ihn nach unserem Weekend wiedergetroffen habe. Und er hat sich nicht die Bohne dafür interessiert, was ich nun in diesen drei Tagen gemacht habe. Er hat nicht mal gefragt. Typisch. Ciao for now.

XV.
DESIGN FOR LIVING

Y cuándo vuelve el desaparecito – cada vez que los trae pensamiento.
(Wann kehrt ein Verschwundener zurück? Immer, wenn die Gedanken ihn zurückholen.)

– Rubén Blades

Wieder so eine von Werners Geschichten! Ob er sich möglicherweise zum Alleinunterhalter berufen fühlte? Säntimäntl hatte Werner lediglich als Fahrer eingestellt, wenn er sich recht erinnerte. Und nun Dauergespräche als Dankesbekundung, wie bei den Autostoppern? Egal was – Hauptsache daß!?

Was, zum Beispiel, ging ihn die Geschichte dieses honduranischen Freiheitskämpfers an? Er war nie in Honduras gewesen und hatte keinesfalls das Gefühl, Wichtiges versäumt zu haben; filmisch war es wahrscheinlich höchst unergiebig.

Was kümmerte es ihn, daß die Reiterstatue in der Hauptstadt, die die Honduraner so verehrten, eben nicht jenen Freiheitskämpfer darstellte, sondern einen Marschall Napoleons? Eine Delegation honduranischer Würdenträger hatte die Figur bei einem Trödler in Frankreich erstanden – nachdem sie das Geld für das Denkmal ihres Helden anderweitig verpraßt hatte? Und selbst wenn diese Geschichte – die Werner mit einem Gesicht, das sofortige Wahrheitsbestätigung mit Garantiekarte verlangte, erzählt hatte – den Tatsachen entsprach: was hatte er damit zu tun, mit der Verehrung eines Irrtums?

Er hatte!

»Ist Ihnen nie in den Sinn gekommen, daß es sich bei Ihrem heißgeliebten Drehbuch *nicht* um einen echten Lubitsch handeln könnte?« fragte Werner.

»Nein«, sagte Säntimäntl patzig.

»Meines Wissens hat er nie Drehbücher geschrieben, schon gar nicht kurz vor seinem Tod, da hatte er genug mit seiner Gesundheit zu tun.«

»Was wissen Sie davon? Ich beschäftige mich seit zehn Jahren mit dem Thema.«

»Jaja – die Masse macht's wohl!«

»Dieses Drehbuch ist etwas ganz Besonderes, eben durch seine Einzigartigkeit. Er hatte doch Erfahrung, warum sollte er nicht in der Lage gewesen sein, Drehbücher zu schreiben? Und überhaupt: Wer sollte so was denn fälschen und, vor allem, warum?«

»Ich sage ja nicht, daß es gefälscht sein muß. Ich meine nur – es wurde doch damals geklaut, oder?« Werner runzelte die Stirn.

»Soweit ich weiß, ja.«

»Nun, dann kann es jemand mitgenommen haben, nur weil es gerade herumlag. Es muß nicht von Lubitsch gewesen sein. Es war nur bei Lubitsch!«

»Und was will Mittsalänen damit?«

»Nun – Sie zum Beispiel wollen das Buch, ob echt oder nicht, auch als Einstieg in die Branche benutzen. Das soll doch Ihr Coup werden, der Ihnen die nötige Publizität sichert. Aber was ist, wenn Sie das Ding tatsächlich in die Finger kriegen, an die Öffentlichkeit bringen und die Experten sich drüber hermachen und feststellen, daß möglicherweise nur irgendein kleiner Hollywood-Schreiber von Lubitsch den Auftrag ...?«

»Papperlapapp! Lubitsch hätte niemals Aufträge an kleine Schreiber erteilt. Was reden Sie da? Er brauchte nur mit dem Finger zu schnippen und ein Heer namhafter Autoren ...«

»Wie gesagt: die Masse macht's anscheinend!« stellte Werner fest.

»Konzentrieren Sie sich lieber auf Ihre Arbeit! Sie glauben doch nicht im Ernst, daß so viele wichtige Leute hinter dem Buch eines kleinen Schreibers her sind, Sie denken wohl nicht, ich würde wochenlang durch die Weltgeschichte fahren, um hinter einem Gespenst herzujagen?«

Nicht mal eine simple »Whodunit«-Diskussion läßt er gelten, dieser Zausel! Und immer wieder diese fatale Verwechslung von Aufwand und Inhalt! Viele Leute ... wochenlang ... Säntimäntls Message war doch unterste Schublade! Also gut, wieder Dienst nach Vorschrift, dann lieber wirklich wieder auf die Arbeit konzentrieren. Da konnte er wenigstens denken, was er wollte. Ein seltsamer Patron und ein Irrsinns-Trick, Tatsachen zu schaffen: man degradiert ein Phantom zur Realität, indem man einfach lange genug daran glaubt.

XVI. DÄMMERUNG IM ABENDLAND

Ich meine, die meisten Filme sind einfach die verlängerten Träume der Zuschauer.
– Marlon Brando

Der Eiserne Vorhang war diesmal weniger eisern, sie passierten ihn ohne Schwierigkeiten, es dauerte nur seine Zeit. Pässe und Visa waren in Ordnung, Säntimäntl und Werner glichen sogar ihren Paßfotos, und Isettas ließ man diesmal anstandslos ins Land.

Es ging gemächlich voran, denn die Straßen waren von Akne befallen. Es war heiß, stickig, die Landschaft im Sonnenlicht gelbstichig. Werner war müde und krampfte sich ans Lenkrad. Grenzen verlangen Kraft und Nerven als Eintrittsgeld. Klar: neues Spiel, neues Glück, Mittsalänen, das Drehbuch, vage Hoffnungen, Endspurt im letzten Drittel, kräftige Impulse. Trotzdem: er war geschafft.

»Wenn es nur irgendwo einen Adrenalinautomaten gäbe!«

»Nehmen Sie eine von Ihren Veilchenpastillen.«

»Ausgegangen.«

»Zu bedauerlich.«

Die Landschaft war launenhaft, wechselte schlagartig von zerstückelten Industriezonen zu menschenleeren Regionen. Schnitte in atemberaubendem Tempo. Entgegen seiner sonstigen Gepflogenheiten als Orientierungsgenie verfuhr sich Werner sogar und mußte irgendwann voll in die Eisen steigen, weil er nur noch grün sah: sie befanden sich in einer Sackgasse.

»Wenn ich eine Kuh wäre, würde ich mich jetzt hier ins Gras stürzen. Aber viel lieber will ich ins Hotel, und zwar zügig! Die haben sie wohl nicht alle, die Straße hier einfach so enden zu lassen! Scheiß Planwirtschaft!«

Säntimäntl sah sich um: Wiesen, wohin das Auge reichte, von Wäldern umsäumt, eine Orgie in Grün.

»Wieso Planwirtschaft? Nicht mal wir haben einen Plan. Allerdings sehe ich auch keinen Grund, die Straße hier weiterzuführen. Wohin?«

Werner wendete und fuhr mürrisch zurück. Das würde seine Position auf längere Sicht schwächen. »Nirgends beschildert«, brummte er.

»Wer will hier auch schon hin?«

Es gab mehr Bäume, als eine Fußballmannschaft Haare auf dem Kopf trägt. Selten mal ein Haus, geschweige denn ein Dorf. Dabei konnte es gut möglich sein, daß die Wälder mit Soldaten nur so gespickt waren, die in ihren Tarnanzügen nicht auffielen. Und unter den lieblichen Matten konnten sich Hunderte von Raketen verbergen, aufgereiht wie Orgelpfeifen.

Einmal teilte sich der grüne Vorhang, gab den Blick auf eine ehemalige Weide mit einer kleinen Halle aus Backstein nebst riesigem Fabrikschlot frei; es sah aus, als hätte ein Unternehmer seine Zigarre mit der Glut nach oben in einen Teller Spinat gesteckt. Von weitem sehen Fabrikschlote wie Raketen oder Kirchtürme aus. Aber Unternehmer gab es hierzulande ja keine, und Kirchen waren höchstens geduldet. Nur mit Raketen kam man gut zurecht.

Werner war erledigt, auf Zero. Die Rumgurkerei und die Hitze hatten seine Energien aufgebraucht. Null Bock. Wenn er nur an diesem elenden Lastwagen vorbeigekommen wäre! Hinter dem zokkelte er nun schon gut eine Stunde her, wenn nicht noch länger. Ein riesiges Getüm mit hellblauer Lackierung und gelben Planen und einem steten Strom stinkender Abgase. Pfui Deibel. Eine Verfolgungsjagd in Zeitlupe, ein Floh, der einem Hund hinterher läuft. Es war wie in »Über den Dächern von Nizza«, nur nicht so hoch; wie in »Bullitt«, aber nicht so schnell; oder wie in »Der Dritte Mann«, nicht ganz so tief und vor allem viel, viel langweiliger. Endlich verlief die Straße mal ein Stück geradeaus, keine Kurven mehr, sofort ausscheren, die ersten Hinterräder passieren, die Doppelachse, in der

Ferne klebte plötzlich ein schwarzer Punkt am Horizont, nicht größer als ein Floh, die Vorderräder des Anhängers, und schon fing Säntimäntl zu stottern an, gestikulierte aufgeregt, zeigefingerte durch die Windschutzscheibe – Schnauze, das pack ich schon –, Zentimeter um Zentimeter, ein harter Fight, nun waren sie fast in Höhe der Anhängerkupplung. Werner rutschte auf seinem Sitz herum, fluchte schließlich, denn der Floh in der Ferne wuchs rasch und gab sich als Auto zu erkennen, was sonst? Er nahm Gas weg, ließ sich zurückfallen – würde es reichen? Mit einer raschen Drehung des Lenkers scherte er auf die rechte Spur zurück, und keine drei Sekunden später brauste ein stattlicher schwarzer Tatra an ihnen vorbei. »Ein Tatra«, sagte er.

Säntimäntl tupfte sich mit einem Taschentuch den Schweiß von der Stirn und hielt sich an seiner Zigarette fest. »Mein Gott, wollen Sie uns umbringen?«

»Ich wollte nur diesen verdammten Laster überholen. Ich will nicht stundenlang ...«

»WELCHEN LASTER?«

»Welchen Laster, welchen Laster? Na, *den* da!«

Er deutete durch die Panoramascheibe – ins Leere.

Da war nichts, jedenfalls nichts, was einem Lastwagen im entferntesten ähnelte. Kein Laster weit und breit, nur das übliche Grün-Grau-Gemisch.

»Halten Sie an!« befahl Säntimäntl in einem Tonfall, der keinen Widerspruch duldete. »Halten Sie augenblicklich an! Sie sind wohl nicht ganz klar! Fata Morganas dulde ich nicht. Was denken Sie sich eigentlich?«

»Aber ...« Weiter sprach Werner nicht. Er setzte den Blinker und bremste ab. Er stützte sich mit den Ellenbogen auf das Lenkrad und hielt seinen Kopf in den Händen. Leise beschwor er das Lenkrad: »Aber wir sind doch die ganze Zeit hinter einem Laster hergefahren? Oder spinne ich? Ein hellblauer Laster mit gelber Plane, ziemlich schmutzig, und stinken tat er auch! Mit der Isetta habe ich halt nicht genug Feuer unter dem Hintern!«

»Sie fantasieren! Wir machen eine Pause. Meinetwegen können Sie sich an Ort und Stelle ins Gras stürzen, selbst wenn sie keine Kuh sind! Schlafen Sie ein paar Stunden. Und danach reibe ich Ihren Nacken tüchtig mit Franzbranntwein ein, damit Sie wieder zu sich kommen. Ich habe nicht die mindeste Lust, mich von einem Besessenen in den Tod kutschieren zu lassen!«

Werner fuhr sich durch die Haare und trennte sich dann von seinen Händen. Die Finger hatten auf seinen Backen weiße Flecken hinterlassen. Die Haare fielen über seine Schulter, er hatte das Gummi zerrissen.

»Und da war wirklich kein Laster?«

»In den letzten beiden Stunden haben wir höchstens fünf Autos zu Gesicht bekommen, drei davon Militärfahrzeuge. Und diesen wunderschönen Tatra. Oh, das hätte einen erstklassigen Zusammenstoß gegeben, ein Foto auf den Titelseiten aller Oldtimer-Magazine. Sie haben Halluzinationen, vielleicht macht das der Veilchenpastillenentzug!«

Werner atmete tief durch. Vielleicht sollten wir auch einfach mal kürzere Etappen fahren. Er kletterte hinaus ins Freie und setzte sich an die Böschung. Er sah sich nicht einmal nach einer Parkmöglichkeit um. Wozu auch? Eine Isetta nimmt selbst auf einer kleinen Straße nur wenig Platz in Anspruch: sogar ein Lastwagen konnte leicht an ihr vorbeikommen, ohne die Spur verlassen zu müssen. Es kam aber keiner, die ganze Zeit nicht. Trotzdem war er verdammt sicher, daß Morganas nicht der richtige Plural war.

Vor Jahren hatte Mittsalänen ein Hotel in höchsten Tönen gelobt und dabei geradezu in seiner eigenen Beschreibung gebadet. Ein altes Hotel, in dem sich seit der Jahrhundertwende kaum etwas verändert haben sollte, von den Preisen abgesehen. Belle Époque in Reinkultur. Das Festival selbst sei zwar nicht so großartig, nur ein Studentenfestival mit Nachwuchsregisseuren, aber allein das Hotel würde die Anreise lohnen. Vom Balkon des fünften Stockwerks könne man getrost darüber hinwegsehen.

Ein gutes Hotel – genau! Gemütliche, weitgehend schallisolierte Wände, funktionierende sanitäre Anlagen in glitzerndem Silber, Räume mit Charme und Stofftapeten und Individualität trotz modernem Komfort.

»Ein Hotel, in dem man nicht hört, wenn der Nachbar ins Waschbecken pinkelt«, schwärmte Säntimäntl.

»Und wo man sich beim Frühstück an den antiken silbernen Kaffeekännchen die Flossen verbrennt«, schwelgte Werner.

»Überhaupt! Ein richtiges Frühstück für mündige Bürger! Keine Plastikrationen!«

»Keine quietschenden Betten. Und harte Matratzen!«

»Ja, dann könnte ich endlich einmal den Franzbranntwein im Koffer lassen. Und eine Hausbar sollte es auch geben, in der man mit kultivierten Menschen Alkohol trinken kann bis es wieder hell wird.«

Es war alles nur eine Frage der Motivation!

Sie hatten die psychologischen Steigeisen wiedergefunden, das Sicherungsseil, und schlugen geistige Karabinerhaken in den Berg ihrer Probleme. Auf geht's! Während die Isetta sie ihrem Ziel entgegenschaukelte, schaukelten sie sich gegenseitig in Hochstimmung. In einem kleinen Dorf deutete Säntimäntl auf eine Telefonzelle.

»Vielleicht könnte eine Reservierung nicht schaden«, grinste Säntimäntl spitzbübisch. »Lassen Sie mich das gleich mal versuchen! Das Hotel steht bestimmt im Telefonbuch!«

Wenig später kam er zum Wagen zurück, um sich von Werner Kleingeld geben zu lassen. Bald hat er den Hat-Trick, dachte der. Die Nummer fand Säntimäntl immerhin auf Anhieb. Er brachte sogar eine Verbindung zustande. Die Stimme am anderen Ende der Leitung teilte ihm nach anfänglichen Verständigungsschwierigkeiten mit, daß tatsächlich noch Zimmer frei seien, natürlich per Zufall, in der Regel sei man ausgebucht in dieser Jahreszeit, vor allem jetzt während des Festivals, aber eben zufällig sei gerade heute morgen ein Zimmer telefonisch abgesagt worden.

»Wie finden wir denn zu Ihnen?« fragte Säntimäntl. Eine andere Frage lag ihm auf der Zunge, die zu stellen er nicht wagte. Sie betraf diese Abbestellung. Wehe!

»Oh«, antwortete die Stimme, und Säntimäntl stellte sich dazu einen würdigen, älteren Herrn in blauem Anzug vor, »das ist bittaschän sehr schwierig zu erklären. Haben Sie Adresse?«

Säntimäntl bejahte und malte kleine Kringel in das Telefonbuch neben bereits vorhandene. Kringel sind international. Es folgte eine längere Wegbeschreibung inklusive der üblichen rechts/links-Verwechslungen, von der Säntimäntl nichts begriff. Das wäre besser Werners Business gewesen.

»Das ist wirklich sehr kompliziert«, sagte er.

»Bittaschän. Sie rufen am besten zweites Mal an, wenn Sie in Stadt«, sagte die Stimme freundlich.

»Ja, das werde ich«, sagte Säntimäntl. »Vielen Dank!«

Er war gerade im Begriff, den Hörer wieder einzuhängen, als die Stimme sagte: »Ich gebe Ihnen Nummer!«

Säntimäntl runzelte die Stirn. »Die habe ich doch. Ich habe doch Sie angerufen!«

»Bittaschän. Vielen Dank. Habe die Ehre!«

Sie gelangten in die endlosen Vororte, in denen Städte üblicherweise vor sich hinplätschern – Friedhöfe, Autofriedhöfe, kleine Häuser, die man vom Monopoly her kennt. Rotphasen, Grünphasen – irgendwann ging es nicht mehr weiter: Straßensperre, uniformierte Beamte, Sirenen, die greinten, schnell vorbeifahrende Autos in gellendem Orange, blaue Lichter. Das allgemeine Interesse konzentrierte sich auf ein mehrstöckiges Gebäude, das die Erinnerung an überdimensionale, übereinandergestapelte Zuckerwürfel wecke. Dicke Rauchschwaden stiegen daraus empor.

»Würfelzuckerbäckerstil«, sagte Säntimäntl.

»Und zwar brennend«, sagte Werner, der die Lage gleich erfaßt hatte.

Bei den Zuckerwürfeln handelte es sich um ein Hotel, besser gesagt um einen Hotelkomplex. Na servus! Werner hätte darauf wetten können ... Wenn der kleine Mann sich einmal eine Freude machen will! Die Wette hätte er verloren, denn es handelte sich nicht um ihr Hotel. Sie folgten der Umleitung. An der nächstbesten Telefonzelle stoppte Werner. Säntimäntl schlug Werner vor, daß er sich diesmal um die Wegbeschreibung kümmern sollte, die Telefonnummer hatte er leider in der vorherigen Telefonzelle liegenlassen.

Ein Prachtbau! Trivialluxus vom Feinsten! Werner schnallte die beiden Koffer vom Dachgepäckträgerchen und trug sie in die bahnhofsartige Eingangshalle, in der unzählige Menschen durcheinander wirbelten. Sie durchmaßen den Saal zielstrebig und fanden sich am Ende einer Riesenschlange wieder, die sich langsam zur Rezeption hin verkürzte.

»Bittaschän?«

Endlich kamen sie dran. Säntimäntl glaubte, die Telefonstimme identifizieren zu können. Wie vermutet, paßte sie zu einem älteren Herrn, der allerdings statt des blauen Anzugs dezente grüne Livree trug. Er saß gebeugt über einem riesigen Journal, anscheinend der Belegungsplan, mit unzähligen Spalten, Ziffern und Namen, mindestens so breit wie die Tastatur einer Orgel.

Eine Orgel hätte wunderbar in die Halle gepaßt. Sie war zwar so groß wie ein Bahnhof, aber so konnten Bahnhöfe höchstens vor der Erfindung der Eisenbahn ausgesehen haben. Es ist nicht originell, Bahnhöfe mit Kirchen zu vergleichen, aber hierfür benötigte man gleich einen ausgewachsenen Dom. Hohe, weißgetünchte, unbefleckte Wände, in manchen Nischen mit dunklem Holz getäfelt; mächtige dickleibige Säulen, die sich gen Himmel reckten, der hier aus einer gewölbten Decke bestand. Die Telefonkabinen machten Beichtstühlen Konkurrenz, die Kronleuchter den Opferkerzen, die Porträts früherer Besitzer den Heiligenbildern, der einzige Spucknapf den Weihwasserbecken und die Rezeption einem Altar, von wo aus der Empfangschef seine Messe zelebrierte und den Pagen, seinen Meßdienern, die Anweisungen gab. Ein überschwengliches

Dekor, schlimmer als bei Cecil D. de Mille, nirgendwo hatte man mit Ornamenten oder Goldlack gespart. Nur den Gläubigen ging jedwede Ehrfurcht ab. »Vom Samt zum Filz ist es nicht allzuweit,« war ein oft gehörtes Sprichwort.

»Bittaschän?«

»Ich hatte zwei Zimmer bestellt, vor etwa zwei Stunden, telefonisch«, sagte Säntimäntl mit der Selbstverständlichkeit eines Mannes, der erwartet wird.

Der Empfangschef verzog schmerzlich das Gesicht.

»Leider«, sagte er mit caritativem Unterton und erhob sich. Ein Sitzriese. »Hotel Palace – große Katastrophe. Feuer.« Er hob bedauernd die Schultern. Seinen Schnurrbart hatte er mitfühlend nach unten gezwirbelt. In seinen Augen lag aller Kummer dieser Welt. Selbst das graue Haar wirkte traurig.

»Hier rieche ich nichts. Wir sind doch im Astoria, oder nicht? Und ich habe ein Zimmer bei Ihnen bestellt, obwohl mir zwei eigentlich lieber gewesen wären. Aber das macht nichts. Ich möchte gerne den Schlüssel. Das mit dem Palace tut mir leid.«

»Mir tut leid. Kollege, verstehen? Mittlerweile, Palace Feuer, verstehen?«

»Ich verstehe überhaupt nichts«, sagte Säntimäntl unwirsch. »Mir tut es wirklich leid mit dem Palace, wenn Sie soviel Wert darauf legen, ich unterschreibe auch Solidaritätsadressen, wenn es sein muß, aber jetzt würde ich gerne auf mein Zimmer!«

»Palace großes Luxushotel, ganz modern, mein Herr. Achthundert Betten. Alle Gäste evakuiert. Wir haben Palace-Gäste, Slovan hat Palace-Gäste, Interhotel hat Palace-Gäste, alle Hotels haben Palace-Gäste, verstehen Sie? Achthundert Personen! Alle Pensionen, sogar Privatmenschen haben Palace-Gäste, sogar extra Zelte auf Campingplatz!«

»Aber ...«

»Bittaschän! Katastrophe, leider, hohe Gewalt!«

Säntimäntl blickte ratlos um sich: jetzt verstand der das Getümmel in der Halle besser. Ganze Familien saßen mit verschreckten oder ungläubigen Mienen auf ihren Koffern. Menschen schnatterten aufgeregt durcheinander. Uniformierte standen mit düsteren Gesichtern in kleinen Grüppchen beisammen, die Hände auf den Rücken verschränkt, und hielten Lagebesprechungen ab. Ab und zu huschte eine Rotkreuzschwester durch das Bild.

Eine Hotelhalle ist internationales Gebiet und sollte eigentlich der UNO unterstellt sein. Deshalb war Säntimäntl das allgemeine Chaos zunächst nicht weiter aufgefallen. Normalerweise ging es da immer zu wie in der Lounge des Turmbaus zu Babel. In allen Ritzen wehte der Duft der großen, weiten Welt: parfümgeschwängert, volldeodoriert, durchlauferhitzt und aktivkohlegefiltert.

Um einem Wutausbruch Säntimäntls zuvorzukommen, der die Uniformierten möglicherweise aus ihren wichtigen Gesprächen herausgerissen und am Ende gar eine Rotkreuzschwester auf den Plan gerufen hätte, intervenierte Werner. »Was können Sie uns empfehlen?« fragte er am nonchalanten Lächeln des Empfangschefs vorbei.

Der Empfangschef ließ sich wieder in seinen Stuhl fallen. Er nagte eine Weile an seinem Bleistift und ließ dann hörbar Luft ab. Sein Gehirn schien alle noch verbliebenen Möglichkeiten abzurufen. Schließlich hellte sich sein Gesicht auf wie ein Fernseher nach Sendeschluß.

»Warum Sie nicht gehen in Nachtklub?« schlug er scharfsinnig vor. »Ich könnte Ihnen empfehlen sogar, sehr guter Nachtklub!«

»Aber die schließen doch auch mal irgendwann!«

»Sehr wohl!«

»Und dann?«

»Nacht wird sehr warm. Warum Sie nicht schlafen draußen?«

»Ist denn das erlaubt?«

»Nein.«

Säntimäntl begann, mit dem rechten Zeigefinger nervös auf die Tischglocke zu tippen. Der Empfangschef schob sie mit gequältem Lächeln außer Reichweite. Seine Augen schimmerten feucht. Er schien ernstlich betrübt.

»Und was passiert, wenn man es trotzdem macht und dabei erwischt wird?« Werner konnte ja den Dingen gnadenlos auf den Grund gehen.

»Muß man mitgehen auf Wache. Aber, warum nicht? Dort Sie hätten Dach über Kopf. Die Nacht wird heiß, aber vielleicht es gibt Gewitter! Vielleicht Sie müssen zahlen Strafe!«

»Ist die höher als der Zimmerpreis bei Ihnen?«

»Geht nicht, aber fast. Soll ich anrufen und fragen, ob was frei ist? Vielleicht Sie gehen direkt dorthin, ohne Umweg.«

Säntimäntl schlug mit der Faust auf den Tresen.

»Nein. Ich möchte selber telefonieren! Ich habe hier in der Nähe einen Bekannten!«

»Bittaschän. Dort hinüber!« Der Empfangschef deutete auf die gegenüberliegende Ecke.

Säntimäntl eilte mit fliegenden Rockschößen vom Altar zu den Beichtstühlen und verschwand in einer der Türen. Es dauerte eine Weile, bis er wieder zwischen den Ornamenten heraustrat, mit einem Gesicht, als hätte ihn der Beichtvater zu vierzigtausend Vaterunser ohne Bewährung verurteilt. Werner entnahm dieser Miene augenblicklich, daß ihres Bleibens hier keiner Sekunde länger bedurfte; es galt, einen Eklat zu verhindern. Schnell klemmt er beide Koffer unter den Arm. Mit freundlichem, aber bestimmtem Drängen bugsierte er Säntimäntl ins Freie. Der schnappte nach Luft.

»Der hat wohl auch die Weisheit mit Löffeln gefressen!« japste er. »Mit Espressolöffeln. Hätte mir doch gleich sagen können, daß das ein Aufzug ist und keine Telefonzelle!«

»Ich nehme an, daß Sie Ihren Bekannten also nicht erreicht haben?« fragte Werner mitfühlend.

»Ach was, im fünften Stock war ich! Ich habe die Nase voll. Weg hier, bevor mir noch der Mittelfinger schwillt!«

Werner verstaute die Koffer wieder da, wo er sie vor einer knappen Stunde weggenommen hatte. Säntimäntl biß auf einem Zuckerstück herum und beschäftigte sich selbstvergessen mit seinem Adrenalinspiegel.

»Wer immer gesagt hat, daß es sich bei diesem Volk um lachende Bestien handelt – unrecht hat er damit nicht gehabt«, resümierte er, als sie beide in der Kabine saßen und Werner sich mit einem Kavalierstart vom Astoria verabschiedete. Irgend jemand in Wien hatte das damals behauptet.

Es war noch hell, als sie den Aussichtspunkt erreichten. Drunten im Tal lag die Stadt wie ein achtlos hingeworfenes Hemd. Säntimäntl hatte auf einem Ort bestanden, der eine gute Aussicht auf die Stadt ermöglichte: Unbeliebte Schauplätze von oben herab zu betrachten, schien zu seiner neuesten Therapie zu werden.

Aussichtspunkte sind ohne Türme oder Denkmäler kaum vorstellbar. Folglich saßen sie zu Füßen eines Denkmals irgendeiner bedeutenden Persönlichkeit: das Schild konnten sie nicht entziffern.

Stante pede hatten sie die Stadt verlassen, waren zahllose Wald- und Feldwege bergan gefahren. Herunterhängende Äste hatten der Isetta Ohrfeige um Ohrfeige versetzt. Das Denkmal lag verlassen – für Touristen und Kurgäste war es wohl schon zu spät, und die Filmleute hatten bessere Aussichten. Strahlend blauer Himmel, der sich allmählich rötlich einfärbte. Unweit ihrer Fußspitzen fiel der Berg steil ins Tal ab; hinter dem Denkmal breitete sich eine riesige Wiese aus, die einem 18-Loch-Golfplatz vorzüglich gestanden hätte. Aber ein Golfplatz im Sozialismus?

»Immerhin gibt es hier kein Fernrohr, das nicht funktioniert«, stellte Säntimäntl fest. Peu à peu machte ihn die Reise zu einem Menschen, der seine Sätze mit »immerhin« begann. Noch war nicht alles verloren.

»Hätten Sie denn Kleingeld gehabt?« erlaubte sich Werner zu fragen. Er hatte alle Vorsicht fallenlassen, denn Säntimäntls Stimmung war umgekippt, von einem Extrem ins andere, willkommen im Land der positiven Hysterie!

Eine eitel Sonnenuntergangsstimmung, in der sie sich über ihre Notvorräte – zwei Büchsen Ravioli, einen Karton Bier und eine Flasche Birnenschnaps – hermachten. Mit einem satten »Prokofjew« sprang der erste Büchsendeckel hoch.

»Kalte Ravioli aus der Dose«, meinte Werner, während er den Büchseninhalt in sich hineinbaggerte, »das ist noch so eine Sünde, die ich vergessen habe zu begehen!«

Diese Formulierung kam Säntimäntl vage bekannt vor. Über den ersten Flaschen Bier vergaßen sie allmählich die Enttäuschung des Tages. Wenn die anderen nicht wollten – ganz einfach: dann wollten sie auch nicht. Volle Verweigerung. Punkt. Und dieses Idyll hier war nicht schlecht, wahrhaftig! Es zeichnete sich vor allem durch das Ausbleiben alltäglicher Belästigungen aus: keine Kellner, keine lärmenden Gäste, keine Zeitungs- oder Blumenverkäufer. Keine Musik, kein Klappern von Geschirr. Nur das Scheppern zweier Dosen. Unruhig wurden sie bloß, wenn von irgendwo ein Motorengeräusch anschwoll – wie jugendliche Ausreißer, die schon die Hubschrauber über sich wähnen. Aber die Miliz hatte in der Stadt bestimmt genug zu tun.

»Das mit dem Hotel ging ja wohl volle Socke daneben!«

»Volle Socke?«

»Volle Socke!«

»Soso. Jaja ... hm. Aber wissen Sie was? Im Augenblick ist mir das mit dem Hotel schnurzpiepe. Grad egal ist mir das! Sagen Sie – was kostet die Welt? Und können Sie auf einen Zehner rausgeben?«

So saß er da, Säntimäntl, mit übereinandergeschlagenen Beinen, wie ein Nebenerwerbs-Buddha, querfeldein rauchend, mit guter Laune aus heiterem Himmel. Bei der Bewältigung einer Kette von Enttäuschungen war Routine bestimmt nicht das Schlechteste.

Die Natur als Volkslied, und bald waren beide angeheitert wie ein irisches Gesangsquartett. Die Bäume, und diesmal störte es Säntimäntl nicht weiter, waren grüner als die Männchen in Fußgängerampeln. Gerüche breiteten sich aus, wie man sie nur vom Hören nach aus dem Werbefernsehen kannte. Ein Raubvogel versuchte linkisch, einen Segelflieger nachzuäffen. Geräusche, die nichts mit Lärm gemein hatten: gefiederte Krakeeler, die von Ast zu Ast hüpften, unsichtbare Leisetreter, die durch das Laub raschelten. Dazu das beschwingte Sirren der Stechmücken – klatsch! Einmal sprang ihnen ein Eichhörnchen genau vor die Füße. Säntimäntl und Werner mucksten sich nicht. Das Eichhörnchen putzte sich hier und dort, verharrte einen Augenblick in Mißtrauen, um gleich darauf an sich weiterzunagen, frischwärts, völlig unbefangen. Einem Fellini-Clown nicht unähnlich glotzte es dann mit großen Augen in den Abend und kümmerte sich weder um die zwei Paar Füße noch um den kleinen, rot-weißen, runden Gegenstand, neben dem es hockte: eine Cola-Dose. Wie mochte die sich hierher verirrt haben? Welche Wege nehmen die Dinge? Ein Fall für Marlowe. Wie kam ein kleines, grünes Buch in die Hände von – ausgerechnet! – Attila Dobos? Gut, seine Mutter hatte einige Zeit in Hollywood verbracht, ein vielversprechendes Nachwuchstalent über Jahre hinweg. Aber ein Lubitsch-Skript und Dobos paßten Säntimäntls Meinung nach ebensowenig zusammen wie eine Cola-Dose und ein Eichhörnchen oder eine Ravioli-Dose und derlei Betrachtungen. Schade, daß man Situationen nicht einfrieren und an klareren Tagen wieder auftauen kann. Ob die Cola-Dose aus Hollywood stammte? Nein, die stammen ursprünglich aus Atlanta/Georgia. Finanzieren allerdings Columbia-Filme. Lubitsch hat nie für Columbia gearbeitet, es sei denn, er hat Cola getrunken. Redlich ernährt sich das Eichhörnchen oder so ähnlich. Sperrsitz im Naturkino.

»Das mit der Cola-Dose fand ich am besten«, meinte Säntimäntl schwerfällig, nachdem das Tier weitergehuscht war. »Das war Folklore.«

»Erste Sahne«, bestätigte Werner, der Naturkenner. »Wer, bittaschän, zeichnet verantwortlich für visuelle Effekte?«

Wenig später sahen sie einen Hasen, der flink wie ein Balljunge in Wimbledon über die Wiese hoppelte. Wo war der Fuchs, dem man gute Nacht wünschen konnte? Ordentlich Nacht wurde es eh nicht, mehr Sterne als am Himmel ...? Nein, aber bestimmt mehr als auf diesem Festival. Glühwürmchen flimmerten leichtflüglig herum wie auf einem Notenblatt Smetanas. Möglicherweise war er es, der da steinern über sie hinwegsah. Finken und Fichten, Amseln und

Ahorn, Blaumeisen und Birken vereinigten sich zu einer Kulisse, in der selbst die Isetta kein Fremdkörper war. Neben dem Denkmal stand sie wie ein possierliches Tierchen. Fehlte eigentlich nur noch ein Elch. Werner vermißte Elche überall, selbst da, wo sie nichts zu suchen hatten. Er hatte noch nie einen Elch in natura gesehen. Und wo eine Cola-Dose fehl am Platze war, wieso sollte da nicht auch ein Elch ...? Im Hintergrund jammerte lauthals eine Edgar-Wallace-Eule.

Drunten im Tal räkelte sich schlaftrunken ein Fluß. Gerade war die Stadt beleuchtet worden, sie war jetzt ein Punkträtsel.

»Ich könnte auch gut ohne Lichter auskommen«, bemängelte Werner die plötzliche Konfrontation mit der Außenwelt.

»Lassen Sie«, beschwichtigte ihn Säntimäntl. »Die Stadt da unten ist nichts weiter als ein Buddelschiff! Wunderschön anzusehen, aber nicht reinzukommen ... äh – was soll man auch in einem Buddelschiff?« Er stellte die nächste leere Flasche in den Karton zurück.

Um nicht ungebetene Gäste auf den Plan zu rufen, verzichteten sie auf ein Lagerfeuer. Es hätte wohl auch nicht lange gefackelt, denn das Gewitter hatte einen überaus überraschenden Auftritt: Hoppla, jetzt komm ich, und nach mir die Sintflut.

Die MGM-Reklame verschwand hinter dunklen Wolken. Ein erster Blitz zuckte, es grollte drohend, und der Regen ließ sich nicht lange bitten. Die beiden flüchteten in die Isetta, Werner brachte noch mannhaft den Alkohol in Sicherheit. Viel war nicht mehr übrig.

Der Regen schlug um in Hagel, als sachkundige Unwetterprofis enttarnten sie die Tennisbälle, die über ihrem Idyll niedergingen, schnell. Werners Außenwelt-Kritik wurde anscheinend vom Himmel abgesegnet, denn beim nächsten Blitz erloschen die Lichter in einem Teil der Stadt: Volltreffer im Umspannwerk. »Geschenke des Himmels sind meist mit Wetter verbunden«, sinnierte Säntimäntl und stieg aus der Kabine, den Birnenschnaps an sich gepreßt.

»Wenigstens wird unten der Brand jetzt vollends gelöscht!«

»Der Brand, der Brand«, sagt Säntimäntl und setzte die Flasche an.

I'm singing in the rain, wenn er jetzt eine Gene-Kelly-Imitation aufs Parkett legt, dachte Werner, wird's mir schlecht. Zu spät. Er schaute rasch weg. Es war eines jener üblichen Sommergewitter, die ebenso schnell verschwanden, wie sie gekommen waren. Bekanntlich zog Werner ja die Natur dem Kino vor – wenn auch der Unterschied nicht immer gravierend ausfiel. Ein Erlebnis in irgendeinem zurückliegenden Winter fiel ihm ein, er hatte es damals den »unheimlichen Abgang der Naßschneelawinen« getauft. Da hatte ein Mann sein Hausdach von den Schneemassen befreien wollen, indem er sie mit einem langen Besen in Richtung Regenrinne schob. Der Schnee machte sich schnell selbständig und sauste mit hoher Geschwindigkeit am Haus hinab – um unten nacheinander die Neonbuchstaben einer Metzgerei zu zertrümmern. Vor dem Haus hatte sich in gebührendem Abstand eine größere Menschenmenge versammelt. Erst wurde ein E abgeschossen, dann das R, das G und das M. Die Zuschauer sparten nicht mit Bravos und schrien nach Zugaben, waren aber kritisch genug, Fehlschüsse mit »Buh!« oder »Anfänger!« zu quittieren. Privatkino nannte er das, ein gelungenes Spiel für die ganze Familie. Als der emsige Mann bemerkte, daß da unten auf der Straße irgendwas sein mußte, was in direktem Zusammenhang mit seinem Schaffen stand, war nur noch das I übrig.

Wieso fiel ihm das gerade jetzt ein? Lag hier vielleicht Schnee? Ach so, Privatkino. Ob Säntimäntl noch tanzte? Nein. Er war völlig durchnäßt, was ihn aber nicht sonderlich zu stören schien. Nach dem letzten Schluck aus der Flasche gluckste er behaglich vor sich hin und sackte in anmutiger Trunkenheit in sich zusammen. Als hätte er Werners Gedanken erraten, hatte er noch kurz vorher geäußert, er hätte das Abendprogramm beeindruckender gefunden als so manches Festival.

»Das hätten die uns da unten niemals bieten können und – hups – vor allem so billig. Da schmecken die Ravioli sogar kalt. ›Mir ist eine gut gemalte Rübe lieber als eine monströs gemalte Madonna‹ oder so ähnlich. Das hat, glaube ich, Liebermann gesagt. Wie finden Sie das? Mit dem hatten wir mal eine Ausstellung, 1976, wenn ich mich nicht täusche, ist auch egal.«

»Aha«, sagte Werner.

»Diesen Ort muß ich Mittsalänen empfehlen!«

»Bitte wem?«

Säntimäntl putzte sich seine Nickelbrille. Er kniff die Augen zusammen.

Wohl doch kein Fensterglas, dachte Werner. So ein Gestell, da kann man hier im Osten bestimmt noch Eindruck mit schinden. Aber zu Hause? Und dann rumlaufen, als hätte er sich in einem der führenden Häuser Ost-Berlins eingekleidet. Hat er keine Freunde mit Geschmack? Hat er überhaupt welche?

»Darf ich Sie mal was fragen?«

Säntimäntl brummte schon.

»Was sagen Ihre Freunde eigentlich dazu, daß Sie ständig durch die Weltgeschichte reisen?«

»Wo?«

»Na, zu Hause«, sagte Werner. »Bei Ihnen!«

»Zu Hause«, sagte Säntimäntl schwerfällig, »zu Hause habe ich keine Freunde.«

»Wie erklären Sie sich das?«

»Was?«

»Na, daß Sie zu Hause keine Freunde haben!« Immer diese durchsichtigen Verzögerungsmanöver, dachte Werner. Demnächst bringt er vielleicht Werbung vor seinen Antworten.

»Hören Sie, Werner, ich bin viel zuviel unterwegs, was regelmäßigen Kontakten schadet, sie geradezu unmöglich macht.«

»Das kenne ich. Das funktioniert aber auch andersrum. Auf diese Art hält man sich auch Leute vom Leib. Sie müssen ja nun nicht immer unterwegs sein, oder?«

»Meine Freunde haben sich auf dem ganzen Globus verteilt.«

»Na prima – und warum besuchen wir dann nie welche?«

»Denen geht es wie mir«, sagte Säntimäntl leise, »die sind auch immer unterwegs.«

Schade eigentlich. Unterwegs gefalle ich meistens, dachte Säntimäntl. Da bin ich weltläufiger, logisch. Weiter Horizont, offenes Herz, sozusagen. Der Alltag hat gar keine Chance, Briefe ereilen mich nicht, auch keine kleinkalibrigen Telefonate, der Haushalt existiert nicht, zu Hause ist nur zum Wäschewechseln. Aber wer wäscht? Ich war lange genug zu Hause, jetzt brauche ich täglich meine Dosis Neuland. Da werde ich an nichts erinnert. Zu Hause – das bedürfte einer neuen Perspektive.

Manchmal träume er von einem eigenen Kino, sagte Säntimäntl, zweihundert Sitzplätze maximal, bequem, viel Fußraum, geschmackvolle Einrichtung und so weiter. Selbst wenn man im Dunkeln nicht viel sieht davon. Rauchen und Trinken könne man selbstverständlich, seinetwegen sogar Veilchenpastillen lutschen und im zugehörigen Café über die Filme diskutieren. Natürlich auch über andere Dinge, wenn es sein müsse, er sei da nicht kleinlich. Werkschauen wolle er machen, selbstverständlich mit einer Lubitsch-Retrospektive beginnen. Die Welt würde zu ihm ins Haus kommen, er müsse nicht dauernd mit dem Schmetterlingsnetz hinter ihr herjagen.

Werner bemerkte schelmisch, daß in Säntimäntls Kino wohl den Road Movies eine große Plattform eingeräumt werden würde; Filmen wie »Zabriskie Point«, »Easy Rider«, »Vanishing Point«, vielleicht sogar Trucker-Filmen.

Wie er denn auf so etwas komme, fragte Säntimäntl, und ob ihm denn keine aktuelleren Beispiele einfielen, seit den 60ern habe sich da einiges geändert.

Werner lächelte weiter: weil Säntimäntl als Besitzer eines Kinos selbst nicht mehr so viel reisen könne, und für ebensolche Leute seien solche Filme gemacht. Und ein perfektes Road-Movie-Kino sei so übel nicht, da könne man als Sitzgelegenheiten zum Beispiel Isettas nehmen. Ein überdachtes Autokino, gewissermaßen. Säntimäntl schüttelte nur unwillig den Kopf.

Wieso gefällt ihm der Vorschlag nicht? Er ist doch sonst so auf Design fixiert? Paff – eingeschnappt. Von wegen eine gut gemalte

Rübe lieber als eine monströse Madonna, das sagt höchstens was über seinen Kirchenhaß, ein Bekenntnis zum Einfachen ist es echt nicht. »Gut gemalt«, das ist die Message. Ist doch eine scharfe Ideen mit den Isettas, die nehmen nicht mal viel Platz weg. Bei ihm geht es immer erst um die Form, dann um den Inhalt. Äußerlichkeiten. Wie beim Glockengießen: erst die Form, dann der Guß. Quark. Als ob es nicht einem Arbeiter egal ist, ob die Wände der Fabrik, in der er malocht, wunderschön bemalt sind oder nicht. Vielleicht mag er Rüben auch, weil sie so klein sind. Von kleinen Dingen hat man nichts zu befürchten, dachte schon Goliath. Nur Äußerlichkeiten. Mode. Dabei sieht er selbst aus wie ein Existentialist aus dem allerletzten Räumungsverkauf. Und wie ein Vertreter der Neuen Müdigkeit.

Betrunken schlummerten sie dem Morgen entgegen, zusammengefaltet wie die Wäsche in den Koffern auf dem Dachgepäckträgerchen der Isetta.

»Wo zum Teufel habe ich meine Brille gelassen?« fragte Säntimäntl und wurstelte in der Ablage herum. »Ich kann sie nirgendwo finden. Draußen liegt sie wohl auch nicht?«

Werner verneinte. »Ich habe alle Spuren beseitigt, wie sich das gehört. Umwelt, gell.«

Säntimäntl durchstöberte seinen Koffer, tastete seine Jacke ab – nichts zu machen. Er öffnete die Türe, schnellte aus dem Sitz empor, stieg aber nicht aus, sondern stellte sich auf die untere Kante des Türrahmens und hielt sich an der oberen fest: Denkmal, Wiese, alles war noch vorhanden, nur die Sonnenbrille nicht mehr. Moment – war sie das? Die Sonne blendete ihn etwas, aber jetzt sah er sie: sie lag auf dem Dachgepäckträgerchen, ziemlich hinten. Er streckte sich danach und kam bis auf drei Zentimeter an sie heran, eine beachtliche Leistung.

»Ich komm nicht ran, sie liegt zu weit hinten«, ächzte er. »Fahren Sie ein Stück zurück!«

Werner tat, wie ihm geheißen, startete, legte den Rückwärtsgang ein, fuhr ein Stück zurück.

»Noch ein bißchen«, kommandierte Säntimäntl von oben und reckte sich. »Es reicht noch immer nicht!«

Seine geistige wie körperliche Beweglichkeit nach einer solchen Nacht waren bewundernswert, jedenfalls die Feinmotorik, auch wenn es ein wenig nach unrhythmischer Sportgymnastik aussah. Das zusammengefaltete Schlafen hatte keine Probleme bereitet – nur das Auseinanderfalten! Ihre Gesichter hatten eine ähnliche Art von Hunzligkeit aufgewiesen, mit kleinen Augen hatten sie aus ihrer Wäsche in den verspäteten Morgennebel hineingeblinzelt: es war schon fast Mittag.

Werner bremste abrupt, die Brille fiel zu Boden. Als Säntimäntl wieder im Wagen saß und sie schon einige Kilometer gefahren waren – ein bißchen Festivalluft wollten sie sich als Nachspann schon gönnen –, stellte Säntimäntl fest, daß es um seine geistige Verfassung doch nicht zum Besten stand. Es war wie damals im Kino mit der Sehschneise: Traum oder nein? Irgend etwas bei dieser Episode eben erschien ihm unlogisch. Werner konnte ihm auch nicht helfen.

»Ich bin heute morgen auf einer total anderen Umlaufbahn. Sie müssen schon entschuldigen.«

Morsche Knochen, schaler Geschmack. Zahllose Mückenstiche, die keine Langeweile aufkommen ließen; Franzbranntwein drüber. Nicht gerade ein günstiger Start in den Tag. Noch ungünstiger, daß die Isetta auch nicht ihren besten Tag erwischt hatte: sie blieb irgendwann einfach stehen und gab keinen Muckser mehr von sich.

»Na servus!« sagte Werner, hütete sich aber, das Geheimnis zu lüften: Spritmangel. »Elende Scheißkarre!« rief er stattdessen empört und trat vehement gegen einen Kotflügel. Das würde Säntimäntl bestimmt ablenken.

»Ausgerechnet hier, mitten in der Walachei!« Schieben half nichts, denn die Walachei führte gerade bergauf. Und wer konnte garantieren, daß es dahinter ordentlich bergab ging und nicht ein weiterer Hügel auf sie lauerte? Ihre Kraftreserven waren ebenso aufgebraucht wie das Benzin. Das einzige, was in Frage kam: warten. Motorengeräusche, die sie am vorherigen Abend noch gefürchtet hatten, sehnten sie jetzt herbei.

Stunden von gravierender Belanglosigkeit schmolzen in der Sonne. Nichts. Nicht das leiseste Motorengeräusch. Nur ein paar Tiere keckerten in den Bäumen.

Es war fast schon wieder Abend, als sie endlich jemand weckte. Sie hatten den Jeep nicht kommen gehört: die Jungs von der Miliz. Zum Erschrecken war keine Zeit mehr, außerdem waren sie viel zu verschlafen. In dieser Nacht mußten sie notgedrungen auf den Vorschlag des Astoria-Empfangschefs zurückgreifen. Irgendein militärisches Sperrgebiet lag in der Nähe ihrer Panne. Sie hätten Spione sein können. Spione heutzutage traten in den abenteuerlichsten Tarnungen auf. Warum nicht in einer Isetta als fahrendem Periskop? Die Isetta wurde abgeschleppt, und Säntimäntl und Werner mußten Fragen über Fragen über sich ergehen lassen, Fragen, groß und schnell wie Tennisbälle.

Säntimäntl begann einen Satz mit »immerhin«. Er bezog sich auf die Qualität der Matratzen. Das Frühstück war zwar nicht opulent zu nennen, aber es reichte aus. Alles in allem zahlten sie nicht mehr als für ein mittelprächtiges Hotel. Die Miliz hatte bald herausgefunden, daß es sich bei der Isetta um eine Isetta handelte und bei den beiden nicht um Spione.

Traditionsgemäß hatten sie so den letzten Tag des Festivals vertan. Jetzt galt es, ordentlich neue Energien freizusetzen. Und Motivationen. Und all das.

XVII.
GRÜNES LEBEN

Spiele ein Thriller in der Schweiz, so sollten darin Milchschokolade, Seen und die Alpen drin vorkommen.
Alfred Hitchcock

»**Das ist ein Biotop**«, erklärte Werner fachkundig und holte aus: alle seltenen Pflanzen und Bäume stellte er Säntimäntl vor, namentlich und höchstpersönlich. Säntimäntl hatte wundersamerweise sogar auf Erklärungen bestanden, schließlich sollte der fast einstündige Spaziergang – der ausgedehnteste bislang – auch zu etwas gut sein, der Aufwand sollte sich rentieren. Er ließ sich Silberpappeln, Silberweiden und Flatterulmen zeigen und gleich von Werner in den beliebtesten Baumkrankheiten unterweisen; da kannte sich Werner selbstverständlich bestens aus. Werner machte Visite. Der Wald war dicht, Tarzan hätte hier seine helle Freude gehabt. Damit hatte Werner gelockt: Säntimäntl den tarzaneskesten Wald Mitteleuropas vorzuführen.

»Hier soll übrigens eine Autobahn durchgeschneist werden«, sagte Werner finster. »Nicht gerade hier, aber dort vorne, am Hügel vorbei. Das muß man sich einmal vorstellen.«

Sogar Säntimäntl schien berührt.

»Schade«, sagte er jedenfalls.

»Ich weiß echt nicht, was ich davon halten soll. Einerseits natürlich eine Sauerei, aber bahnamtlich! Andererseits bin ich über jeden Zentimeter Autobahn glücklich, es erleichtert mir die Arbeit, wenn ich nicht gerade Isetta fahren muß. Komisch, vor Jahren war ich auf einer Demo gegen einen geplanten Autobahnbau dabei.«

In seinem Ton schwang Mitleid mit – ob nun für sich selbst oder den Wald, war Säntimäntl nicht klar.

»Können Sie sich noch an die Strecke gestern erinnern, als ich sagte, hier wäre eine nahezu unberührte Landschaft, wenn nicht ...«

»... wenn nicht die Autobahn durchführen würde?« unterbrach Säntimäntl.

»Genau.«

»Nur sehr vage.«

Werner verzog den Mund. »Ist auch egal. Ein wunderschönes Tal war das, mit Tieren, die man anderswo schon ausgestorben hat, Fischotter zum Beispiel, oder Reiher und was weiß ich. Damals kam man da nur mit der Machete durch, kein so 'n domestiziertes Naherholungsgebiet mit Trimm-dich-Pfad und so weiter.«

»Jaja, kommen Sie doch zur Sache!«

»Nun, wegen der Autobahn gab es einen Heidenaufstand – Protestaktionen, Bürgerinitiativen et cetera –, da mußte sich die verantwortliche Behörde auf die Hinterbeine stellen. Die haben sich dann was total Heimtückisches ausgedacht: einen Lokaltermin, großes Hearing, Podiumsdiskussion und Pipapo, ganz schön abgebrüht!«

»Wieso abgebrüht?« wunderte sich Säntimäntl.

»Na, die haben eine Irrsinns-PR-Geschichte hochgezogen, Umweltpäpste und andere Koryphäen eingeladen, und dann kamen natürlich Millionen Leute. Der Wald war proppenvoll, die standen sich gegenseitig auf den Zehen herum, und nicht nur auf den Zehen, die haben buchstäblich alles plattgewalzt, jeder wollte wissen, was Sache ist. Binnen drei Stunden haben die alles in Grund und Boden getrampelt, Planierraupen hätten das nicht besser hingekriegt! Und da war es schließlich egal, eine Autobahn konnte das Gebiet auch nicht weiter versauen.«

Eine andere Autobahn lotste sie in die nächste Stadt. Zu Werners Überraschung präsentierte sie sich wesentlich grüner, als es der Wald eben noch gewesen war. Eine Stadt in grünem Gewand.

»Ich war vor Jahren schon mal hier.«

»Wäre ja auch ein Wunder gewesen, wenn nicht ...«

»Ernsthaft«, sagte Werner ernsthaft. »So grün war es damals aber nicht!«

»Grün bleibt grün bleibt grün bleibt grün! Grün! Ich sehe rot! Und was das Grün hier anbelangt – das ist ja wohl eher ein spezielles Grün, oder?«

»Sicher«, pflichtete ihm Werner bei. »Anderswo zählen ja schon die Friedhöfe zu den Naherholungsgebieten.«

»Sie wissen vielleicht, daß ich Grün nicht mag, ganz gleich, in welcher Form. Die Natur könnte von mir aus blau angestrichen sein, würde mir überhaupt nichts ausmachen.«

Ein harter Tag für Säntimäntl. Grün dominierte überall. Dabei ging es nicht mal um Bäume, Wiesen oder Sträucher. Es handelte sich auch bestimmt nicht um die Jahrestagung der Jagdfreunde, die gerade ihr Jahrestreffen veranstalteten. Grün waren die Polizisten, die längs der Straße aufgereiht standen, wie Parkuhren, nur in geringerem Abstand. Vor dem Gebäude einer Bank konnte Werner zwei grüne Wasserwerfer erkennen. Ob deren Wasser auch grün war? Wie Menthe? In gebührendem Abstand, auf der anderen Seite der Straße, brodelte eine mittel-, aber farbenprächtige Menschenmenge, aus der zahlreiche Fahnen und Spruchbänder herausragten. Beide Gruppierungen, Polizisten und Demonstranten, schienen sich über ihr weiteres Vorgehen unschlüssig zu sein. Grün waren sie sich jedenfalls nicht, wie Werner scherzte.

Säntimäntl setzte sich in den Straßencafés immer in Blickrichtung zum Leben. Heute war es auch ohne größeren Energieaufwand schön hell und warm, trotz des gutgelaunten Sommerregens, der eben über dem Platz niederging und die Markisen ausbeulte: ein Wasserwerfer hätte das nicht besser machen können. Er genehmigte sich einen – Druckfehler – Coup Glacé Sommertime und genoß den internationalen Touch. Dieses Land war von Weltläufigkeit besessen. Der Platz war umstellt von einem McDonald's, der

Rio-Bar, dem Piccadilly-Pub, einem Bistro, dem Tobacco-Center, der Altbayrischen Bierhalle, dem Buecheli-Tea-Room, der Confiserie Nidegger, der Trattoria Toscana und dem Restaurant National.

Wie hatte die angesehene amerikanische Zeitschrift »National Geographic« einmal so treffend geschrieben: »Die Dreisprachigkeit des Landes läßt sich am besten am Beispiel der Stadt Luzern verdeutlichen, die auf französisch Lausanne und auf italienisch Lugano heißt.« Mittsalänen, Mittsoulène, Mittsaluna.

Esperanto wehte durch die Stadt. Eine Sirene heulte auf, wurde lauter, ein weißes Auto raste blinkend vorbei und verschwand. Für einen Augenblick war Ausnahmezustand – alle hielten inne –, als hätte wer auf die Pausentaste gedrückt.

Werner verlangte nach einer Stange Bier. Den Wagen hatte er, wie er mehrere Male versicherte, hermetisch abgeschlossen. Seine Verbrüderungsaktionen mit den einheimischen Studenten waren auf wenig Gegenliebe gestoßen, weil er kein Einheimischer war.

»Eigenartige Szene, dieses Land«, faßte er zusammen. »Alles picobello und putzig. Hier ist nicht mal der Schmutz schmutzig. Mich hat es an der Grenze schon gewundert, daß die nicht geschaut haben, ob unsere Fingernägel auch sauber sind.« Er hatte genügend Zeit gehabt, sich solche Sätze zurechtzulegen. »Und trotzdem: alles nur Mache! Letzte Nacht muß es granatenmäßig gescheppert haben.«

»Die Fingernägel der Unruhestifter – waren die sauber?«

»Was weiß ich. Aber der Anlaß für die Demo – sagenhaft!«

»Den werden Sie mir jetzt sicher gleich mitteilen!«

Achtung! dachte Säntimäntl. Wetten – Umwelt! Die haben einfach zuviel davon in diesem Land. Jede Menge Umwelt. Werner würde ihm eines Tages noch eine Überdosis Umwelt verabreichen. Wenn vorher nicht das große Themensterben einsetzte.

»Da ist einfach in einer Nacht-und-Nebelaktion ein ganzes Schrebergartengelände eingeebnet worden. Tabula rasa. Fertig. Aus.«

Eine Nebelaktion zu dieser Jahreszeit – der hatte vielleicht Nerven!

»Seit wann interessieren Sie sich denn für die Belange von Laubenpiepern? Da habe ich von Ihnen aber schon ganz andere Töne gehört.«

»Sie müssen den Grund wissen! Also«, Werner holte Luft, kratzte sich und schaltete seine Nackenkühlung auf Dauerbetrieb, »auf eben diesem Gelände soll demnächst eine Riesenausstellung über die Bühne gehen, eine Art Gartenschau, Landschaftspflege und so weiter.«

»Und so weiter?«

»Ja doch, und da haben die einfach alle Gartenanlagen dem Erdboden gleichgemacht. Die Gärten kommen weg, um einer Ausstellung über Gärten Platz zu schaffen. Und was glauben Sie – wie wird diese Ausstellung heißen?«

Was interessierte ihn das? Morgen würden sie ohnehin in einer anderen Stadt sein. Werner mühte sich redlich, einen letzten Trumpf aus dem Ärmel zu schütteln:

»Schlicht und ergreifend ›Grünes Leben‹ heißt die. Tolle Geschichte, was?«

»Na und? Was erwarten Sie von Grün? Da haben Sie es mal wieder!« Ihm fiel die Geschichte aus Panama ein. Dort hatte es in den 70er Jahren einen Präsidenten namens Omar Torrijos gegeben. Er wurde mitsamt seinem Flugzeug in die Luft gesprengt. Dafür benannte man später den internationalen Flughafen von Panama City nach ihm.

Säntimäntl verschwand auf die Toilette. Zurück kam er mit zusammengekniffenen Lippen.

»Ich mag verdammt Toiletten nicht leiden, bei denen sich bei Betreten automatisch die Lüftung einschaltet.« Werner musterte ihn skeptisch.

»Da werde ich automatisch neutralisiert. Meine Anwesenheit wird quasi schon vor dem Moment aufgehoben, da ich mein Revier markieren will. Entsetzlich.« Er griff nach seinem Koffer und winkte dem Kellner. Zu Werner sagte er noch: »Dabei ist meine Spur undeutlich genug auf dieser Welt.«

»Das«, sagte Werner, »deuteten Sie gelegentlich schon an.« Und nicht nur deine, dachte er. Wir taugen nicht zur Spurensicherung. Wie gut, daß es wenigstens die Isetta gab. Die hinterläßt wirklich Spuren, vor allem im audiovisuellen Bereich, wie es heute so schön heißt.

Nur der Klosprüche wegen waren sie in das Café gegangen, oder wegen Werner, der behauptet hatte, solche Cafés seien der bevorzugte Nistplatz von Graffiti und gerade im Mekka der Wandschmierereien ... Nun, Säntimäntl war in Geberlaune.

Die Wände waren übersät mit Plakaten, Aufklebern, Sprüchen, Parolen, die Balken mit Zetteln und die Klowände – na servus! –, wie Werner sich gleich überzeugte, mit Graffiti. Massen von Graffiti. Die Leute drängten sich so dicht aneinander, daß sie nicht mal Schatten werfen konnten. Die Offensichtlichkeit dominierte als Stilmittel: Anarchos trugen schwarze Kluft, Schaftstiefel und/oder Schirmmützen; Religionsbesessene in roter Montur; Frauen traten in Lila auf und Gesundbeter in der Naturpackung, rotbackig. Dazu Großkarierte und Kleinkarierte.

Säntimäntl fühlte sich unbehaglich. Er bemühte sich um einen Gesichtsausdruck, der alle im Raum umherschwirrenden Krankheitskeimen und Giftbazillen abwehren sollte. Die Leute waren ihm nicht sehr sympathisch, schon weil sie ihre jeweiligen Weltanschauungen wie Kainsmale in ihren Gesichtern trugen; sie hätten sich ebensogut Aufkleber auf die Stirn pappen können. Dazu die ideologischen Accessoires, die für Spielraum wenig Platz ließen. Aber in der anderen Welt, überlegte Säntimäntl, ist es ja auch nicht anders: da sind Visagistinnen grell geschminkt, da tragen Optiker verkaufsfördernd und unabhängig von ihrer Sehkraft Brillen, und Tabakhändler rauchen. Warum dieser Hang zur Klischee-Erfüllung? Warum Mode als Gebrauchsanweisung zur Behandlung ihres Trägers? Hatten die Menschen nichts Besseres zu tun, beispielsweise *falsche* Fährten zu legen?

Er rauchte wie ein Tabakhändler und äugte durch seine Brille, kein Fensterglas. Der Kaffee schmeckte abscheulich, als hätte man ihn mit Veilchen-Aroma versetzt. Der Kellner ließ sich Zeit und unterstrich seine Unabhängigkeit mit einer penetranten »Wenn's-Ihnen-hier-nicht-paßt-können-Sie-gleich-in-ein-bürgerliches-Café-gehen«-Miene. Als Haare trug er Abrazzo-Putzwolle, die Backen waren aufgeblasen wie Fesselballons, die Fingernägel von kafkaeskem Schwarz. Er hatte sich einen unsäglich idyllischen »Wiese-Haus-Berg-Bach-Himmel-Sonne«-Pullover übergestülpt.

Es dauerte und dauerte; in der Zeit hätte Werner einen ganzen Graffiti-Band drucken lassen können. Vielleicht brauchten sie mit der Bestellung so lange, weil der Sekt erst noch aufgewärmt werden mußte. Warm war er – Originalton Säntimäntl –, weil warm die Alternative zu kalt war. Den Kaffeelöffel verunzierten Eigelbreste – schmutzig als Alternative zu sauber. Langsame Bedienung als Alternative zu ... und so weiter. Am meisten ärgerte Säntimäntl der Zucker: eine sandige, träge, braune Masse; was zum Teufel sollte er damit anfangen? Werner war zufrieden mit seinem Müesli und seinem Aufgußgetränk mit drei Buchstaben: ein Gebräu aus Eisenkraut, dem Champagner unter den Kräutertees. Wenigstens waren die Stühle unbequem, Restposten eines Orthopädie-Fachgeschäftes.

»Machen Sie es sich nicht ein bißchen zu leicht?« fragte Säntimäntl. »Klosprüche in solchen Läden? Da brauchen Sie doch nur im Maßstab eins zu eins abzuschreiben. Ich will Ihnen was sagen: als der Laden hier neu aufmachte, haben die Besitzer – ein Kollektiv, wie ich das hier so einschätze – bestimmt selbst ›Wieso schreibt ihr hier keine Sprüche hin?‹ auf die Toilettenwand gekrakelt. Verlorene Liebesmüh, Werner. Klosprüche – da gibt es doch schon längst Bücher drüber! Wen interessiert denn das noch?«

»Und über alte Autos – gibt es da vielleicht keine Bildbände?« gab Werner patzig zurück. »Da gibt es sogar Quartette für kleine Kinder!«

»Nicht nur Bücher über Graffiti, sondern sogar schon Ausstellungen von Büchern über Graffiti und Bücher über die Ausstellungen von Büchern über Graffiti und darüber gibt es bestimmt schon

Sprüche über ... äh ...« Ach, verflixt, jetzt hatte er die Kurve nicht gekriegt. Die Leute vom Nachbartisch schauten herüber. Sehen alle so aus, als hätten sie sich im Wartezimmer eines Hautarztes kennengelernt, dachte Säntimäntl.

An eine Wand hatte irgendwer den Spruch »Rettet den Ozongürtel der Erde« gesprüht. Nirgendwo gab es ein öffentliches A, um das nicht jemand einen Kreis gemalt hatte. Und überall herrschte Frieden: Frieden schaffen ohne Waffen. Frieden schaffen ohne Pfaffen. Frieden schaffen ohne Affen. Und so weiter.

Leute saßen mit gelangweilten Gesichtern an den klobigen Holztischen, die mit Hobby-Intarsien versehen waren. Sie diskutierten möglicherweise über Selbstfindung oder Pflanzengymnastik oder kauten ohne sonderliche Begeisterung andere Probleme wieder. Probleme gab es hier im Sonderangebot.

»Lieber einen lustigen Krieg als so einen Frieden«, faßte er seine Eindrücke zusammen. Werner lief rot an.

»Was das hier nun mit der weltpolitischen Lage zu tun haben soll, weiß ich nun wirklich nicht.«

»Eben«, sagte Säntimäntl.

»Das hier ist ein Café, weiter nichts, okay? Ein öffentliches Café für alle, und es hat mit der Friedensbewegung nur insofern zu tun, als daß hier bestimmt mehr Leute hingehen, die bereit sind, sich für den Frieden zu engagieren, als in stinknormalen Kaffeehäusern mit ihren abgestandenen Revolutionären aus dem Studentenstillstand der 70er Jahre. Punkt.«

»Haben Sie eigentlich den Wagen abgeschlossen?«

»Warum fragen Sie mich das jeden Tag? Habe ich das jemals vergessen?« Er griff sich demonstrativ ein Flugblatt und ging dahinter in Deckung. Säntimäntl sah grimmig aus dem Fenster. Gleich morgen werde ich ihm einen großen Graffiti-Bildband kaufen!

Draußen ging gerade ein junger Mann vorbei, mit Kopfhörern bewaffnet; die Musik, die seine Gehörgänge ausfegte, schien ihm zu gefallen, denn er hielt die Augen geschlossen. Deshalb konnte er auch den anderen Mann nicht sehen, der sich beim Gehen in eine

Zeitung vertieft hatte. Sie steuerten direkt aufeinander zu und sahen einander beide nicht. Nur ihre Knochen spürten sie, als sie sich ineinander verkeilten.

Drogerien alten Stils, in denen man von ältlichen Männern bedient wurde, deren grundtraurige Blicke, die über die Brillen schwappten, widerspiegelten, wie gerne sie eigentlich Apotheker geworden wären; diese Drogerien starben allmählich aus. Ihre Franzbranntwein- und Veilchenpastillen-Vorräte mußten Säntimäntl und Werner eher in modernen Drogeriemärkten auffrischen – da mußte man die Gesundheit persönlich aus dem Regal nehmen und in Einkaufswägelchen zu den Kassiererinnen schieben, die dann mit verbissenem Lächeln über dem »Freundlich-bedient-Sie ...«-Schild die Beträge in fiepsende Registrierkassen tippten.

Jedesmal fragte Werner, ob Säntimäntl nicht vielleicht doch mal Veilchenpastillen probieren wolle – als Stereotyp-Test, den Säntimäntl regelmäßig mit seiner Lieblingsantwort »Die schmecken wie toter Friseur« bestand. Sie spielten diese Spielchen gerne, Riten erleichterten das Leben in ungewohnter Umgebung, ständig wiederkehrende Dialoge als Fixpunkte, transportable Heimat. Werner wurmte Säntimäntls geringschätzige Bemerkung immer ein wenig, gleichzeitig genoß er die Vertrautheit dieses Gefühls.

»Toter Friseur!«

Werner konnte sich unter einem Friseur nur wenig vorstellen, unter einem toten schon gar nichts. Er erledigte das Haareschneiden mit einer kleinen Schere vor dem Taschenspiegel. Aber mit so einem dämlichen Spruch gleich einen ganzen Berufsstand zu verunglimpfen, das war too much. An schlechten Tagen ging ihm Säntimäntls flächendeckende Weltschau besonders auf den Zeiger. Immerhin hatte Edith Piaf in ihrem letzten Lebensjahr einen Friseur geehelicht. Aber konnte er das Säntimäntl erzählen? »Kennen Sie Edith Piaf?«

»War das eine Friseuse?«

Säntimäntl ließ keine Gelegenheit aus, um Werner zum Rauchen zu überreden. Er wußte ja, daß der seine Rolle als Rauchverzehrer nur unter stillem Protest ertrug. Es dauerte einige Zeit, bis sich Werner einmal eine passende Antwort zurechtgelegt hatte – seine Schlagfertigkeit bedurfte stets einer gewissen Reifezeit.

»Gute Idee, gerade Mentholzigaretten zu kaufen«, sagte er daher. Säntimäntl würde sicher anbeißen!

»Wieso?« Die Frage kam prompt.

»Na, den Teer, der sich da bei Ihnen angesammelt haben dürfte, könnte man gut als Straßenbelag in Naturschutzgebieten verwenden. Der kommt ja sozusagen aus einer grünen Lunge.«

Säntimäntl ließ keine Regung erkennen. »Haben Sie noch von Ihren Veilchenpastillen?« fragte er.

»Möchten Sie eine?«

Säntimäntl riß die Hände hoch. »Nein, nein!« sagte er abwehrend. »Aber Sie sollten eine nehmen! Vielleicht regt das ja Ihr Denkvermögen an. Menthol ist weiß, nicht grün. Als Pulver wenigstens. Ihre Veilchenpastillen mag ich nicht, wie Sie vielleicht schon gelegentlich gemerkt haben. Schmecken wie toter Friseur, finde ich. Da lutsche ich lieber gleich ein Erfrischungstuch!« Diese Runde ging an ihn.

Das Bild: eine spärlich beleuchtete schmale Gasse. Verlassen. Nacht. Leichtfüßig trippelnde Schritte über Kopfsteinpflaster, aber niemand ist zu sehen. Die Schritte verstummen unvermittelt. Ein Geräusch, als würde wer eine Vakuumpackung aufreißen, die Luft entweicht: Erdnüsse im Kino. Wieder die Schritte, mal nah, mal weiter weg. Noch immer nichts zu sehen. Nur die Gasse.

Andere, mehrfüßige Schritte, deutlich von den ersten zu unterscheiden: härter, schärfer. Stimmen, Rufe, nicht zu verstehen. Eine Trillerpfeife. Die Schritte entfernen sich wieder, werden diffus. Rumoren im Hintergrund. Stille.

Dann, tapp-tapp-tapp, sind plötzlich die leichtfüßigen wieder da. Ein Schatten. Das Knistern der Erdnußpackung.

Schritte mit neuer Klangfarbe. Ein Mann. Ein Mann in einem dunklen Anzug. Jetzt steht er unter der Laterne – schwarzer Kord. Das Gesicht nicht zu erkennen. Zieht eine Zigarettenschachtel aus der Jackentasche. Blickt auf eine Häuserwand, erstarrt in der Bewegung. Das Feuerzeug ruht in seiner Hand. Die Kamera folgt seinem Blick: eine Wand. Eine Wandmalerei. Ein kleines Kerlchen, Strichmännchen, pfiffige Miene, erhobener Zeigefinger.

Eine Sprechblase mit Text: »Werner hat den Wagen abgeschlossen!«

Jetzt erst flammt das Feuerzeug auf. Der Kordanzug geht weiter, verschwindet aus dem Bild. Wieder die trippelnden Schritte vom Anfang: Wieder das Pffffft.

Die Knobelbecher ertönen wieder. Ein Hund kläfft wütend. Kommandos. Keuchen.

Wieder der Kordanzug. Eine andere Gasse. Immer mehr Strichmännchen, überall.

»Werner hat getankt!«

»Werner hat den Wagen aromaversiegelt!«

»Werner hat Karten vorbestellt!«

»Werner denkt an alles!«

Träume ich? denkt der Kordanzug. Das darf doch nicht wahr sein! Er nimmt ein Strichmännchen in Augenschein. Erstaunlich, daß man trotz grobschlächtiger Linienführung so feine Details auf die Wände zaubern kann. Exakter als ein Sahnespritzsack. Und ohne Rechtschreibfehler, alle Achtung!

Dasselbe Viertel bei Tag. Der Kordanzug ist wieder unterwegs. Menschen umlagern die Bilder. Nur die nobelsten Fassaden wurden auserkoren. In diesem Viertel sind allerdings alle Fassaden nobel und geschichtsgestählt. Sogar das Kopfsteinpflaster sieht einigermaßen wohlhabend aus.

Vor dem Gebäude mit der schönsten Figur bleibt der Kordanzug stehen. Hier berät gerade eine Kommission darüber, ob es sich nun um Kunst oder groben Unfug mit Sachbeschädigung handelt.

Träumt er?

Man einigt sich auf einen Kompromiß: Kunstpreis der Stadt für den Sprayer, dotiert mit einer höheren Summe, gleichzeitig Geldstrafe in Höhe dieses Betrages. Ein Filmemacher gibt in diesem Zusammenhang bekannt, einen Film über das Leben und die Arbeit des Künstlers drehen zu wollen. Im nächsten Jahr schon will er auf dem angesehenen Festival von Helsinki, seiner Heimatstadt, in Anwesenheit des betreffenden ...

Ein Festival!

NEIN! KEIN FESTIVAL! BLOSS DAS NICHT!

Werner schreit auf, wird wach.

XVIII. THAT UNCERTAIN FEELING

Lange Nudeln sind ein Symbol für ein langes Leben.
– Chinesisches Sprichwort

Hoher Wiedererkennungswert. Nicht, daß ich schon mal hiergewesen wäre, bewahre. Dieses Chaos. Aber die Straßen, die Bauten, alles schon gesehen. Wir hatten doch einmal vor Jahren diese Reihe von ... ach, herrje, liegt mir auf der Zunge, ist aber auch egal, der weiß schon selbst, wie er heißt. Jedenfalls waren da alle Bilder drin.

Ich habe das Gefühl, wir bereisen keine Orte, sondern lediglich Schauplätze. Selbst die Sprache ist mir vertraut, vom Klang und von den Speisekarten. Eine richtige Modesprache. Wir hatten doch mal diesen Kurs bei uns an der Schule, ein junger Mann, der eigentlich Musiker war, und die Mädchen kamen scharenweise angerannt. Im Radio hört man ja ständig diese Schnulzen. Die haben uns schon ganz schön unterwandert. Hat alles mit diesen konspirativen Eisdielen angefangen, in den 50ern. Und dann dieses ewige Nudelessen, als wir kein Geld hatten damals. Wenn lange Nudeln ein Symbol sind für ein langes Leben, werde ich gut hundert Jahre alt.

Wie zum Teufel soll man ein Gefühl für die Fremde entwickeln, wenn einem schon alles vertraut ist? Das berüchtigte Prinzip Wiedererkennung! Im Fernsehen, schön und gut, der beste Weg zum Erfolg einer Serie. Aber mir reicht es schon, daß mir dauernd Leute bekannt vorkommen, wobei ich die mir wirklich bekannten womöglich übersehe, weil ich diesen ständigen Einbildungen nicht nachgeben will. Und nun auch noch die Geografie – alle exportieren ihre

Lebensart überall hin. Soll ich das auch als Prinzip festhalten? Und wofür?

Säntimäntl hatte auf Unbespielbarkeit des Platzes entschieden und die Koordinaten neu bestimmt. Das Land hatte es sich nicht verkneifen können, sie mit einem Feuerwerk zu verabschieden. Aus Freude? Nein, das war zu hoch gegriffen. Wer hatte schließlich von ihnen Notiz genommen?

Die Isetta mußte sich eine Paßstraße hinaufschinden, im ersten Gang, von Ausweiche zu Ausweiche, plagte sich trotz der ausgezeichneten Bergluft mit asthmatischen Anfällen. Oben auf der Paßhöhe bildeten die Raketen beinahe ein Tischfeuerwerk. Überall, wohin man blickte, Rosetten, Kaskaden, Sternenregen, Grünfeuer und karminrote Meteore. Selbst vom Hotel auf der Paßhöhe wurden Geschosse in den nicht mehr so weit entfernten Himmel gefeuert.

Nationalfeiertag.

Der Himmel glühte stärker als die Bremsen der Isetta während der Abfahrten. Der Mond wirkte geradezu lächerlich, wie eine Spalttablette auf einer blauen Pinwand. Werner, der seit geraumer Zeit an einer geeigneten Retourkutsche für Säntimäntls Veilchenpastillenkommentare arbeitete, ließ es sich nicht nehmen, en passant eine Feuerwerksgeschichte zu erzählen.

»Einer meiner Brüder war mal in Westafrika«, erzählte er munter, »und der berichtete, daß die Leute dort für Feuerwerke Sondergenehmigungen beantragen müssen.«

»Und?«

»Na, kommt Ihnen das nicht eigenartig vor: eine Genehmigung für ein Feuerwerk, womöglich noch an Silvester, wo alle Welt Raketen abschießt? Und wissen Sie, warum?«

»Nein.«

»Weil die in der Regierung nie genau wußten, ob das nur reines Amüsement war oder ob nicht vielleicht wieder mal irgendwelche Einheiten putschten.«

»Sehr komisch.«

»Schon eine Schande!«, sagte Werner. »Mit dem Geld, das hier verpulvert wird, könnte man ganz Bangladesh für ein Jahr mit Nahrungsmitteln ausstatten.«

»Oder mit Schnellfeuergewehren!«, seufzte Säntimäntl.

Beim zweiten Paß mogelten sie. Ein neuerlicher Gewaltakt hätte der Isetta wahrscheinlich den Knockout versetzt. Sie bewegte sich schon seit einiger Zeit mit der Vehemenz eines Marathonläufers kurz vor dem Ziel. Sogar Schwertransporter brausten leichträdrig an ihr vorüber. Kurz vor einem Parkplatz winkte sie ein heftig gestikulierender Mann von der Route. Er entpuppte sich als Isetta-Kenner, war gesegnet mit einem gerüttelt Maß an Mitleid, deutete auf den leeren Anhänger seines PKW-Transporters und lud sie ein, den Paß Huckepack auf dem Hänger fortzusetzen, um der Isetta die Qualen zu ersparen. Werner setzte sich beherzt und entschlossen über Säntimäntls aufkommende Proteste hinweg und willigte ein. Wenn sich mittlerweile sogar schon Singvögel den Flug über die Alpen schenkten und den Autotunnel bevorzugten ...

»Wo gibt es das schon: ein Auto als Hitchhiker?« Und, listig: »Stellen Sie sich das mal verfilmt vor!«

Eine ausgezeichnete Entscheidung. Am Grenzübergang saßen sie fest. Eingekeilt in ein Rudel LKWs. Eine perfekte Selbsteinkesselung, wie wenn Werner die Isetta unmittelbar vor einer Mauer parken würde, so daß sich die Türe nicht mehr hochklappen ließe. Sie kamen nicht mehr vom Hänger runter, denn hinter ihnen setzte sich die Schlange ins Unendliche fort. In Bodennähe hätten sie keine Schwierigkeiten gehabt, sich an der Schlange vorbeizustehlen.

Zeitverlust: etwa sieben Stunden.

Am Grenzübergang sah es aus, als hätte man den Nationalfeiertag mit scharfen Raketen abgefeiert: allerorts Autowracks, halbverbrannte Reifen, Scherben, Splitter, Spruchbandfetzen, zerrissene Plakate und Berge verwesenden Obstes, die die Szene mit süßlichen Duftstoffen parfümierten und Myriaden von Insekten anlockten. Säntimäntl schwieg beharrlich und trommelte Dellen ins

Aluminium. Werner schob von Zeit zu Zeit das Pelikankinn nach vorne. Er dachte über Gehaltsminderungen nach. Dabei war dies erst ein kleiner Vorgeschmack auf die unselige Verquickung von Hindernissen, die sie jenseits des Schlagbaumes erwartete. Die Auflistung dieser Geschehnisse unterschied sich nur wenig von der Liste der technischen Zusammenbrüche.

Bei km 8.107: Straße gesperrt wegen umfangreicher Polizeikontrollen. Werner tippte auf Entführungsfall. Volltreffer.

Bei km 8.396: Endlos-Stau wegen eines Großereignisses; zu diesem Zeitpunkt befanden sie sich in der Nähe eines Fußballstadions.

Bei km 8.450: Baustelleninferno.

Bei km 8.616 und 8.838: Zwei Pannen-Remakes. Und so weiter.

Jedesmal schickte Säntimäntl Werner als Sprachkundigen hinaus, um die jeweilige Ursache ihrer unfreiwilligen Aufenthalte in Erfahrung zu bringen. Wenn ihnen schon die Zeit und ein gewisser finnischer Regisseur davonliefen, wollte er wenigstens wissen, warum. Erstmalig entwickelte er Interesse an Inhalten. Konnte man vielleicht irgendwie verwerten. Der bislang treueste natürliche Feind ihrer Reise wich dabei kaum von ihrer Seite: der Regen. Auf dieser Etappe zog er alle Register, Film noir, vom feinsten Niesel bis hin zu orkanartigen Güssen. Bei alledem ließ sich Säntimäntl erstaunlicherweise kaum aus der Ruhe bringen. Schon als Kind hatte er mit Trotz von sich reden gemacht.

Als Werner bei einem dieser Naturereignisse bemerkte, sein Privatpegel melde Wasser bis zum Hals und die Nase habe er schon lange voll, antwortete Säntimäntl, bei ihm reiche es nur bis zu den Knien wie bei Silvana Mangano in »Bitterer Reis«. Nie war das Standard »Wir müssen neue Energien freisetzen« häufiger zu hören als in diesen Tagen – was nicht besagen sollte, daß Säntimäntl vor Optimismus schier überlief.

»Meine Güte, das dauert und dauert ja, wir sollten am besten gleich zu Fuß gehen!« Säntimäntl versuchte angestrengt, am eifrigen Scheibenwischer vorbeizusehen.

»Zu Fuß? Wieso? Wir fahren schon Schritt, da geht es zu Fuß auch nicht schneller!«

»In so einem Land könnte die Isetta gut Flügel vertragen.«

Ihre Stimmungen spielten Ping-Pong.

Lächeln gab es nur in Kinderportionen, und die wurden täglich kleiner. Wenn es auf Flüche Rabattmarken gegeben hätte – zwölf Alben, mindestens.

Sie schlichen an einer weißgekalkten Mauer entlang, die nie enden wollte und nur einmal von einer halbzerbröselten Treppe unterbrochen wurde, von der aus ein Weg zu einer von Pinien halbverdeckten Kapelle führte. Ein kleiner Bildausschnitt nur, dann wieder die Mauer. Endlich ein kleiner Platz, gesäumt von Olivenbäumen. Zwei streunende Hunde, eine verwaiste Bank und irgendwo der obligatorische alte Mann. Auf dem Land wiederholten sich die Motive, anders als in den Städten, wo die Bilder schneller wechselten als die Regierungen.

Säntimäntl ächzte. »Ich möchte zum Teufel wissen, was heute nun wieder los ist. Feierabendverkehr kann es noch nicht sein. Und Feiertag haben wir auch keinen. Razzien? Die täglichen Morde? Oder was ist los? Hinaus mit Ihnen!«

»Warten Sie!« Werner raschelte mit seiner Zeitung, die er auf dem Lenkrad ausgebreitet hatte – so gut es eben ging. »Wenn Sie Zeitung lesen würden, wüßten Sie, was los ist. Wir fahren Schritttempo und halten sozusagen Schritt mit der Entwicklung dieses Landes, rein symbolisch.«

»Brillant formuliert. Sie haben sprachlich einige Fortschritte gemacht. Was ist passiert?«

Da vorne muß dieser Protestmarsch sein. Spricht das ganze Land von. Deswegen sind auch keine Leute zu sehen, die laufen alle mit. Letztes Wochenende wurde hier in der Nähe ein kleines Kind bei einem Bombenanschlag getötet. Muß man sich mal vorstellen! Ein Vergeltungsschlag einer scheiß-militanten Gruppe, weil der Papst vor kurzem den Führer einer Palästinenserorganisation empfangen hat. Und das hat denen nicht gepaßt!«

Säntimäntl verstand überhaupt nichts. »Die rächen sich an einem zweijährigen Kind?« fragte er entgeistert. »Fein. Feines Land. Da sind sie ja auch an der richtigen Adresse: Zweijährige sind sicher die gefährlichsten Gegner der Freischärler.«

»Sehr witzig.«

»Nein, im Ernst. Der Kirche hätte ich mehr Feinfühligkeit zugetraut, nicht sehr viel mehr, aber immerhin. Was hat sich der Papst überhaupt in solche Geschichten einzumischen?«

»Fragen Sie mich nicht. Aber ist doch logo: wenn er die einen empfängt und damit absegnet, kränkt das die anderen und mindert deren internationales Ansehen.«

»Und Unbeteiligte segnen dann das Zeitliche.«

»Find ich echt kein Thema für irgendwelche Scherze!« sagte Werner scharf und beugte sich demonstrativ über seine Zeitung.

Säntimäntl räusperte sich. »Also bitte!«, beteuerte er, »nun seien Sie mal nicht gleich eingeschnappt! Manchmal reagieren Sie wie ein Südländer. Ich wollte lediglich sagen, daß sich die Kirche für meinen Geschmack in viel zu viele Angelegenheiten einmischt!«

»Weiß Gott!«

Der Wagen tuckerte schläfrig vor sich hin, ebenso wie die Fahrzeuge vor oder hinter ihnen. Eine Kirchturmuhr schlug dreimal. Der Scheibenwischer wienerte monoton über die Front. Die Zeitung raschelte. Eine Veilchenpastille klackerte an Werners Zähne. Ein Feuerzeug klickte. Draußen tröteten Hupen. Finger trommelten nervös auf den Aluminiumkoffer. Schließlich sagte Säntimäntl:

»Aber daß nun wir auch noch darunter zu leiden haben, bei allem Mitgefühl natürlich.«

»Wie meinen Sie das?« Werner schreckte auf.

»Wenn man es sich überlegt, dieses stop-and-go kostet selbst eine Isetta eine Menge Sprit und uns Zeit.«

Anderentags las Werner in seiner Zeitung von einem Attentäter, der von einem Gericht wegen Mordes aus niederen Beweggründen zu einer hohen Freiheitsstrafe verurteilt worden war. Niedere Beweggründe, so was! Diese Formulierung schockierte ihn. Umgekehrt, fragte er sich, gab es auch den Mord aus höheren oder hohen Beweggründen? Gab es statt sinnlosem Blutvergießen vielleicht auch sinnvolles, vom Blutspenden einmal abgesehen?

Weiße Mauern, weiße Mauern, graue Mauern, weiße Mauern mit Blut, weiße Mauern mit schreienden Sprüchen. Keine Sprüche von Werner, der würde sich ja nicht mal mit Raumspray trauen. Hauptsache Mauern, wir bewegen uns nicht mehr von der Stelle, wir umrunden Jericho. Keine Perspektive mehr, nur Mauern. Der Große Geist verbirgt sich hinter Mauern. Die Große Grüne Kladde liegt vielleicht drei Wagen vor uns im selben Stau. Oder hinter der nächsten Mauer. Ich werde noch verrückt hier, ich habe keine Lust auf ein Leben im Stau. Nur gut, daß wir keinen Rennwagen fahren, ich müßte mich über jedes einzelne PS mehr ärgern. Ich muß die Strategie ändern, die Festivals sausen lassen, das wird doch peinlich. In dieser Besetzung geht das nicht mehr lange, bald ist Showdown. Nur ein Festival noch, dann reicht es. Ich werde eine Kontaktanzeige in den »Cahiers du Cinéma« aufgeben. Oder wie das heißt. Werner wird übersetzen müssen, ich sehe schon den nur mühselig unterdrückten Triumphs in seinem Gesicht. Es muß sich was tun. Mit dem, was alles passiert ist bisher, kann ich höchstens versuchen, eine Geschichte für das Fernsehen zu konzipieren. Vorabendprogramm. Schon wieder eine weiße Mauer.

»Gehen wir heute diese berühmte Höhle besichtigen?«

»Nein. Es regnet zu stark.«

Außer dem Regen ging über dieser Etappe auch ein Schwall von krimineller Energie nieder, beileibe nicht so stark wie die Wassermassen, aber doch immerhin derart regelmäßig, daß es an ein Wunder grenzte, daß die Scheiben davon nicht beschlugen. Man konnte glauben, daß das Verbrechen dermaßen überhandgenommen hatte, daß gewöhnliche Sterbliche nahezu sichere Opfer irgendwelcher Verbrechen waren – als potentielle Geiseln oder wandelnde Geldautomaten. Menschen als solche schienen gefährdet, wie vom Aussterben bedrohte Tiere.

Die Zeitungen waren gespickt mit Grausligkeiten, mit ausreichend Material für mindestens acht abendfüllende Horrorvideos pro Tag; die Straßen hallten wider von dem Geschrei der Sirenen. Nirgendwo hatte Säntimäntl so viele schnell vorbeifahrende Autos mit Blaulicht gesehen. Nicht mal weiß waren sie. Diese kriminelle Energie brachte einfache Ereignisse in Schräglagen, in denen Säntimäntl und Werner aus ihrem Konzept rutschten.

»Das ist ja wie verhext«, seufzte Säntimäntl in einer solchen Schräge. »Ich möchte wissen, wo zum Teufel wir heute noch unser Gepäck unterbringen können. Ich kann doch schlecht für zwei Stunden Aufenthalt eine Hotelsuite mieten. Und auf dem Dach können wir es keinesfalls lassen. Sehen Sie auf der Karte nach, ob noch ein weiterer Bahnhof in der Nähe ist!«

»Freie Schließfächer sind darauf auch nicht verzeichnet«, murmelte Werner in die Karte hinein. Säntimäntl hielt den Schirm so unruhig, daß der Plan schnell vom Regen aufweichte. Er trat unruhig von einem Bein auf das andere und grummelte unentwegt vor sich hin, als sich eine männliche Person mittleren Alters zu ihnen gesellte. Werner fixierte den Mann rasch, konnte aber nichts Bedrohliches entdecken.

»Verzeihen Sie«, sagte der Mann. »Sie sprechen Deutsch, wie ich höre. Sie sind bestimmt fremd hier. Kann ich Ihnen behilflich sein? Ich kenne mich nämlich hier aus!«

»Fabelhaft«, sagte Säntimäntl erfreut. »Sonst kennt sich mein Fahrer aus, hier aber haben seine Künste bisher versagt. Wir wollen für eine Weile unser Gepäck abgeben und haben schon eine Reihe Bahnhöfe abgeklappert, Termini, Tusco, Tuscalano.«

»Tuscalona!«

»Aha, ich sehe, Sie kennen sich aus. Stellen Sie sich vor, irgendwo ist eine Gepäckaufbewahrung geöffnet. Das habe ich ja noch nie erlebt!«

»Ganz in der Nähe liegt Tiburtini«, sagte der Mann.

»Fein.«

»Aber da werden Sie auch kein Glück haben, da wird es genauso sein. Das hat seine Gründe.«

»Gründe? Wieder ein Streik?«

»Nicht mal. Wegen der Bomben. In der ganzen Stadt wird kein Gepäck mehr angenommen wegen der Bomben. Das ist den Leuten zu gefährlich, überall gehen Bomben hoch«, erklärte der Mann. »Wieso lassen Sie die Sachen nicht im Auto?«

»Sie passen nicht rein. Außerdem, viel zu riskant. Da können wir das Gepäck gleich auf den Bürgersteig stellen, als Angebot der Woche.«

»Tja, dann«, der Mann blickte auf seine Armbanduhr, »versuchen Sie es am besten mit einer anderen Stadt, oder noch besser gleich mit einem anderen Land.«

Verpiß dich besser, dachte Werner, bevor Signore Säntimäntl in die Luft geht.

Ein brandgefährliches Land. Bomben hätten jederzeit und überall hochgehen können. Bomben waren ein beliebtes Kommunikationsmittel. An Bomben gab es nichts zu deuteln.

Die alltägliche Kommunikation unter den Einheimischen lief unter einem Maximum an Gesten und Gebärden ab, auch an Lautstärke wurde nicht gespart. Da Säntimäntl die Sprache nicht verstand, genoß er den Vorteil verschiedener Interpretationsmöglichkeiten: den Lubitsch-Pegel ständig im roten Bereich. Aber das mußte nicht so bleiben! Er würde schon dafür sorgen, autark zu werden.

»Ha«, verkündete er eines Morgens voller Stolz, »endlich habe ich mich emanzipiert!« und legte ein schmales, dünnes Büchlein auf den Marmortisch. Das Titelbild zierte eine Trikolore, über die mit dicken Lettern »Sprachführer« gedruckt stand. »Jetzt kann ich mich überall frei bewegen und muß nicht immer Sie um Rat fragen. Hier passiert so viel, und ich erlebe alles nur durch Ihren Filter! Nicht, daß mich das Drumherum interessieren würde – ich möchte nur manchmal nachprüfen können, was Sie mir so alles erzählen.«

Werner griff sich die Broschüre mit leichtem Grinsen. »Finde ich ja eher peinlich, solche Bücher!«

Zu seiner Überraschung gab ihm Säntimäntl recht. »Natürlich, sowieso. Aber praktisch ist das Buch allemal. Ich habe mir überlegt, ob ich es nicht in neutrales Papier wickeln soll, damit es weniger auffällt.«

»Neutrales Papier fände ich noch peinlicher.« Werner studierte mit interessierter Miene die Rückseite der Broschüre. Hineingeblickt hatte er immer noch nicht.

»Allerdings. Wenn schon, denn schon. Sie haben gut lachen mit Ihrem Sprachtalent«, sagte Säntimäntl putativ. »Bei Ihnen zu Hause hängt sicher ein Diplom neben dem anderen, Babylonisch inbegriffen. Ich habe mich in meiner Jugend um andere Dinge kümmern müssen. Außer Deutsch und Englisch gab es nichts. In welcher Sprache träumen Sie eigentlich, Werner?«

»Finnisch. Aber, was dieses Ding hier angeht: mit einem getarnten Sprachführer kommt man Ihnen auch schnell auf die Schliche. Bis Sie in einem Geschäft mal herausgefunden haben, was Sie wollen und wie man das halbwegs verständlich rüberbringt, hat man Ihren Wunsch längst erraten. Die Leute wissen Bescheid, Quizsendungen im Fernsehen, Sie verstehen? Und überhaupt: was soll das Ganze? Da stehen doch nicht mal ordentliche Schimpfwörter drin, das ist doch für Sie völlig unbrauchbar! Oder wollen Sie mich wegrationalisieren?«

»Wir sind doch nicht vierundzwanzig Stunden täglich zusammen!«

»Nicht?«

Säntimäntl antwortete nicht. Er hatte Teigwaren zum Frühstück bestellt – sie waren spät dran – und versuchte nun, die längsten Nudeln seines Lebens zu bändigen. Ohne Löffel, er wollte professionell erscheinen. Auch wenn sie eher einer Portion gebrauchter Zahnseide glichen.

Mit der Grandezza des vollendeten Kellners legte Werner das Büchlein auf den Tisch zurück – Rückseite zuoberst, geradewegs neben Säntimäntls Teller.

»Außerdem«, sagte er, »wenn Sie jedesmal so ein Ding verpakken wollten, würden Sie auf Dauer höchstens ein virtuoser Verpackungskünstler. Wäre eine tierische Arbeit, so oft, wie wir die Grenzen wechseln. Und durch das Papier würde Ihnen auch das hier entgehen«, er stippte mit dem Zeigefinger auf die Rückseite, »und das wäre echt uncool, denn es wirft ein bezeichnendes Licht auf diese Art von Literatur.«

Stirnrunzelnd begann Säntimäntl zu lesen, eine ganze Latte von Ausdrücken nebst Übersetzung, säuberlich untereinander:

DAS WICHTIGSTE IN KÜRZE.

Ja
Nein
Bitte, ...
Danke!
Das gefällt mir.
Das gefällt mir nicht.
Das ist zu teuer!
Geben Sie mir bitte ...!
Gibt es hier ...?
Haben Sie ...?
Haben Sie nichts Billigeres (Besseres)?
Ich brauche ...
Ich möchte ...
Ich spreche kein ...
Ich verstehe Sie nicht ...
Schreiben Sie das bitte auf!
Sprechen Sie bitte etwas langsamer!
Wie spät ist es?
Und so weiter.

Säntimäntl zertrümmerte eine Nudel und blickte dann auf. »Ja und?«

»Ihnen fällt nichts auf?«

»Was sollte mir denn auffallen?«

»Das ist doch lediglich eine Aneinanderreihung von Unverschämtheiten. Na ja, vielleicht fällt Ihnen deshalb nichts auf. Das ist doch sprachlich nichts anderes als Dienstleistungschinesisch.«

»Mir genügt es.« Säntimäntl verstaute das Büchlein hastig im Koffer und klappte den Deckel zu. »Ich bin ohnehin nicht der Ansicht, daß wir mit unserer Art zu reisen die Bevölkerung eines Landes besonders gut kennenlernen, und darum geht es ja auch gar nicht. Bis auf eine Ausnahme vielleicht.«

»Nämlich?«

»Dienstleistungspersonal eben, und da reicht das Buch völlig aus. Jetzt habe ich über dem ganzen Geschwätz fast vergessen zu essen. Möchten Sie mal probieren?«

»Am frühen Morgen? Nein. Schlagen Sie doch mal nach, was ›Pfui Deibel‹ heißt!«

Wie unbrauchbar der Sprachführer tatsächlich war, konnte Säntimäntl gleich bei der erstbesten Gelegenheit testen. Sie kamen an diesem Tag fast bis ans Ziel. Sie waren ganz nah dran. Aber ein Sturm hatte Zufahrtswege unpassierbar gemacht, Brücken heftig in Mitleidenschaft gezogen. Säntimäntl wollte unbedingt in diese Stadt. Sie hatte sich schon lange vor Christi Geburt auf die zahllosen Inseln in der Lagune zurückgezogen. Die Boote trauten sich nicht auf das Wasser. Säntimäntl konnte das Büchlein auf den Kopf stellen und durcheinanderschütteln, bis die Buchstaben auf den Boden prasselten: er fand nirgends ein Wort für »Ersatz«. Werner fand nicht nur das Wort in irgendeiner Hinterkammer seiner Sprachabteilung im Kleinhirn, sondern auch, daß es keinen gab: das Chaos wütete weiter, und Hunderte von Festivalteilnehmern durften ein paar Tage einsame Inselbewohner spielen. Die Stadt lag zum Greifen nah, und Säntimäntl erlebte seinen schlechtesten Inselwitz; von ihrem Parkplatz am Strand hätten sie hinüberschauen können, wenn die Witterung eine Aussicht gestattet hätte. Der Segen kam von oben. Manchmal kam man ja gänzlich ohne eigenes Verschulden nicht ans Ziel.

Museen waren wegen Renovierung geschlossen; das Bild, das man sehen wollte, gerade an ein anderes Museum ausgeliehen; ein Denkmal war wegen dichtgedrängter Menschentrauben nicht zu sehen; andere Sehenswürdigkeiten waren von einem Pulk Journalisten umlagert, die gerade für die Abendnachrichten berichteten – Journalisten pflegten dies immer zu tun, Kommentare vor dem Weißen Haus, vor Downing Street No. 10, vor dem Eiffelturm, damit die Fernsehzuschauer daheim immer gleich wußten, um welches Land es sich gerade handelte –, das Prinzip Offensichtlichkeit; oder: Eine Altstadt war unbegehbar wegen Restaurierung; irgendwelche Personen waren nur nach halbjähriger Voranmeldung zu sprechen; Festivals wurden gleich um eine ganze Woche verlegt; schöne Aussichten entfielen wegen Nebel. Alles schon dagewesen, wäre aber wirklich nicht nötig, vielen Dank. Es war zum Verzweifeln. Manchmal konnten sie wirklich nichts dafür. Fronttür hoch und raus in die Welt – so einfach war das nicht! Auch Sprachführer räumten keine Barrieren weg. So blieb ihnen oft nichts anderes übrig, als vom fahrbaren, überdachten Kinositz die Welt anzuglotzen und weiter die Oberflächen der Welt abzugrasen: man kam selten in sie rein. Das Buddelschiff. In Spielhallen gab es Automaten, bei denen man mit Schaltern die Greifer in einem Glaskasten so bewegen mußte, daß sie irgendwelche Ramschartikel aus der Digitalwelt an Land zogen: man sah alles genau vor sich, hatte alles unter Kontrolle und trotzdem kein Gefühl in den Greifern. Bei der Kernspaltung kam man ja auch nicht selbst an den Kern heran. Manchmal stand das Leben unter Quarantäne, und man war von der Praxis so weit entfernt wie ein Präsident von seinem Volk.

Diese und ähnliche Gedanken spulten sich in bewegten Bildern durch Säntimäntls Kopf. Die Entfernung zur Stadt dort drüben ist so groß wie die Distanz zwischen mir und dem Leben, dachte er, und gleich danach: das ist doch wohl mieseste Milchmädchensymbolik. Die Distanz zu sich selbst und zum Leben hatte ihm bisher eher genutzt denn geschadet. Er ließ sich von nichts vereinnahmen. Das stand fest. Sonst wäre dieser Verzweiflungsanfall dramatischer ausgefallen.

Draußen hatte die Sintflut Oberwasser, als hätte Werner die Isetta unter den Viktoriafällen geparkt. Der Regen hatte den Häusern am Strand die Schminke heruntergespült.

Die Zigarette schmeckte nicht, was Wunder, hatte Säntimäntl doch versehentlich den Filter angesteckt. Die Scheiben waren beschlagen. Vielleicht hätten sie sonst das Auto gesehen, das hinter ihnen parkte. Es wäre für den weiteren Verlauf ihrer Reise nicht unwesentlich gewesen, denn sie waren nicht die einzigen aus der Branche, die den Sprung zur Insel nicht rechtzeitig geschafft hatten. Es handelte sich um ein skandinavisches Fahrzeug mit einem Kennzeichen, das wenig Rückschlüsse auf den Herkunftsort zuließ. Werner hätte allerdings leicht das Herkunftsland nennen können. Werner kannte sich ja aus. Es war Finnland.

»Immerhin dürfte die achte Muse da drüben auch bis auf die Knochen naß werden«, sagte Säntimäntl, »es ist ein Jammer: diese Stadt hätte mir auch blendend gestanden. Hoffentlich säuft sie nicht ab bei dem Wetter, es wäre schade drum. Aber von einer ausgewachsenen Stadt sollte man eigentlich mehr erwarten können als von einer Bohrinsel.«

Ein zerfledderter Bilderbuchsommer mit Eselsohren. Sie hätten die Isetta zum Amphibienfahrzeug umrüsten lassen sollen. Sie passierten alte Siedlungen, Steinbrüche, Viadukte, Weinberge, Autobahnrestaurants, die sich als moderne Triumphbögen über die Fahrbahn spannten. Die vielen Kirchen und Klöster und Kapellen bedeuteten eine harte Prüfung für Säntimäntl. Es gab Gotik, Renaissance, Barock und wieder Renaissance, sie hakten die UNESCO-Hitliste der Welt-Kulturgüter ab, Prachtbauten wie Perlen an einer Kette aneinandergereiht, in ihrer Aufdringlichkeit fast schon »Übersehenswürdigkeiten«, wie Werner witzelte. »Die Masse macht es«, sagte er.

Es war der letzte Abend vor der letzten Etappe.

»Schwimmen wir ins Hotel zurück oder nehmen wir noch einen Expresso?« fragte Säntimäntl.

»Wir müssen morgen sehr früh raus«, gab Werner zu bedenken. »Wir haben eine mörderische Tour vor uns, am liebsten würde ich die Isetta mit der Post vorausschicken, aber ein Espresso kann eigentlich nichts schaden!«

»Das wird die letzte Etappe sein. Und Sie werden sehen: da erwischen wir ihn!«

»Wen?«

»Mittsalänen. Der hat im hohen Norden Heimspiel. Da wird es von Spuren nur so wimmeln.«

»Mittsalänen«, Werners Zopf trudelte wie ein lahmer Propeller. »Mittsalänen«, brummelte er, »ich erinnere mich.«

Sie steuerten ein kleines Café an. Kurz bevor sie den Anker werfen wollten, griff Säntimäntl in seine Brusttasche und blieb stehen.

»Gehen wir doch erst ins Hotel«, entschied er. »Ich habe meine Brieftasche nicht dabei. Ich glaube, ich habe sie eigens im Zimmer liegengelassen, damit ich heute nicht so viel Geld ausgebe. Ich hole sie eben, und dann trinken wir Expresso.«

»Das können wir gleich im Hotel machen. Dann müssen wir nicht mehr raus«, schlug Werner vor. Er dachte an alles.

»Ausgezeichnete Idee.«

In der Bar blätterte Säntimäntl emsig in seinem Büchlein herum. Bald fand er Worte.

»Ich möchte einen Expresso, bitte!« las er dem Kellner im Original vor. »Ich möchte zwei Expressos, bitte.«

Espressi, dachte Werner.

»Bedaure«, sagte der Kellner. »Espresso dauert eine Weile!«

»Was hat er gesagt?«

»Er sagte, Espresso würde ein bißchen dauern«, übersetzte Werner.

»Aber wieso?«

»Wieso?«

Der Kellner antwortete in knappen Sätzen.

Werner nickte. »Die Maschine wird gerade gereinigt. Entkalkt, verstehen Sie? Aber er schlägt uns Zichorienkaffee vor.«

Säntimäntl stand auf. »Ich glaube, ich gehe dann doch lieber auf mein Zimmer, wenn Sie nichts dagegen haben!«

XIX. ELCHFLEISCH IN MARASCHINO

Wer sich in diesen Tagen eine Rückfahrkarte kauft, ist ein grenzenloser Optimist.
– Melchior Lengyel

Etwa hundert Kilometer vor der Hauptstadt ging gar nichts mehr: Müdigkeit und Gliederstarre übernahmen die Regie, befahlen: STOP! Am nächsten Tag würden sie auch noch früh genug dran sein, diesmal war das Timing besser, hoffentlich jedenfalls. Und den Berufsverkehr der Metropole mußten sie sich nach der anstrengenden Fahrt nicht auch noch antun. Sie waren, da sich nichts anderes angeboten hatte, in einem großen Hotel Marke Legebatterie, untergekommen; von außen sind solche Etablissements im allgemeinen grauenerregender als von innen, denn vom Zimmer aus sieht man das Gebäude nicht.

Ausgeruht setzten sie am folgenden Morgen die Fahrt fort. Zunächst kamen sie zügig voran. In der Nähe der Stadt nahm der Verkehr zu, und die Leichtigkeit, die einem das Ansteuern der Zielgeraden bisweilen verleihen kann.

»Bis jetzt geht es ja«, sagte Werner wohlgemut. »Wenn es nicht schlimmer kommt, haben wir sogar berechtigte Chancen, das Festival zu erreichen.«

»Es ist kein Festival«, meinte Säntimäntl. »Es ist eher eine Filmwoche, es werden ausschließlich nordeuropäische Filme gezeigt. Und wenn wir Mittsalänen da nicht erwischen, dann hat er zwischenzeitlich die Branche gewechselt.«

»Das erklärt manches«, sagte Werner mit maliziösem Lächeln. »Kein Festival – also deshalb geht alles so reibungslos!«

Und außerdem, dachte er, selbst wenn wir diesen Herrn diesmal wieder nicht treffen sollten, so können wir ihn ja zu Hause besuchen. Wir brauchen nur die Fähre zu nehmen, und schwupps sind wir in Mittsalänens Heimat. Und dann wollen wir doch mal sehen, ob wir diesen Heinz nicht erwischen.

Hätte er nicht im Hotel den Namen schwarz auf weiß im Belegungsplan stehen sehen ... wer weiß. Mittsalänen als fixe Idee Säntimäntls, um ihn, Werner, auf Trab zu halten. Als Ansporn, eine Prise Crime.

Sie tröpfelten in die Peripherie der Stadt, die sich in nichts von der anderer Städte unterschied. Eine ellenlange Knautschzone bis zum Stadtkern, mit Möbelparadiesen auf Erden, Super- und Hypermärkten, Fabriken, Altersheimen, Kasernen, Schrottplätzen, Großtankstellen und Studentenwohnheimen, mit Container-Terminals und Bowling-Centern. Doch dann versiegte das Tröpfeln, weil irgend jemand dem Verkehrsfluß den Hahn zugedreht hatte.

»Die machen hier bestimmt einen Probestau, um junge Verkehrspolizisten auszubilden«, sagte Werner ausgelassen.

Sie standen in Höhe eines Schrottplatzes, auf dem sich plattgewalzte Autos in Meterhöhe türmten. Vor ihnen türmten sich ebenfalls die Autos, in der Horizontalen. Säntimäntl blies die Backen auf. Ob das vielleicht ihr Jubiläums-Stau war, der vielleicht fünfzigste seit Beginn der Reise? Er trommelte wieder seinen unbeholfenen Rhythmus auf das Köfferchen. Sie standen.

»Ich habe es gewußt!« zischte er. »Das Gesetz der Serie. Ich habe es geahnt!« Die Fingernägel überschlugen sich. Plötzlich schrie er. »Billigstes Remake-Prinzip ist das, immer dasselbe, wie in einer amerikanischen Fernsehserie. Immer die gleichen Bilder, die gleichen Handlungsschemata. Alle zehn Minuten wird ein neuer Konflikt eingebaut, damit die Zuschauer bei der Stange bleiben.«

»Und zwischendurch wird Werbung für Mentholzigaretten, Veilchenpastillen und Coca-Cola eingeblendet. Deren Hersteller sponsern die Serie.«

»Fahren Sie los!« schnaubte Säntimäntl. »Mit unserem Floh werden wir wohl doch an dieser Schlange vorbeikommen!«

Die Isetta hüpfte zwischen fünfzig, sechzig Fahrzeugen hindurch und provozierte ein wütendes Muhen in der Herde. Eine Grenze konnte diesen Stau ebensowenig verursacht haben wie Berufsverkehr oder eine Demonstration. Und Vulkane gab es hier wohl auch nicht.

Eine Wagenlänge vor dem Kopf der Schlange ging nichts mehr.

Werner sah mehrere Bilder auf einmal: zwei Polizisten in schmukken Uniformen mit Koppel, Pistolen in weißen Halftern, Gummiknüppeln in Schlaufen, Schirmmützen und weiße Handschuhe, die sich ihm entgegenstreckten. STOP! Außerdem einen Streifenwagen mit flackerndem Blaulicht, stehend. Weiter zwei Autos, die in inniger Umarmung ihre Blechteile ineinander geschoben hatten, einen mit Scherben und Lacksplittern übersäten Boden, drei Männer und eine Frau, die neben dem Blechklumpen mit angestrengten Gesichtern diskutierten.

Säntimäntl sah von alledem nichts, er hatte die Hände über dem Kopf zusammengeschlagen.

Ein Unfall, schloß Werner im ersten Moment messerscharf, bis er den langen Stab entdeckte, der sich gerade über die kleine Gruppe senkte: das, was nun über dem Quartett baumelte, war nichts anderes als ein Mikrofon. Werner sah den Gaffer, der den Stab hielt, er sah die Kamera, die eben langsam von zwei kräftigen Männern vorbeigezogen wurde; die Schienen, auf denen sie rollte, lagen außerhalb seines Blickfeldes. Werner mußte lachen. Säntimäntl löste sich aus seiner Erstarrung.

»Was ist los? Was gibt es zu lachen? Was gibt es denn bei einem Unfall zu lachen?«

»Von wegen Unfall«, sagte Werner. »Hier sind wir genau richtig, hier wird ein Film gedreht!«

»Na und? Worauf warten Sie? Fragen Sie, wie lange es dauert. Und bringen Sie vorsichtshalber den Namen des Regisseurs in Erfahrung!«

Malin hieß er, und dauern sollte es schon eine Weile. Es war nur fürs Fernsehen, und die Tatsache, daß man am hellichten Tag für das Fernsehen eine der belebtesten Straßen des Landes sperrte, erklärte sich mit der beliebtesten Krimi-Serie des Landes.

Serien nehmen kein Ende. Filmrollen werden bald nur noch in Cola-Dosen transportiert und unterscheiden sich auch kaum mehr voneinander als Cola-Dosen. Auch inhaltlich. Serien werden in Bruthäusern ausgedacht, in Legebatterien verwirklicht, in Abfütterungsautomaten an den Verbraucher gebracht. Nur noch Großbetriebe, im Film, in der Literatur, in der Malerei. Sogar in den Cafés, sofern sie nicht schon längst durch Stehcafés ersetzt worden sind. Die Leitung des Kaffeehauses »Hungária« ist gehalten, mit Spezialitäten und internationalen Speisen so hohe Umsätze zu erzielen, daß man es sich nicht mehr leisten kann, Schriftsteller mit preiswerten kalten Platten zu versorgen, geschweige ihnen Kredit zu gewähren.

Sie gerieten in eines jener Hochstraßensysteme, die aus der Luft einer Darmverschlingung gleichen. Sie waren schneller wieder aus der Stadt draußen, als Säntimäntl schimpfen konnte. Sie versuchten es wieder, darin hatten sie seit ihrem Besuch am Mittelmeer Routine: sie kämpften um ihr Selbstbestimmungsrecht. Jetzt gerieten sie in eine Wohnsiedlung, deren Häuser aus der Art geschlagenen Hundehütten ähnelten, mit Autos als alten Knochen davor. Die Natur hatten die Anwohner durch Rasen und modernen Gartenbau domestiziert, wobei die Rasen aussahen, als schicke man sie wöchentlich zum Friseur.

Dann jagte sie die Hochstraße wieder in den Himmel. Unten schrumpfte die Stadt. Der Wind blähte die Backen auf, Dizzie Gillespie drohte sie umzublasen. Das Wetter war unscharf. Sie fuhren Achterbahn, hoppelten mal an verwittertem Granit vorbei durch eine Talsohle, mal über eine Brücke, die sich gymnastisch über brackiges Wasser dehnte. Säntimäntl glaubte darin Bleßhühner oder Enten zu erkennen, vielleicht auch Wasserhühner. Es ging zu schnell. Für die Tiere mußten die Abgase zu einer lieben Gewohnheit geworden sein. Es war wie auf der Kirmes, keinen der beiden hätte es gewundert, wenn sie plötzlich eine Lachmöwe durch das Seitenfensterchen nach der Fahrkarte gefragt hätte. Déjà vu, déjà wo?

»Wer sagt uns eigentlich, daß das wirklich Polizisten waren und keine Komparsen?« fragte Säntimäntl in einem Anflug von Scharfsinn, nachdem sie den Stau zum zweiten Mal von hinten aufgerollt und den Drehort passiert hatten. »Ich habe mich das auch schon in ganz anderen Situationen gefragt.«

»Wir können von Glück sagen, daß die kein Video drehen für irgendwelche Pop-Hansel, die hätten sofort die Isetta requiriert und angezündet. Das hat man jetzt so in dieser Szene!« Werner kannte sich mal wieder aus.

Die Stadt verfehlten sie nur knapp. Sie erreichten einen Schlafbezirk, der sich anschickte, den neuen Weltrekord im Zersiedeln einer Landschaft aufzustellen. Beton hatte den Erdboden luftdicht abgeriegelt. Um das Bild menschenfreundlicher zu gestalten, hatte man die Steinschachteln mit Architektenpetersilie überstreut. Zeit für Werner und eine seiner unglaublichen Informationen.

»In München, im Olympischen Dorf, da stehen in den Hochhäusern so viele Wohnungen leer, daß die Hausmeister nachts reihum die Lichter einschalten, damit sie bewohnt aussehen.«

»Die hier müssen bewohnt sein«, sagte Säntimäntl, denn überall leuchtete es. Es war den ganzen Tag nicht richtig hell geworden, jetzt wurde es nicht richtig dunkel. »Wo käme sonst der ganze Verkehr her?«

Zu guter Letzt durften sie nämlich mit dem Berufsverkehr Bekanntschaft machen – so lange wanden sie sich schon auf den verschlungenen Wegen um die Stadt herum. Sie befanden sich bereits zum vierten, möglicherweise auch fünften Mal auf einer Straße, die sie wieder von ihrem Ziel wegführte. Die entgegenkommenden Autos hatten die Smogleuchten eingeschaltet.

Selbstverständlich hatte Säntimäntl genug. Selbstverständlich insistierte er auf einer schnellstmöglichen Entfernung zwischen sich und dem Zentrum. Selbstverständlich wollte er die Stadt nie wiedersehen. Selbstverständlich konnte ihm das Festival im Mondschein begegnen. Selbstverständlich meckerte er noch über Werners Fahrstil, als dieser seinen Forderungen vehement nachzukommen versuchte.

»Sie brauchen nicht so zu rasen! *Wir* drehen keinen Film, weder für das Fernsehen noch für sonst wen.«

Aber die Isetta brauchte Auslauf! Sie hüpfte über Bodenwellen, als plage sie Schluckauf. Der Rückenwind betrug mindestens dreieinhalb Meter pro Sekunde. Der Herbst kam schnell in diesem Jahr, die Blätter fanden kaum Zeit, von den Bäumen zu fallen. Am Abend gelangten sie in eine kleine Provinzstadt, die so unbeteiligt neben einem See lag wie ein Suppenlöffel neben einer Terrine.

Von außen hatten die Zimmer des Hotels mit ihren zierlichen Gardinen und dem warmen Licht Gemütlichkeit ausgestrahlt. In Wahrheit war es nichts weiter gewesen als ein günstiges Zusammenspiel von Glas, Stoff und Elektrizität, denn drinnen war es nicht gemütlich. Alles mit billigem Holz getäfelt, sogar die Matratzen. Sie befanden sich in einer waldreichen Gegend. Die Möbel paßten in keinster Weise zusammen – sicher waren sie nonstop vom Sperrmüll in die Stube gewandert. Werner wußte Bescheid, denn er war Experte in Sachen Sperrmüll.

Wenigstens ein Kino gab es in dem Nest. Säntimäntl ließ es sich nicht nehmen, einen schalen Film mit einer undurchsichtigen, hektischen Verfolgungsjagd anzuschauen. Die vielen schönen, alten Autos entschädigten jedoch für den modernen, langweiligen Inhalt – selbst wenn sie brannten. Er konnte sich an viele Filme überhaupt nur wegen der alten Autos erinnern. Ähnlich war es mit seinen Träumen: da tauchten am nächsten Morgen meist nur die Oldtimer auf, während er die Ereignisse vergessen hatte.

Werner lag auf seinem Holzbett, die Arme hinter dem Zopf verschränkt. Seltsam – am Abend vorher hatte er die Legebatterie nur mit Widerwillen betreten, das Hotel hatte abscheulich ausgesehen. Und hier war es umgekehrt, der Laden sah von außen ganz passabel aus, aber die Einrichtung war bar jeden Geschmacks. Er beschloß, sich das zu merken.

Er erinnerte sich daran, daß er früher in Männern mit langen, wallenden Bärten immer etwas Besonderes gesehen hatte: magische Gestalten, die das allumfassende Wissen um das Wesen der Dinge vermuten ließen, bis er irgendwann – warum, fiel ihm nicht mehr ein – dahintergekommen war, daß diese Männer nichts weiter waren als eben Männer mit langen, wallenden Bärten. Männer, die sich nie rasierten. Punkt. Wie er, wenn man es genau nahm.

Er entschränkte seine Arme wieder und fledderte seine Reiseführer durch, um sich einen ungefähren Überblick über seinen gegenwärtigen Aufenthaltsort zu verschaffen. Er gewann tatsächlich wichtige Erkenntnisse. Säntimäntl durfte sich freuen. Sie hatten sich zum Abendessen im Restaurant vis-à-vis verabredet, ein praktisches Kaff.

Werner versuchte, einige seiner Erkenntnisse in einem Brief festzuhalten. Anders als Säntimäntl hatte er keine Schwierigkeiten, einen geeigneten Empfänger zu finden.

Was Elche angeht, so habe ich ja voll daneben gelegen. Ich habe immer geglaubt, sie seien vom Aussterben bedroht, weiß auch nicht, wieso. Aber es sterben so viele Tierarten aus, daß man schon automatisch annimmt, Elche gehören auch dazu. War da nicht was gewesen mit einem Schmarotzer in Norwegen, der Rükkenmark und Hirn von Elchen und Hirschen angreift, bis irgendwann Bewegungsstörungen eintreten?

Hier sollen die Elche schlimmer wüten als der saure Regen. Kann ich mir echt kaum vorstellen. Null! Die sagen, es gäbe über dreihunderttausend Stück – hab noch keinen einzigen zu Gesicht bekommen. Und die würden alles anknabbern. Ich muß Herrn Zitronengesicht überreden, daß wir morgen mal ins Freigehege fahren, nur ein kleiner Abstecher. Wird schwierig, denn der Alte wird immer griesgrämiger. Obwohl er mir irgendwie leid tut. Erreicht haben wir bisher wenig, wenn man es genau nimmt: nichts.

Dreihunderttausend Elche! Wahnsinn! Die Triebe an den Kiefern sollen sie abfressen. Na und? Die werden Hunger haben. Aber, ernsthaft, so geht das natürlich auch nicht, der Wald hat es schwer genug. Nur typisch, daß die halt den Hebel bei den Elchen ansetzen und nicht bei den Kaminen, die tonnenweise Gift rauspusten. Mit Hubschraubern sollen sie Elche jagen, mit Hubschraubern! Die Leute haben bald keinen Funken Ehre mehr im Leib. Null.

Einmal einen Elch von nahem – das muß doch drin sein! Übrigens – daß die sich hier so vermehren – kein Wunder! Die jagen hier eher ausländische U-Boote als sonst was.

In knapp zwei Wochen werde ich wohl bei Euch sein, der Boss hat die Route gekürzt, und je mehr ich mir das mit unserem Projekt überlege, desto toller läuft es mir rein. Vielleicht müßt Ihr mich erst mal ein bißchen hochpäppeln, meine Power läßt nach, ich lebe dauernd im roten Bereich, ich muß ans Eingemachte – aber das packt Ihr schon.

Auf der ganzen Welt scheint es nur eine begrenzte Menge roten Paprikas zu geben, jedenfalls, was den in konservierter Form angeht. Mal liegt er streifenweise als Garnitur auf ein Salatblatt geklatscht einem Tellergericht bei, mal versteckt er sich unter lauter frischen Ingredienzen im Gemüse oder Salatteller. Meist wandert er unangetastet in die Küche zurück, von wo aus die Reise aufs neue beginnt.

Was Paprika betraf, bevorzugte Säntimäntl ausnahmsweise frischen grünen.

Gerade schob er mit gequältem Lächeln den wiederaufbereiteten roten, der als Dekoration von der kümmerlichen Portion Lachs ablenken sollte, auf seinem Teller beiseite. Das Restaurant bewegte sich im unteren Drittel der Computer-Weltrangliste für gastronomische Betriebe. Das Brot war so trocken wie ein subventionierter deutscher Film. Wenigstens war der Kellner unfreundlich, mit einer dicken Brille, wie man sie sonst nur bei der Klientel der Bahnhofsmission findet.

»Der Kellner kommt mir irgendwie bekannt vor«, sagte Säntimäntl. Sie waren bei den Steaks angelangt, einer Kaumasse mit fremden Stoffen. »Aber wenn man so viel unterwegs ist wie wir, tauchen an allen Ecken und Enden Menschen auf, die man zu kennen glaubt.«

»Jaja«, kaute Werner und dachte: Das höre ich auch nicht zum ersten Mal. »Die kommen sozusagen aus dem Nichts!«

»Und da gehen sie Gott sei Dank auch wieder hin!«

Werner war müde. Er blickte nach draußen, auf den Parkplatz vor dem Hotel, auf dem die Isetta als Mahnmal des Unbekannten Hubschraubers thronte. Auf der Straße war es ruhig. Wahrscheinlich war hier das ganze Jahr über Nachsaison. Gleich morgen würde er zum Postamt gehen, das bestimmt in der Nähe des Bahnhofes lag – sofern es einen Bahnhof gab. In solchen Städtchen konnte man normalerweise alles in der Nähe des Bahnhofes finden.

Ich muß es jetzt auf den Punkt bringen. Das Freigehege. Der Einstieg muß natürlich originell sein. Ein kleines Täuschungsmanöver.

»Ist das da eine Tollkirsche auf Ihrem Dessert?«

»Unfug. Das ist eine ... Dings, diese italienischen Kirschen ...«

»Maraschino.«

»Die wachsen hier doch überhaupt nicht. Der Kellner hat garantiert eine Tollkirsche genommen. Er steht eh nicht auf uns. Umsatzbremse nennt man solche Typen.«

Säntimäntl stocherte sichtlich beunruhigt in seinem Eisbecher herum. Läuft ja wie am Schnürchen, dachte Werner. Erst das Interesse hochpäppeln, dann die Fakten.

»Wissen Sie übrigens, daß Elche Tollkirschen geradezu lieben? Sie fressen sie und laufen dann schier Amok. Eine Viertelstunde lang rasen sie wie Berserker durch den Wald, und dann fallen sie um wie ein gefällter Baum und bleiben stundenlang im Delirium liegen. Wußten Sie überhaupt, daß es hierzulande um die dreihunderttausend Elche gibt?«

»Elche, Elche. Wenn Sie keine Autofahreranekdoten mehr auf Lager haben, kommen Sie immer mit Ihren Elchen!« Säntimäntl verzog das Gesicht, als hätte er versehentlich auf ein Stück roten Paprika gebissen. »Sie haben als Kind bestimmt mal ein traumatisches Erlebnis mit Elchen gehabt. Vielleicht sind Sie als kleiner Steppke immer in den Zoo und haben den riesigen Elch dort mit Zuckerstückchen gefüttert. Und eines schönen Tages ist das Tier nicht mehr dagewesen, und Sie waren todtraurig und haben einen Pfleger gefragt, was denn aus dem Elch geworden sei, und dieser hat Ihnen dann gesagt, daß man ihn habe einschläfern müssen, weil er vollständig blind geworden war, wegen dem vielen Zucker, den ihm die Besucher zusteckten. Und dieses Trauma wollen Sie nun aufarbeiten. Geben Sie es zu!«

»Klar«, sagte Werner freundlich. »So war es und nicht anders. Und der Elch hat sogar einen Namen gehabt. Wissen Sie, welchen?«

»Nein.«

»Lubitsch hieß er.«

Das war nichts. Die ganze Tagesration Humor leichtfertig verspielt. Damit war die Sache erst mal gegessen. Scheiße, wenn man blöd ist. Vielleicht versuch ich's morgen wieder. Gewieftere Taktik! Der ist ja grauenhaft schlecht drauf, zickig wie eine Diva. Vielleicht sollte man diese ganzen Verknotungen unter Alkohol setzen, damit sie nicht so hart an seiner Seele scheuern.

Das Bier ging runter wie Öl, nur war es wesentlich teurer. Der Kellner ließ sich nur selten blicken. Mit ihren sporadisch auftretenden Wünschen hielten sie ihn anscheinend von irgendwelchen geheimnisvollen Beschäftigungen hinter dem Vorhang ab, der den Gastraum von der Küche trennte, denn er machte kein Geheimnis aus seinem Unwillen über diese Unterbrechungen.

Vielleicht sollte er es mit dem Thema Film versuchen – ein Versuchsballon konnte nicht schaden. Er mußte ja nicht sagen, daß er die Geschichte aus der Zeitung hatte. Sie ging so: Die Baubehörde von Helsinki hatte einem britischen Filmteam untersagt, einen Film über das Leben des sowjetischen Menschenrechtlers Andrej Sacharow in der finnischen Hauptstadt zu drehen. Nach Meinung der Briten hätte Helsinkis historischer Stadtkern die ideale Kulisse abgegeben, da Moskau aus begreiflichen Gründen als Drehort nicht in Frage kam. Nur war man es in Helsinki allmählich leid, daß ständig irgendwelche Filmer die klassizistischen Gebäude mit roten Fahnen und Spruchbändern schmückten und sogar Kirchtürmen rote Sterne aufsetzten. Unlängst hatten Amerikaner das Außenministerium in das Moskauer Hotel »Metropol« verwandeln wollen. Das hatte schließlich der Ministerpräsident persönlich verboten. Die Bewohner der Stadt waren ohnehin irritiert genug, weil sie oftmals statt der gewohnten Straßenschilder in finnischer und schwedischer Sprache nur welche in kyrillischer Schrift vorfanden, von den gelegentlichen Lenin-Denkmälern aus Pappmaché ganz zu schweigen. Unter anderem, und damit endete Werners Kurzbericht, waren in Helsinki »Doktor Schiwago«, »Liebesgrüße aus Moskau« und »Gorki Park« gedreht worden. Säntimäntl fand die Geschichte nicht mal uninteressant – vor allem, weil Elche und Autos gänzlich fehlten.

»Das wäre was für Mittsalänen«, sagte Säntimäntl lahm. »Der wäre imstande, in Moskau anzufragen, ob man da nicht einen Film drehen könne, der in Finnland spielt, weil Moskau eine ideale Kulisse für Helsinki abgäbe. Mittsalänen hat früher die verrücktesten Sachen gemacht.«

Wer weiß, wie er sich verändert hatte. Wie viele Jahre war das her? Ein Schlitzohr war er allemal – sonst hätten sie sich ja die Suche nach ihm sparen können. Wie soll man ein Phantom beschatten? Jemanden zu verfolgen, der nichts davon ahnt, ist schwieriger, als hinter einem professionellen Flüchtling her zu sein, der sich aller Tricks bedient – die man durch Kombinieren entschlüsseln kann. Aber der Ahnungslose bewegt sich in der Normalität, und wenn man diese nicht kennt – den Alltag, die Marotten und Gewohnheiten –, kann man nur ins Blaue feuern. Wozu hatte Mittsalänen überhaupt ein Büro zu Hause, wenn er doch nie da war? Zuhause, das ist zum Wäschewechseln...

Draußen war es kalt. Die Luft war feucht wie eine angeleckte Briefmarke. Als sie vor dem Restaurant standen, die Hände tief in den Hosentaschen vergraben, donnerte ein Bandwurm von LKWs an ihnen vorbei. Er repräsentierte den gesamten Abendverkehr.

Vor kurzem, fiel Werner die nächste Wiedergutmachungsgeschichte ein, hatte ein LKW-Fahrer unweit ihres derzeitigen Aufenthaltsortes abends seinen Laser auf einem Parkplatz abgestellt, um sich irgendwo mit einer Straßenschwalbe zu vergnügen. Am nächsten Morgen war er dann so ausgelaugt und verkatert gewesen, daß er bei der Polizei nachfragen mußte, wo er denn den LKW geparkt hatte. Und da kam dann raus, daß er Uran geladen hatte.

»Das muß man sich einmal vorstellen.« Er hob die Stimme, das würde wirken. »Bis unter die Plane voll mit Uran! Auf einem öffentlichen Parkplatz!

Säntimäntl nahm eigens die Hand aus der warmen Tasche, um abzuwinken. »Da wird schon keiner zu Schaden gekommen sein!«

»Die würden sich auch hüten, etwas anderes durchsickern zu lassen.« Werner schimpfte ein bißchen. »So was müßte die Leute doch eigentlich reihenweise auf die Straße bringen. Protestmärsche müßte es da geben, noch und nöcher!«

Säntimäntl konnte sich einen halben Lacher nicht verkneifen. »Protestmärsche werden allmählich zu Ihrer fixen Idee, wie? Was erwarten Sie denn von einem Land, in dem am Wochenende der Haarwasserverkauf sprunghaft ansteigt, weil da Alkohol drin ist und die staatlichen Alkoholläden samstags geschlossen sind?«

»Was hat das mit Uran zu tun, bitte schön?«

»Na, mit einem läppischen Urantransporter bringen Sie die Leute nicht auf die Straße, da müssen schon ganz andere Sachen passieren!«

»Nämlich?« fragte Werner.

»Na, wenn es zum Beispiel mal einen Bierlaster aus der Kurve trägt - da können Sie was erleben! Da sind die Leute gleich auf der Straße! Binnen dreier Minuten ist eine ganze Stadt unterwegs, um die unbeschädigten Flaschen einzusammeln.«

Werner hätte seine Luxushemmschwelle an diesem Abend entschlossen überwinden sollen: Bier war zwar teuer, aber mit mehr Bier hätte er sicher besser geschlafen. Eine laue Trunkenheit hätte ihn den mangelnden Luxus des Hotelbettes vergessen lassen. Als er morgens aus dem Bett stieg, fühlte er sich locker wie eine Eisenbahnschiene. Er hatte, wenn er mal einnickte, von mordlustigen Hubschraubern geträumt, die bösartig über den Baumkronen rotierten und Maschinengewehrsalven auf hilflose Elche losschickten.

Verschwindend klein hatte er auf seiner Holzpritsche gelegen, während Ereignisse, Gegenstände um ihn herum durcheinanderpurzelten. Vergeblich versuchte er, den Bildern einen Platz zuzuweisen. Alle hatten es auf ihn abgesehen, er selber war ein Elch – seine Statur kam ihm da sehr entgegen, vor allem der massive Kopf –, auf den sich alle einschossen.

Raus aus dem Hotel! Wo ist das Postamt? Nebel wie Trockeneisschwaden einer minder begabten Rockband hatten das Städtchen in eine Grauzone verwandelt. Den Bahnhof fand er immerhin. Briefmarken bekam er aber erst in dem kleinen Laden, wo er am Vortag seine Zeitung gekauft hatte. Auf der Briefmarke war die Pop-Gruppe »Abba« abgebildet. Die Mitglieder der Gruppe lächelten ihn aufmunternd an, aber es war so kalt an diesem Morgen, daß ihm ihr Lächeln eingefroren vorkam. Der Winter schien sich nicht mit irgendwelchen Präliminarien aufhalten zu wollen. Einen Briefkasten gab es nicht in diesem Kaff, jedenfalls keinen zum Finden.

Der Blattschuß kam beim Frühstück, als Säntimäntl den vom letzten Abend noch übriggebliebenen Freigehege-Vorschlag mit der Bemerkung »Ach, lassen Sie mich doch endlich zufrieden mit Ihren Elchen« vom Tisch fegte. Werner atmete tief durch und tauchte kopfüber in seine Zeitung. Da spielte es auch keine Rolle mehr, daß dieser Besuch bei diesem Wetter sowieso eher ungemütlich geworden wäre, denn inzwischen hatte ein tückischer Nieselregen den Nebel abgelöst. Elender Mist!

Säntimäntl verschwand, um wichtige Dinge zu regeln. »Wir treffen uns dann in einer Stunde beim Wagen«, sagte er noch.

Zu schlechter Letzt wurde Werner nach einer halben Stunde aus dem Hotel vertrieben: es war Ruhetag. Gut, die restliche halbe Stunde würde er im Wagen warten. Halt – wie zum Teufel sollte das gehen? Säntimäntl hatte die Schlüssel! Selbstverständlich regnete es mittlerweile stärker, regelmäßiger, wie in einem Buch von García Márquez. Der Baum auf dem zertretenen Rasen neben dem Parkplatz bot nur kärglichen Schutz. Sein Dufflecoat sog sich voll wie ein Schwamm, er fühlte sich wie in feuchtes Toilettenpapier gewickelt.

Werner fluchte leise vor sich hin und versuchte, mit albernen Bewegungen seine Blutzirkulation auf Trab zu halten. Säntimäntl verspätete sich natürlich. Endlich tauchte Säntimäntls Schirm am Ende der Straße auf. Er bewegte sich nur langsam auf Werner zu.

»Sie Ärmster«, sagte Säntimäntl mitfühlend, als er sich von einem kleinen Klecks zu voller Größe entwickelt hatte. »Allein bei diesem Wetter auf dieser schrecklich grünen Wiese. Ich habe gerade erst gemerkt, daß ich heute den Schlüssel ausnahmsweise bei mir habe. Mußten Sie lange warten?«

»Nur ein knappes Stündchen«, sagte Werner säuerlich. »Die haben den Laden dichtgemacht. Ich werde mir höchstens eine Lungenentzündung geholt haben, und Sie werden mit dem Zug heimfahren müssen. Und dabei ist es mir übrigens völlig egal, daß diese Wiese grün ist. Der Baum beziehungsweise das, was von ihm übrig ist, ist auch grün. Kann man sich gar nicht mehr unterstellen, und der Boden hier ist wahrscheinlich genauso übersäuert wie ich!«

»Nehmen Sie ein Stück Zucker«, sagte Säntimäntl mitfühlend.

Lall keinen Müll! Das war too much!

»Ich will keinen Zucker! Ich bin nicht übersäuert, weil ich so lange im sauren Regen stehen mußte, sondern weil Sie mich mal wieder im Regen haben stehen lassen, im übertragenen Sinn. Weil Sie einen manchmal wie einen Leibeigenen ...« Es war seine Phon-Premiere.

»Aber, aber«, sagte Säntimäntl rasch und in begütigendem Ton. Er schien verunsichert. Mit Palastrevolutionen hatte er keine Erfahrung.

»... behandeln! Und dagegen hilft auch kein Zucker!«

»Sie sind ja schon ganz grün im Gesicht!«

»Was haben Sie denn die ganze Zeit gemacht?« fragte Werner. Er hatte wohl ein Anrecht auf eine Antwort.

Säntimäntl war anderer Ansicht. Das würde er wohl gerne wissen, dachte er. Ich habe mit dem König telefoniert! Mit Lubitsch! Mit Mittsalänen! Was geht ihn das an? Er wird es schon noch früh genug erfahren! Es soll eine Überraschung werden. Na ja – wenigstens hab ich ihn einmal aus der Reserve gelockt. Für einen jugendbewegten Menschen war er mir immer zu handzahm vorgekommen.

»Was interessiert Sie das?« fragte er laut in seine Untertitel hinein. »Und wieso stehen wir die ganze Zeit hier rum und diskutieren über den sauren Wald? Placebos! Geht es nicht eher darum, daß Sie sauer sind? Würde ich ja verstehen, es tut mir sogar leid, daß ich zu spät gekommen bin. Aber Sie halten hier Vorträge über alles mögliche. Sie kompensieren ganz gewaltig, mein Lieber!«

Säntimäntl warf Werner den Schlüssel zu, der Mühe hatte, ihn mit seinen klammen Fingern zu fangen. Er schloß auf, zog rasch den Dufflecoat aus, schüttelte ihn, stieg ein und klappte sofort die Tür runter. Dann öffnete er das Fensterchen auf der rechten Seite.

»Ich bin nicht Ihr Lieber! Und ich kompensiere, wie ich will!« Er drehte den Zündschlüssel herum. Die Isetta sprang an.

»Und ich pflege Konflikte dieser Art nicht zur Kenntnis zu nehmen! Wir können das wie erwachsene Menschen regeln!« brüllte Säntimäntl gegen den Motor an. »Lassen Sie mich einsteigen!«

Die Isetta machte einen Sprung nach vorne, Säntimäntl einen zur Seite. Werner gab Gas. Die Pfütze traf er voll.

»Entlassen!« schrie Säntimäntl die Schlammfontäne an und ruderte wild mit den Armen. Es ist ein erhabeneres Gefühl, von einem Bentley Continental vollgespritzt zu werden. Aber eine Isetta ist auch nicht schlecht, was die Wirkung angeht. »Sie sind fristlos entlassen, wenn Sie nicht sofort zurückkommen!«

Nach etwa zweihundert Metern leuchteten die Bremslichter auf. Der Wagen stand. Werner öffnete die Tür und stellte sich auf den Rahmen.

»Entlassen? Ich dachte, Sie nehmen Konflikte in dieser Form nicht zur Kenntnis!« Seine Stimme lag hart an der Grenze zum Megaphon.

»Ach, rutschen Sie mir doch den Buckel hinunter!«

Die Tür klappte wieder nach unten. Werner setzte die Isetta um fünfzig, sechzig Meter zurück.

»Weiter! Hier bin ich!« Säntimäntl war jetzt völlig durchnäßt. Er hatte zu wild mit dem Schirm gerudert. Werner kam noch ein Stückchen näher.

»Sie sind sehr entgegenkommend, aber das reicht noch nicht!« Sie konnten sich nun ohne größere Belastung der Stimmbänder verständigen.

»Und ich bin also entlassen?« fragte Werner spitz.

»Nun machen Sie schon!«

»Regnet es noch?«

»Jaja, ist ja schon gut. Ich habe es begriffen. Das ist Ihre Retourkutsche. In Ordnung. Nun haben Sie ja Ihren Spaß gehabt!«

Etwa zehn Meter trennten die beiden noch. Countdown, Werner ließ es häppchenweise angehen, schließlich mußte er die Situation auskosten.

»Los, noch ein Stück! Es wird ungemütlich hier draußen.«

Die Tür klappte wieder hoch.

»Versprechen Sie mir, mich nicht mehr derart im Regen stehen zu lassen, egal aus welchem Grund. Wir hatten unsere Abmachungen: Sie stellen Fahrzeug, Geld und Grund, ich meine Fahrkünste und das Know-how. Wenn ich das noch richtig auf die Reihe kriege, haben Sie damals was von Sitte und Anstand gesagt, als wir den Vertrag schlossen. Also ...«

Säntimäntl stopfte den triefenden Lappen, der einmal seine Jakke gewesen war, auf die Ablage, damit Werners Zeitungen wenigstens auch etwas von diesem Intermezzo mitbekamen.

»Glauben Sie vielleicht, mir hat das heute morgen Spaß gemacht? Ich bin durch den ganzen Ort gerannt, um die Post zu finden. Ich wollte telefonieren. Jetzt, wo wir gar nicht so weit weg sind von Mittsalänen, aber da war nichts. Nur eine Telefonzelle, aber ich hatte kein passendes Geld. Keine Post, nichts!«

»Bevor Sie sich aufregen«, sagte Werner freundlich, »nehmen Sie ein Stück Zucker! Das mit der Post hätte ich Ihnen gleich sagen können. Die habe ich heute auch schon vergeblich gesucht. Ich habe nicht mal einen Briefkasten gefunden.«

»Wie wäre es, wenn wir endlich losfahren würden?« Säntimäntl tastete seine Jacke nach Zigaretten ab. Als er sie endlich fand, hatte er eine völlig aufgeweichte Packung in der Hand.

»Da, sehen Sie sich das an!« sagte er. Der Regen bestätigte immerhin Säntimäntls Theorie, derzufolge sie sich ausschließlich in den Regenrinnen der Geographie bewegten. Nässe und Kälte hatten die Straße glitschig gemacht – zwanzig Kilo Slapstick-Bananen hätten das nicht besser gekonnt. Nur die massiven einheimischen Autos ließen sich auf Überholvorgänge ein. Eine Zeitlang fuhr ein Krankenwagen in gebührendem Abstand hinter ihnen her, wie der Besenwagen der Tour de France. Durch den Glasperlenvorhang sahen sie Renaissanceschlösser, die in die Landschaft gesprenkelt waren, und kleine Seen. Manchmal waren die Schokoladenseiten der Umgebung durch das Silberpapier einer Lärmschutzmauer verdeckt, manchmal sperrten Zaunlatten oder Drähte irgendwelche Grundstücke ab. Eine Wand barg die nächste.

Noch undurchdringlicher als die Lärmschutzmauern oder Zäune war der Wald, der oftmals eine geschlossene Einheit zu bilden schien.

»Einhundert Diskuswerfer nebeneinander«, sagte Säntimäntl.

Und Werner behauptete: »Wie eine Menschenkette auf einer Demo.«

Die Bäume wuchsen dicht bei dicht, ein zugezogener Vorhang; man mußte sich fragen, wo sich da noch Äste ausbreiten konnten; aber sie taten es unter absonderlichen Verrenkungen. Unten, im Dickicht unter den Stämmen, war kaum mehr Platz für Mann und Maus. Es war die Verwirklichung des Sprichwortes, daß man den Wald vor lauter Bäumen nicht sehen kann, ein unerschöpfliches Reservoir für die Herstellung von Zündhölzern.

Aufgelockert wurde die Szenerie durch gelegentliche Agrarsteppen mit Vogelscheuchen, durch Wiesen mit Wacholderbüschen, durch Holzhütten ohne Kuckucksluken oder Häuser mit Glasveranden. Einmal bemerkte Werner einen Hubschrauber, dessen unruhigen Flug er mit Mißfallen quittierte.

Ob ich es ihm jetzt sagen soll? überlegte Säntimäntl. Auf das Gesicht bin ich gespannt, er wird es mir gar nicht abnehmen. Nein, ich warte noch ein bißchen, dann wird es eine richtig gelungene Überraschung. Das mit der Telefonzelle heute morgen hatte schon seine Richtigkeit, nur das mit dem fehlenden Kleingeld war gemogelt, um ihn zu besänftigen. Heute nachmittag werde ich Mittsalänen erreichen. Am Telefon. Mittsalänen!

Es geschah kurz hinter der Abzweigung zu einem Ort namens Hindås. Irgend etwas klingelte bei Werner, als er den Namen las, er wußte aber nicht genau, was es war. Er hatte sich gerade angeschickt, einen Coca-Cola-roten Laster zu überholen, der wie eine Wegschnecke über den schleimigen Asphalt kroch.

»Frechheit, daß die sonntags fahren müssen. Bestimmt was sagenhaft Wichtiges drin, Uran oder so«, witzelte Werner. »Da setzen wir uns lieber mal ab!« Sie überholten, wenn, nur an Sonntagen.

Den ersten Elch seines Lebens in freier Wildbahn konnte Werner unmöglich kommen sehen. Er sprang von rechts ins Bild, knapp von der Stoßstange des Lastwagens verfehlt. Wie er es geschafft hatte, durch das dichte Unterholz zu brechen, war ein Rätsel; weder Säntimäntl noch Werner blieb Zeit, es zu lösen, denn die Isetta verfehlte der Elch nicht, oder umgekehrt. Mit seinem wuchtigen Oberkörper kickte der Elch die Isetta wie einen Fußball über die Fahrbahn hinweg die Böschung hinunter. Die Isetta überschlug sich mehrere Male und kam am Rande eines Baches, der sich durch eine Aue schlängelte wie ein Radfahrer durch den Berufsverkehr, zum Stehen. Bei den diversen Saltos sprang die Türe weg.

Über die Wiese, die eher einer Masse matschiger, grüner Nudeln glich, ging ein Regen von Gegenständen unterschiedlichster Art nieder. Hunderte von Veilchenpastillen, Tausende von Glassplittern. Eine Cola-Dose. Eine Franzbranntweinflasche, wundersamerweise unversehrt. Unmengen von Zuckerwürfeln. Zwei lädierte Fotoapparate. Straßenkarten und Reiseführer. Feuchte Kleidungsstücke. Etliche Karteikarten, in heillosem Chaos. Ein Briefkuvert ohne Aufschrift, dafür mit Abba-Briefmarke, die Musiker lächelten noch immer. Zeitungen. Und vieles andere, durcheinander wie beim Mikado.

Oben auf der Straße lag regungslos wie nach dem Genuß einer Tollkirsche der Elch, alle viere von sich gestreckt.

Werner lag in der Nähe des Baches, mit seltsam abgewinkelten Gliedmaßen. Das Lächeln auf seinem Gesicht machte ihn auf alle Zeiten unangreifbar. Es umgab ihn als kugelsichere Weste. Er war so leblos, wie einst Attila Dobos in seiner Wohnung gelegen haben mochte.

Auch Säntimäntl hatte es aus seinem Kinositz herausgeschleudert. Er war weiter oben gelandet, auf halbem Weg zwischen Werner und dem Elch. Er lebte noch eine ganze Weile, angetrieben von dem dringenden Wunsch, zu telefonieren. Endlich war er mal direkt in eine Handlung mit einbezogen. Mitten drin, ohne Eintrittskarte. Er spürte keinen Schmerz. Der LKW-Fahrer, dem der Schrecken ins Gesicht geschrieben stand, hatte ihn vorsichtig zur Seite gedreht.

Säntimäntl sah nur grün – einen Grashalm neben dem anderen. Grün! Er schloß die Augen.

Als er sie nach einiger Zeit wieder öffnete, registrierte er vier Polizisten, die ganz dicht beieinanderstanden. Er sah den LKW-

Fahrer, der die Franzbranntweinflasche hob, daran roch und schließlich verstohlen zum Munde führte, um sie in einem hastigen Zug zu leeren.

Dann fühlte er sich hochgehoben und auf etwas Weiches gebettet. Später weckte ihn der aufdringliche, durchgezogene Ton einer Sirene. Er sah ein Bild vor sich, ein Plakat, das rasch an Konturen gewann. Es trug die Aufschrift:

In der schwersten Stunde deines
Lebens steht Jesus Christus
neben dir und wartet auf dich.

Der Himmel kann warten, dachte er. Kummer im Paradies oder so ähnlich. Hoffentlich gibt es unter der Erde überhaupt noch genügend Platz.

Der Krankenwagen bewegte sich mit hoher Geschwindigkeit auf die nächste Stadt zu. Die wenigen Bewohner eines Dorfes, durch das sie rasten, blickten mit großen Augen und offenen Mündern einem schnell dahinfahrenden weißen Wagen mit flackerndem Blaulicht nach.

»Schnitt«, sagte Säntimäntl leise. Sein Gesicht war plötzlich so leer wie eine Stadt sonntags nachmittags um zwei. Szomorú vasarnap.

The End.

Inhalt